AUTORA BESTSELLER DO USA TODAY

MEGHAN QUINN

O VESTIÁRIO

THE BRENTWOOD BOYS - 1

Editora Charme

Este livro é um trabalho de ficção.
Todos os nomes, personagens, locais e incidentes são produtos da imaginação da autora.
Qualquer semelhança com pessoas reais, coisas, vivas ou mortas, locais ou eventos é mera coincidência.

Aviso de gatilho: Relacionamento abusivo

1ª Impressão 2024

Produção Editorial - Editora Charme
Design da Capa - RBA Designs/Letitia Hasser
Adaptação de capa e Produção Gráfica - Verônica Góes
Tradução - Daniela Toledo
Preparação - Andresa Vidal
Revisão - Equipe Charme

Esta obra foi negociada por Brower Literary & Management.

CIP-BRASIL. CATALOGAÇÃO NA PUBLICAÇÃO
SINDICATO NACIONAL DOS EDITORES DE LIVROS, RJ

Q64v

Quinn, Meghan
O vestiário / Meghan Quinn ; tradução Daniela Toledo. - 1. ed. - Campinas [SP] : Charme, 2024.
356 p. ; 22 cm. (The brentwood boys ; 1)

Tradução de: The locker room
ISBN 978-65-5933-168-0

1. Romance americano. I. Toledo, Daniela. II. Título. II. Série.

CDD: 813
24-91652 CDU: 82-31(73)

Meri Gleice Rodrigues de Souza - Bibliotecária - CRB-7/6439

Editora Charme

www.editoracharme.com.br

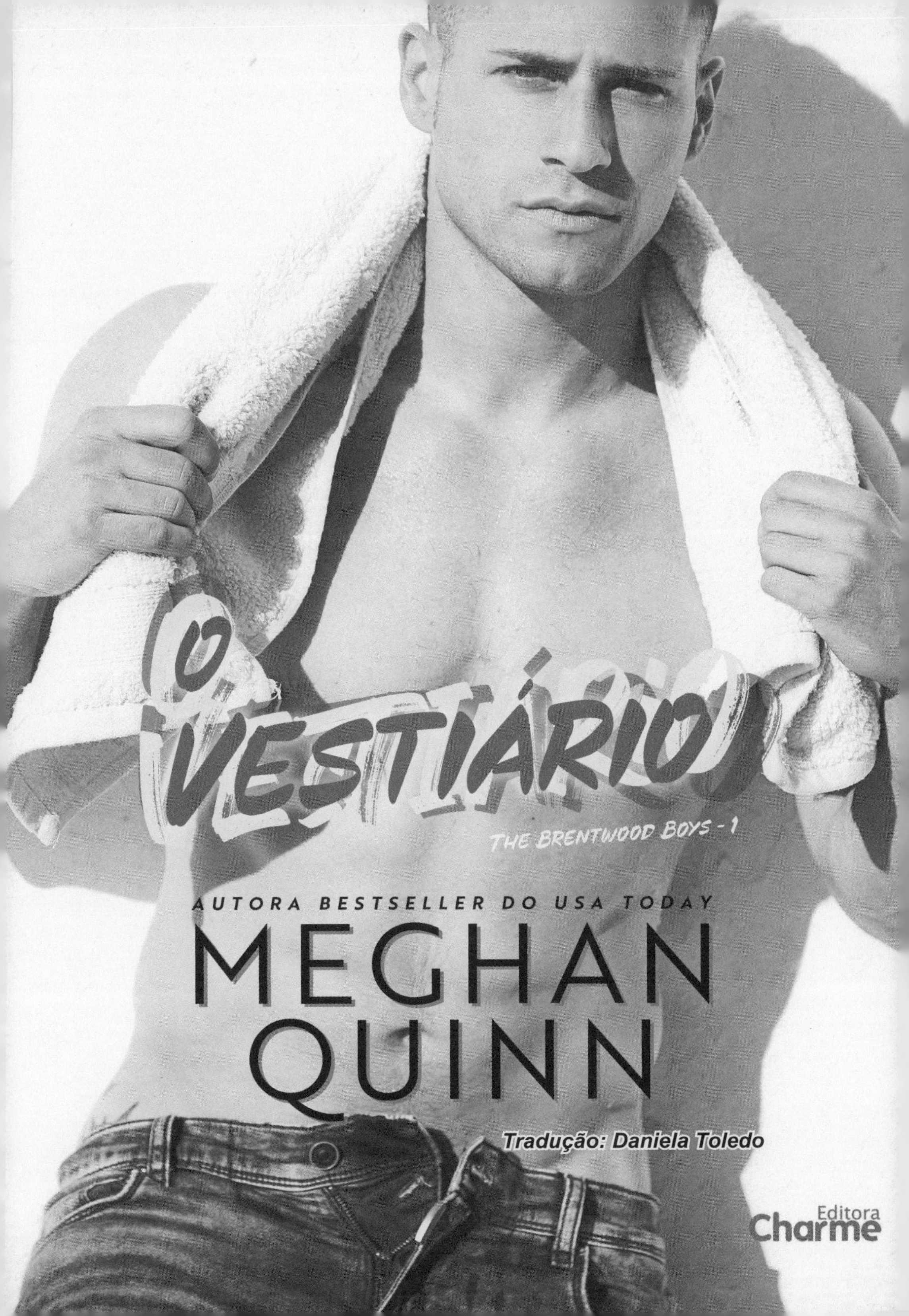
O VESTIÁRIO
THE BRENTWOOD BOYS - 1
AUTORA BESTSELLER DO USA TODAY
MEGHAN QUINN
Tradução: Daniela Toledo
Editora Charme

PRÓLOGO

EMORY

Regra número um na faculdade: nunca perca suas amigas em uma festa na casa de alguém... principalmente quando você estiver bêbada.

Mas, tecnicamente, esta festa é em um loft, então... será que estou mesmo quebrando a regra?

Minha cabeça está apoiada na parede e meu copo vazio descansa na minha mão junto ao peito, enquanto examino o amplo espaço do loft no terceiro andar de um armazém reformado. Subi uma escada de incêndio de salto alto para chegar até aqui, arriscando a saúde dos meus tornozelos para fazer parte de algo especial, porque aparentemente este é o melhor lugar para se estar nos finais de semana.

O Loft do Beisebol.

Como minhas amigas haviam me dito, é aqui que se consegue um bilhete dourado para o exclusivo, e altamente cobiçado, vestiário — onde os sonhos se tornam realidade.

Pelo menos, é o que dizem.

Não me leve a sério.

Mas, de acordo com os boatos, os melhores orgasmos acontecem no vestiário do time de beisebol de Brentwood. E as lendas dizem que uma garota teve um orgasmo de cinco minutos no chão de azulejo do chuveiro.

Um orgasmo de cinco minutos em troca de uma semana com micose. Não sei se estou interessada nisso.

Mas, de qualquer forma, aqui estou, bêbada pra cacete, com os peitos quase pulando para fora da blusa e minha máscara de cílios derretendo lentamente sob meus olhos, me transformando de caloura universitária da cidade para uma integrante do clã dos guaxinins.

— Dottie, Lindsay — digo, com a voz fraca, movendo a cabeça de um lado para o outro. — Onde *estais vós*?

— Precisa de ajuda? — uma voz profunda fala ao meu lado.

Olho para a minha direita e, mesmo com a visão bem borrada, vejo o que parece ser um cara incrivelmente gato. Mas, como já falei, estou bêbada — essa coisa toda de *máscara de cílios derretendo sob meus olhos* está mesmo acontecendo — e já fui enganada uma vez.

Mas, olha só, acho que ele tem olhos azuis. Não dá para errar com um par desses... vou conseguir pensar em uma razão melhor pela manhã.

— Você viu Dottie ou Lindsay?

— Acho que não — ele responde, apoiando-se na parede ao meu lado.

— Droga. Devem estar de pegação com jogadores de beisebol. Você viu algum deles por aí?

— Jogadores de beisebol?

— Aham. — Assinto e fecho os olhos por um segundo, mas os abro rapidamente quando sinto meu corpo tombando para o lado. O cara me pega pela mão antes que eu caia, mas graças à sua ingestão de álcool, ele também não está com o melhor dos equilíbrios para segurar a nós dois e... *bam*... caímos no sofá ao meu lado.

— Nossa, quem fez o arranjo dos móveis? — digo, enquanto o cara cai sobre mim.

— Foi por um triz.

Esfrego o rosto no tecido áspero e gasto.

— Quantas pessoas você acha que já fizeram sexo nesta coisa?

— Deve ter sido menos do que você imagina.

O sofá é espaçoso, me dando espaço suficiente para me deitar de lado com o cara na minha frente, então ficamos cara a cara. Ele tem um cheiro bom de vodca e cupcakes.

— E aí, você viu algum jogador de beisebol por aqui? Estou procurando minhas amigas.

— Que nada, se você vir algum, me fala. Não consigo achar o meu quarto.

— Você mora aqui? — pergunto, com os olhos arregalados.

— Sim — ele responde, enfatizando o "m". — Já faz dois anos.

— E não lembra onde é o seu quarto?

— Tem uma porta amarela. Eu já teria encontrado, se a droga da sala parasse de rodar.

— Bem... talvez, se acharmos o seu quarto, a gente encontre as minhas amigas — digo o que, para a minha mente bêbada, faz todo sentido.

— É uma ótima ideia. — Ele rola para fora do sofá e se levanta, cambaleando de um lado para o outro enquanto estende a mão para mim.

Sem nem pensar, eu a pego e o deixo me ajudar a levantar.

— Porta amarela, aqui vamos nós — falo, erguendo meu copo amassado no ar.

— Estamos em movimento. — Ele mantém a mão agarrada à minha, e nós seguimos tropeçando juntos para além do jogo de *beer pong*, às pessoas dando amassos contra as paredes, à cozinha, e então para um espaço aberto cheio de portas. — Porta amarela, viu alguma?

Pisco algumas vezes e então vejo um flash de raio de sol.

— Lá. — Aponto com vontade. — Amarela, bem ali.

Sua cabeça se vira para onde estou apontando. Um feixe de luz ilumina a cor da porta, dando a impressão de que estamos prestes a caminhar até o sol. Estou com um pouco de frio, então agradeço o calor.

— Porra, lá está. Você é boa. — Juntos, vamos até a porta, abrindo caminho por entre algumas pessoas risonhas e entrando no abrigo silencioso do quarto dele.

Paredes pretas, detalhes do teto brancos, uma janela com vista para a água; o cara tem um quarto legal. Examino o espaço, procurando algum sinal das minhas amigas, mas não vejo nada, só uma cama grande com um edredom preto, uma escrivaninha de metal e uma grande cômoda branca com uma TV enorme em cima.

— Não estou vendo minhas amigas.

Ele dá uma olhada ao redor.

— Nem eu, mas, porra, minha cama. — Ele estende os braços para os lados e se joga de barriga no colchão, quicando algumas vezes antes de ajeitar a cabeça no travesseiro.

Fico olhando para ele por alguns instantes. Calça jeans justa que molda sua bunda e suas coxas, camisa branca que marca cada músculo das suas costas, seu rosto lindo. Não é uma visão nada ruim. Mas não é isso que está me motivando a avançar. É o travesseiro macio e quentinho bem ao lado do cara.

Como se uma nuvem chamasse meu nome... Venha aqui, *Emory. Descanse a cabeça em mim, Emory*. Tomo uma das melhores decisões da minha vida.

Com licença.

Impulsiono o corpo para frente, como um golfinho cortando a água, e me jogo no colchão, descansando a cabeça bem no topo do paraíso.

Ah, que delícia.

Delícia mesmo.

Com cheiro fresco de sabão e a sensação de que minha cabeça está sendo abraçada pelo algodão.

Viu só? A melhor decisão da minha vida.

O colchão se mexe ao meu lado, entreabro os olhos e vejo o cara com a bunda legal pairando sobre mim. Ele olha para baixo com as pálpebras pesadas e então de volta para o meu rosto.

Abro um sorriso preguiçoso para ele, um pouco nervosa a ponto de franzir os lábios, mas, verdade seja dita, já não estou no controle de nenhuma parte do meu corpo.

Ele está prestes a me dizer que sou a garota com o cheiro mais gostoso e delicioso que já conheceu — como o cheiro de um campo florido em um épico dia de primavera...

— Hã, o seu peito meio que pulou para fora da blusa. — Ele aponta para o meu seio. *Como é?* Campo florido...

Esse não foi um elogio sobre o meu cheiro de campo florido.

Devo estar completa e totalmente exausta, porque em vez de estender a mão para enfiar o seio rebelde para dentro da blusa, apenas grito um "ai, não", mas não faço nenhuma tentativa de resolver o problema.

— Isso costuma acontecer? — o cara pergunta, parecendo bem preocupado por mim. — De o seu peito tentar fugir assim?

Balanço a cabeça, e a maciez do travesseiro faz meus olhos ficarem pesados.

— Não, esta é a primeira vez que meu amiguinho tenta escapar. — Mal conseguindo levantar a mão, dou um tapinha no seu antebraço e digo: — Faça a gentileza de dar uma bronca nesse coitadinho e enfiá-lo de volta para dentro.

— Nunca dei bronca em um peito.

— Você consegue. É um homem forte e confiante, com uma voz autoritária. Dê uma bronca daquelas neste peito. — Quando ele só fica me encarando, eu movo a cabeça para o lado e esfrego a bochecha no tecido macio da fronha do travesseiro. — Não seja tímido — eu o encorajo. — Só levante a mão e o enfie de volta.

Ele repousa a cabeça ao lado da minha, e o colchão mexe e balança com seus movimentos. Ainda encarando o meu seio, ele estende o braço e o envolve com a mão.

— Pesado — ele diz baixinho.

Que fofo.

E bem romântico.

Nunca disseram que eu tinha um peito pesado, mas, meu Deus, isso me faz sorrir. Seu corpo fez um bom trabalho ao crescer, Emory.

Seu elogio estranho, mas encantador, é a última coisa de que me lembro antes de cair em um sono profundo.

É a última coisa de que me lembro antes de acordar no meio da noite no quarto de um desconhecido, depois de ter desmaiado com o peito na mão desse estranho. *Tanto trabalho para enfiá-lo de volta...*

Bem-vinda à Universidade Brentwood.

Capítulo 1

Emory

Este mapa é inútil.

Fácil de ler, uma ova. Preciso de uma lupa para poder identificar os prédios codificados por cor nesta coisa, mas, infelizmente, esqueci a lupa na minha outra saia. Foi sarcasmo, se é que você não percebeu.

De pé ao lado de uma árvore de aparência frágil, tento agir de forma mais descontraída possível — quadril inclinado para o lado, olhar interessado, o habitual — e escondo o mapa entre as páginas de *Orgulho e Preconceito* enquanto procuro, sem cerimônia, o prédio MacMillan. Mas o vento — apesar de sutil — não está facilitando as coisas.

Não faz muito tempo que fui transferida da Fullerton, na Califórnia, e estou tentando evitar me fazer de boba no primeiro dia de aula na minha nova faculdade, a Universidade Brentwood.

Infelizmente, estou me sentindo um pouco desconfortável aqui.

Primeiro, não sei nada sobre esta universidade além do fato de ter o melhor curso de Biblioteconomia do país. E por isso nem pensei muito ao fazer a transferência, no instante em que me dei conta de que queria ser bibliotecária. Eu estudava Administração na Califórnia, mas quem eu estava querendo enganar? Não fazia ideia de como diferençar micro e macroeconomias.

Para uma verdadeira garota californiana, Illinois não se parece em nada com as palmeiras e praias com as quais cresci. Não me entenda mal, há árvores por aqui, árvores enormes, ricas e verdes para todo lado, o tipo de árvores que Bob Ross fez dançar em suas pinturas. Mas a poluição… cadê a poluição? Respirar ar puro parece errado. E, pelo visto, pizza é um negócio sério por aqui. Desde que me mudei, já ouvi pelo menos três discussões diferentes sobre qual é a melhor pizzaria da região.

E mesmo que esta seja uma "cidadezinha" universitária nos arredores de Chicago, é irreverente, com personalidade turbulenta e prédios cobertos de hera, que me fazem acreditar que estou andando em um território sagrado, onde só os prósperos foram educados.

Além disso, tive que comprar meias-calças para usar com todas as minhas saias, porque a temperatura não é apropriada para deixar as pernas de fora por aqui.

O vento se intensifica outra vez, balançando minha saia e o mapa ao mesmo tempo. Sem querer ser conhecida como exibida no campus, dou um jeito na saia — porque mesmo que tenha meias-calças, escolhi não usar nenhuma hoje — e a abaixo de volta, enquanto o mapa se ergue do meu livro e flutua no ar, girando e espiralando, só para cair bem na cara de um cara que estava de passagem.

Droga.

— O que...? — Ele se assusta e eu pulo para agir.

— Me desculpa — peço, lutando para manter a saia no lugar enquanto seguro o livro aberto junto ao peito.

O mapa vai caindo aos poucos e um par de belos olhos azul-claros aparecem primeiro, seguidos do maxilar mais acentuado que já vi, definido e tenso. Uma barba clara por fazer combina com seu cabelo loiro-escuro que está penteado para a esquerda e curto nas laterais. Vestindo um moletom verde do time de beisebol da Brentwood e exibindo um sorriso de parar o trânsito, ele ri e me entrega o mapa enquanto me olha de cima a baixo.

Por que ele é tão familiar?

Esses olhos.

— Sem problema, mas você poderia ter pedido ajuda se está perdida. Me atacar com um mapa é uma tática agressiva. Efetiva, mas ainda assim agressiva.

Essa voz, esse sorriso. Eu o conheço de algum lugar.

Sentindo minha bochecha ficar corada, explico:

— Não estou acostumada com o vento.

Ele assente e aponta sobre o ombro.

— Lago Michigan. É um sacana no inverno. — Ele me analisa por um instante e então aponta para o mapa. — Para onde você quer ir? Posso ajudar. — Há um sotaque sulista levíssimo em sua voz, nada muito forte, mas o suficiente para saber que ele não é de Illinois.

Conheço essa voz. Me lembro principalmente de tê-la achado sedutora.

Dobro o mapa e o guardo dentro do livro, que fecho depressa.

— Eu garanti a mim mesma que encontraria tudo sozinha, mas parece que vou precisar de ajuda, afinal.

— Não é culpa sua. Este campus é um labirinto sem muito sentido. Eu também fiquei perdido durante todo o meu primeiro semestre. Não dá nem para dizer quantas vezes cheguei atrasado na aula.

— Que alívio.

Ele inclina a cabeça para o lado e me dá uma olhada rápida.

— Eu te conheço. — Não digo nada e, assim que seus olhos pousam no meu peito, um sorriso surge em seu rosto, como se uma lâmpada se acendesse em seu cérebro. — Você é a garota que me ajudou a encontrar o meu quarto no sábado.

Ah.

Merda.

É o cara do beisebol com o quarto de porta amarela.

Ele se inclina para frente, com as mãos enfiadas nos bolsos.

— Nunca esqueço um belo par de peitos.

Como se eu já não estivesse corada o suficiente.

— É uma pena ter caído no sono com a mão segurando um deles. Costumo ser melhor do que isso. No mínimo, acho que te devo um beliscão no mamilo.

Se eu voltasse a abrir o livro, conseguiria me afundar nas páginas, permitindo que a literatura me engolisse inteira?

— Não me lembrava de ter caído no sono com um dos seus seios na mão, até meu amigo me falar que entrou no quarto para ver se eu estava bem e me viu segurando você, enquanto nós dois estávamos desmaiados. — Ele coça a lateral do queixo. — Ainda estão me enchendo o saco por isso.

Eu... o que alguém responderia a isso?

— Não se preocupa — ele acrescenta. — Não vou revelar a sua identidade. Vou guardar esse segredo no peito. Não rola ser fofoca. Por falar nisso, como vai seu amiguinho? Ainda tentando fugir? — Ele ri. Estou mortificada.

Coloco o cabelo atrás da orelha e olho para os meus sapatos.

— Hã... tudo no lugar. Obrigada.

— Que bom, você conseguiu dar um jeito nele. — Ele respira fundo, agindo de um jeito tão casual. — Para onde você vai?

Por que os caras são assim? Tão despreocupados, agindo como se não tivesse sido humilhado o suficiente para querer voltar rastejando para o útero da mãe. Sou bem tranquila, mas relembrar um momento como aquele do sábado não é a minha praia. Está mais para "vamos esquecer que isso aconteceu", porque cair no sono com a mão de um desconhecido no meu peito não foi um dos meus melhores momentos. Nada do que me orgulhar.

Querendo mudar de assunto, digo:

— Estou procurando o prédio MacMillan. Tenho uma aula lá em dez minutos e não faço ideia se estou na área certa ou não. — Preciso tomar distância dele. — Mas vou descobrir. Hã, foi bom ver você de novo. — Começo a me afastar, endireitando os ombros para demonstrar confiança, mesmo que não faça ideia de para onde estou indo.

— Espera aí. — Ele segura meu ombro antes que eu possa me afastar e me vira para a direção oposta. — Você está indo na direção errada. — Ah, droga. — Também estou indo para lá, pode ir comigo. — Claro que está. Ele segura a alça da mochila enquanto aponta para nossa frente, me direcionando casualmente para onde ir.

— Ah, isso seria ótimo. Valeu. — Na verdade, não, mas parece que não tenho escolha no momento. Fico ao seu lado e logo sinto vergonha, sem saber o que dizer a este cara cuja mão se tornou uma almofada para o meu peito durante a noite, enquanto babávamos em seus travesseiros superconfortáveis.

Será que devo elogiar seus travesseiros?

Perguntar se ele ainda acha que meu peito é pesado?

Explicar que não costumo deixar os peitos saltarem para fora da blusa?

Para minha sorte, sua personalidade descontraída surge com outro assunto.

— Você é caloura?

— Não, sou veterana. Fui transferida. E você? — Também posso preencher o silêncio constrangedor.

— Veterano também, mas estudo aqui desde o começo. — Ele estende a mão para o lado. — Knox Gentry.

Eu a pego e dou um aperto descoordenado, enquanto continuamos a andar.

— Emory Ealson.

— E aí, Em, que aula você tem agora?

Em. Nem meus pais me chamam assim, mas não vou fazer um escândalo por causa disso, não quando ele é o meu guia pessoal.

— Ambientes de aprendizagem eficazes para o desenvolvimento.

— Hum. — Ele sorri, enfiando as mãos de volta nos bolsos. — Eu também.
— Que conveniência infeliz. — O que você está cursando?

— Educação primária. Planejo fazer mestrado em Biblioteconomia.

— É por isso que você está escondendo um mapa no seu exemplar de *Orgulho e Preconceito*?

Pega no flagra.

— É tão óbvio assim?

— Ninguém é *tão* louco por aquele sr. Darcy insuportável. — Ele revira os olhos de um jeito dramático e mesmo que esteja insultando um dos melhores protagonistas já escritos, não consigo deixar de ficar um pouco animada, pois parece que ele já leu.

Tipo... ele chamou o sr. Darcy de insuportável. Isso faz meu coraçãozinho literário bater com força por saber que um homem atraente já leu meu livro favorito de todos os tempos.

— Você já leu *Orgulho e Preconceito*?

— Não, porra. Assisti ao especial da BBC. Colin Firth foi um merda, um babacão com a Lizzie.

Puff, lá se vai minha animação. Só um homem para pensar que ser um *babacão com a Lizzie* faz do Colin Firth *um merda*. Este homem não tem nenhuma classe.

— E nem me deixe começar a falar daquela mãe exaustiva. Pare de ficar oferecendo suas filhas para as pessoas. Tenha um pouco de autorrespeito, senhora.

Chegamos a um prédio de pedra cinza com a menor placa que já vi pregada na lateral. Prédio MacMillan. Jamais teria encontrado este lugar.

— Era o dever dela como mãe casar as filhas — respondo, seguindo-o de perto, enquanto um bando de estudantes avança pelos corredores estreitos.

— Talvez, se ela relaxasse um pouco e não fosse tão irritante e estridente, haveria uma fila maior de pretendentes esperando para descolar uma das atiradas.

— Atiradas? Elizabeth e Jane eram tudo, menos atiradas. Lydia, por outro lado...

Ele para à porta e pousa a mão na maçaneta.

— Jane, como uma mulher solteira, vai até *Netherfield Park*, do sr. Bingley, a pedido dele e acaba passando a noite naquela época? Atirada. — Ele abre a porta para mim e espera que eu entre, mas não me movo.

— Ela estava doente. Não passou a noite para ter relações. — Estou quase gaguejando as respostas para este imbecil. Mas, sério, Emory, *relações*?

— Doente porque aquela mãe maluca pra caramba a mandou a cavalo durante uma tempestade. Ela devia estar na uma porra de uma clínica psiquiátrica. — Ele me conduz para dentro da sala com a mão nas minhas costas. — Talvez, se aquela mãe sossegasse, as coisas teriam sido diferentes. O amor deles teria amadurecido de forma natural.

— Sem a intromissão dela, Elizabeth e Jane provavelmente teriam acabado como solteironas ou com pretendentes insuportáveis como o sr. Collins.

— Ele era bom o suficiente para Charlotte Lucas. — Ele dá de ombros, como se essa declaração não tirasse cada fã de Jane Austen do país do sério.

— Ele é um dissimulado — retruco, com a minha paixão literária vindo à tona. *Quem é insuportável agora?*

Me ignorando, Knox dá alguns passos para dentro do auditório, vira-se para uma fileira e vai na direção de dois outros caras que estão usando o mesmo moletom que ele. Os dois são altos, o que está usando boné virado para trás é mais largo que o outro, mas ambos parecem ter tanta autoridade quanto Knox. Tão confiantes… tão arrogantes.

Fico parada nos degraus, sem saber o que fazer. Devo segui-lo? Me sentar ao seu lado? Ou encontrar meu próprio assento? Ele considera o sr. Collins um bom pretendente, afinal. Que horror!

Quando ele nota minha hesitação, revira os olhos de um jeito dramático e, com um suspiro, volta até onde estou parada, pega minha mão e me conduz pela fileira até que nós dois nos juntamos aos outros dois caras.

— E aí, Gent? — pergunta o cara de boné, e então me olha por cima do ombro de Knox. — Quem é a sua amiga? — Ai, por favor, meu Deus, não diga que sou a garota que ficou com o peito de fora na outra noite. Preferiria morrer.

— Em — ele responde simplesmente, enquanto se recosta na cadeira e ajeita o capuz. — Veterana transferida, e me atacou com um mapa aqui no campus. — Ele me dá uma olhada e uma piscadela maliciosa antes de se virar para os amigos.

E bem neste momento, apesar da nossa recente discordância, sei que ele é um cara legal.

Poderia ter sido um babaca desagradável e ter me dedurado para seus colegas de time, mas, em vez disso, simplesmente guardou o segredo.

Ele foi legal.

E eu o respeito por isso.

— Ele já foi atingido por coisa pior — diz o cara de boné antes de estender a mão. — Sou Carson, e o cara sentado ao meu lado com o rosto colado no celular é Holt.

— É um prazer conhecer vocês — respondo, apertando sua mão calejada.

Holt mal tira os olhos do celular e diz:

— Oi. — E então se desconecta de nós e volta ao mundo digital.

— De onde você é? — Carson pergunta, recostando-se na mesinha da cadeira universitária, com a bochecha apoiada no punho, me observando como se tivesse uma paixonite adolescente.

Ajeito uma mecha do meu longo cabelo castanho atrás da orelha e respondo:

— Fullerton, na Califórnia.

— Ela é bibliotecária — Knox acrescenta por mim, bagunçando os detalhes.

— Espero ser bibliotecária. Quero fazer mestrado em Biblioteconomia.

— Não brinca — Carson diz, lançando um rápido olhar para as minhas pernas nuas. — Nunca vi uma bibliotecária usando uma saia tão curta. É sexy. Me faz querer dar uma olhada nos livros.

Ai, Deus.

— Essa foi péssima, cara. — Knox ri baixinho, balançando a cabeça. — E não fique todo apaixonadinho, ela tem umas opiniões meio fantasiosas sobre *Orgulho e Preconceito*.

— Ah, droga. — Carson geme e se recosta, como se já estivesse de saco cheio. — Me deixa adivinhar, ela não acredita que as irmãs Bennet sejam atiradas.

— Isso mesmo. — Knox me encara com um sorriso brincando em seus lábios.

— Essa é uma palavra bem dura para um grupo de mulheres que nem mesmo mostram os tornozelos — rebato, cruzando os braços à frente do meu colete curto de lã. Posso ter levado essa coisa de estudante sexy meio a sério demais hoje com a saia xadrez, a camisa branca de botões e o colete azul-marinho de lã. Pelo menos não estou usando meias que vão até os joelhos. Só um simples sapato Mary Jane.

— Até onde você sabe... — Knox responde, mexendo as sobrancelhas. — Elas até gostavam de exibir as bainhas sujas.

Estou prestes a rebater com uma bronca séria quando o professor entra e coloca a pasta de couro na mesa com um estalo alto, que reverbera por todo o pequeno auditório.

— A aula é de ambientes de aprendizagem eficazes para o desenvolvimento. Dê o fora daqui se estiver no lugar errado. Vou dar dez segundos. — Ele ergue e encara o pulso.

Credo.

— Esta vai ser uma aula e tanto — Knox resmunga baixinho enquanto se ajeita no assento.

Pelo menos nisso a gente pode concordar.

— Ele é a porra de um maluco — Knox diz quando saímos para o ar fresco.

— Pois é, o fato de ele ficar zombando da gente o tempo todo não é um bom presságio — Carson fala antes de tomar um gole de água. — Vou malhar. E vocês dois?

— Malhar — Holt responde, ainda conectado ao celular.

— Vou comer alguma coisa — Knox responde e se vira para mim. — Quer vir comigo?

— Comer alguma coisa?

— É. Comida. Está com fome?

Se estou com fome? Sim, é hora do almoço, e se eu não fizer as minhas refeições, a coisa pode ficar feia, mas eu quero mesmo almoçar com Knox? Já é ruim o suficiente o fato de que ele não parou de escrever recados para mim no notebook e ficava apontando para a tela durante toda a aula, então não sei se deveria passar mais tempo com este cara.

Seus recados eram simples: *Tá vendo aquele garoto de vermelho, na terceira fileira acima? Ele é o gênio do cubo mágico* e *a garota sentada a duas cadeiras à sua frente não para de olhar para você com cara feia.*

E *esse professor tem as axilas mais suadas que eu já vi.*

Posso até ter rido desta última.

— Olha só para ela tentando decidir — Carson diz, chamando minha atenção. — Ela está indecisa, cara, você precisa convencê-la.

— Pois é, mostra por que a sua companhia vale o tempo dela — Holt sugere, guardando o celular e olhando para mim pela primeira vez.

Endireitando os ombros, Knox me dá uma olhada.

— O que você quer saber? É só falar.

Hã... não estava esperando uma inquisição só para uma companhia para almoçar, nem mesmo estava esperando um convite.

— Ele é o mais limpo lá do loft — Carson defende o amigo.

— Faz o melhor bife do time — Holt acrescenta.

— E dança como uma criança de dois anos.

O rosto de Knox se contrai.

— Vá se foder. Danço como a porra de um rei.

Holt aponta para os quadris de Knox.

— Ótima mobilidade pélvica.

— Não sabe cantar de jeito nenhum, mas ama cantar mesmo assim.

— Dorme com pijama combinando.

— Porra, não durmo, não — Knox diz às pressas e então balança a cabeça para mim. — Durmo de cueca boxer.

— Dá uma chance para ele, e ele vai pagar o seu almoço. Ele tem um vale refeição ilimitado — Carson diz, querendo mesmo exibir o amigo.

— E Knox conhece as pessoas certas, então pode acabar conseguindo sobremesa de graça.

— É verdade — Knox confirma, com um sorriso tímido.

Eles são bons em barganhar, mas não tem como eu almoçar com este cara. Não quando mal consigo olhá-lo nos olhos depois do que aconteceu no sábado. Já é ruim o suficiente ter aula com ele. Quase parece que seus amigos estão tentando vendê-lo para mim, como se achassem que estou decidindo se devo namorá-lo ou não. E *isso* seria um não definitivo, já que acabei de sair de um relacionamento e não estou atrás de outro.

Mexo na bolsa que está apoiada no meu ombro e tiro *Orgulho e Preconceito* dali. Seguro o clássico junto ao peito e digo:

— Desculpa, mas tenho um encontro com o sr. Darcy. Vejo você depois.

Eu me viro e começo a me afastar assim que Carson e Holt fazem um som estridente devido à minha rejeição.

Por trás, ouço Knox me chamar:

— Ei.

Quando me viro, vejo-o parado ali, todo orgulhoso, com as mãos nas alças da mochila, o queixo erguido e um sorriso devastador no rosto. Ele não foi nem um pouco afetado pela minha rejeição.

— Darcy é um frouxo. Quer um herói de verdade? Você sabe onde me encontrar.

Babaca arrogante.

Não consigo evitar o sorriso no canto da boca quando me viro e continuo a me afastar, sem saber para onde estou indo, só tentando ficar o mais longe possível de Knox Gentry. Ele é desagradável, obstinado, o típico atleta. Ele chamou Jane e Lizzie de *atiradas*. Não haverá amizade entre mim e o sr. Gentry. Anote as minhas palavras.

CAPÍTULO 2

EMORY

— Você já está acabando aí? — Dottie grita da área compartilhada. — A comida chegou.

— Um segundo — peço enquanto termino de ler o último parágrafo dos capítulos sobre primeira infância e desenvolvimento.

Deitada de bruços na cama, movo o dedo ao longo das últimas palavras do livro e então o fecho com um estalo. Estou faminta, mas jurei para mim mesma que não sairia da cama enquanto não terminasse de ler, mesmo que meu estômago roncasse para a *alma mater*.

Usando meu short de seda com a blusa combinando — é o único pijama de que gosto —, prendo meu cabelo no topo da cabeça e vou para onde Dottie e Lindsay estão esperando, com comida tailandesa espalhada pela mesinha.

Somos melhores amigas desde os cinco anos de idade, crescemos juntas e batalhamos contra o constrangimento social e dividimos nosso amor pelos livros. Passamos os dias em Temecula — a cidade onde nascemos — indo ao Alberto's mais próximo, pedindo o burrito californiano e o dividindo em três, revezando quem teria que ficar com a parte do meio. Nós o levávamos para a casa da Dottie, onde o comíamos e fazíamos as reuniões do clube do livro.

Não havia nada melhor do que isso.

E aí chegamos ao ensino médio e Neil Langston entrou na minha vida. Direto de Napa, seus pais tinham se mudado para Temecula para empreender em uma marca de vinho. Ele era lindo, gentil e achava que eu era a coisa mais bela a andar no planeta. Namoramos por seis anos, e durante esses seis anos, comecei a me afastar de Dottie e Lindsay e ficar agarrada ao meu namorado. Elas foram para Brentwood depois da graduação, e eu permaneci perto de casa para ficar com Neil, que estava se preparando para fazer parte do negócio da família.

Foi apenas alguns meses atrás que comecei a me dar conta de que ele não estava interessado só no negócio da família, mas também na assistente do pai dele. Vou poupar os detalhes da posição comprometedora em que os encontrei, mas vou dizer uma coisa: perdi a cabeça naquele momento.

Pois é, surtei.

Tudo ficou preto, e antes que me desse conta do que estava fazendo, fui até a bunda pelada de Neil, que estava de quatro e com o pau enfiado fundo na assistente — tudo bem, acho que estou dando os detalhes — e dei um tapa no saco dele.

Exato, você leu certo.

Dei um tapa tão forte no saco dele — duas vezes — *tap, tap* que o fiz ganir feito um chihuahua que acabou de levar uma pisada no rabo.

E quando dei um passo para trás para ver as bolas balançarem e ele se contorcer de dor, dei um último tapa, recuei e dei um soco neles — *Pow!*

Soco bem no saco.

Punho cerrado bem nas preciosidades.

Foi um soco rápido com uma forte e ofuscante raiva por trás do impulso, me dando energia o bastante para quase enfiar aquelas bolas em seu intestino.

Ainda consigo ouvir o som estrangulado que saiu da sua boca bem antes de ele cair para o lado, com o pênis ereto, apontando para o teto, as mãos agarradas ao seu pau precioso. A assistente — nem sei o nome dela, e não me importo — recuou para a cabeceira, puxando os lençóis sobre o peito, soltando um guincho estridente, provavelmente com medo de que eu fosse atrás das suas partes também.

Ela, que com certeza sabia sobre mim e Neil — *por que mulheres fazem isso com outra mulher?* —, não merecia a minha atenção, mas o homem... eu teria esvaziado aquele saco rapidinho.

Tap. Tap.

Em vez disso, pairei sobre Neil, apontei para ele e disse:

— Seu pênis sempre foi pequeno demais, mas eu aguentava porque te amava. Agora estou feliz em dizer que não preciso mais ficar imaginando se você está dentro de mim ou não. — Me dirijo à assistente e falo: — Tenho certeza de que você sabe, mas quando ele goza, precisa ficar chutando com a perna para cima e para baixo, feito um cachorrinho animado. É revoltante.

Depois disso, fiz as malas, dei um beijo na bochecha dos meus pais e abri meu caminho para o centro-oeste, bem perto de Chicago, onde me reuni com as minhas melhores amigas, e agora dividimos um dormitório. Estou recuperando a minha vida.

Bem, a maior parte dela.

Cair no sono com o seio envolto na mão de um desconhecido pode ter sido um pequeno contratempo.

— Vamos ver *Big Brother*? — Dottie pergunta quando me sento no sofá duro do dormitório.

— E isso é pergunta que se faça? — indago enquanto pego uma porção de frango com amendoim e coloco no prato de plástico que já viu dias melhores. Mas não posso reclamar, porque Dottie e Lindsay me receberam de volta em suas vidas sem pensar duas vezes, então estou bem com seja lá o que elas tenham em casa. — Juno é tão babaca.

— Ninguém gosta do Juno — Lindsay diz, com a boca cheia de vegetais. — Mas... eu meio que o adoro.

— Como é? — Dottie e eu gritamos juntas.

— O que há de errado com você? — pergunto. — Não dá para gostar dele.

— Adoro odiá-lo, que tal? Melhor?

— Muito melhor — respondo, comendo uma boa porção do meu prato.

— Então... — Dottie começa, com um largo sorriso. — Vi você no campus hoje.

— Ah, é? Por que não foi falar comigo?

— Você parecia bem ocupada. — Dottie e Lindsay trocam sorrisos.

Ah, merda.

— Podem dizer. — Suspiro, enquanto me sento sobre as pernas. Conheço muito bem o olhar trocado pelas minhas duas amigas. Estou prestes a ser colocada sob interrogatório.

— Você estava conversando com Knox Gentry. — Ela solta um gritinho.

— Sabe quem ele é? Você o conheceu no loft do beisebol? Deu seu número para ele?

Viu só? Interrogatório.

— Eu nem sabia quem ele era, mas agora sei. Meio que o conheci no loft do beisebol, mas, na verdade, o meu mapa do campus foi parar... na cara dele, e ele me devolveu. Ele me reconheceu da festa. — Não vou entrar em detalhes sobre como ele me reconheceu... *nunca esqueço um bom par de peitos...* porque não há necessidade de contar para as pessoas que o meu seio é um calmante para caras bêbados. — E, não, não dei meu número para ele. Vamos fazer uma aula juntos, e ele pode ter me chamado para almoçar, mas falei que eu precisava ler.

— Como é? — Dottie quase explode em seu assento. — Por que você fez isso, caralho?

Dou de ombros, despreocupada, mantendo os olhos fixos no frango com amendoim à minha frente.

— Acabei de sair de um relacionamento de seis anos em que meu namorado me traiu. Acho que ainda não estou pronta para namorar de novo.

O rosto de Dottie suaviza com a compreensão.

— É compreensível, mas você pode se divertir um pouco, sabia? Um almoço não teria te matado.

— Ah, não se preocupa. Estou planejando me divertir. — Sorrio.

— Então, você quer dar uma passada no vestiário?

— Como? — pergunto, confusa, com o garfo apontado para minha boca. — Isso é tipo um clube?

— Hã, não — Lindsay e Dottie respondem ao mesmo tempo.

Assumindo a frente, Dottie explica:

— O vestiário é realmente o vestiário masculino.

— Eca, por que eu iria querer ir lá? — Lembro vagamente sobre Dottie e Lindsay conversando sobre a magia do vestiário na outra noite, mas não consigo recordar os detalhes por causa da quantidade de álcool que ingeri.

Depois de piscar algumas vezes, como se eu fosse a maluca, Dottie continua:

— O vestiário é o lugar mais exclusivo do campus, Emory. É o santo graal, é o ápice de todos os orgasmos.

— Em um vestiário — falo, inexpressiva. — Onde os caras estão suados e fedorentos? É esse o lugar?

Lindsay revira os olhos e se inclina para frente, como se estivesse explicando a coisa mais simples do mundo para mim.

— Não é como os vestiários dos filmes, onde os caras são grosseiros e nojentos. É bem diferente. Tem sofás de couro e eles trocam os carpetes todos os anos, simplesmente porque podem pagar por isso, tem armários de madeira com placas de identificação e frigobares espalhados por todo lado abastecidos com bebidas eletrolíticas. — Ela ergue o punho no ar. — Bebidas eletrolíticas, caramba! Isso significa que você nunca vai ter câibras.

Dottie intervém quando Lindsay se distrai com as bebidas esportivas.

— Eles têm chuveiros incríveis em que o vapor sobe e sobe ao ponto de você sentir que está nesse lugar úmido, turvo, suado e cheio de sexo. É erótico, com alta demanda, mas quase nunca oferecido, mas quando você consegue o bilhete dourado para o vestiário, é onde os sonhos se tornam realidade.

Lindsay se inclina ainda mais, com os olhos vidrados, a boca se contraindo.

— Ouvi que uma garota teve um orgasmo de cinco minutos ininterruptos contra o azulejo do chuveiro, enquanto a água caía sobre ela.

— Também ouvi — Dottie confirma. — Dava para escutar os gemidos dela da quadra de basquete.

— Isso. — Lindsay fica animada. — A banda ouviu enquanto estava praticando. Acharam que era um gato de rua preso nas arquibancadas ou algo assim.

— Espera aí. — Ergo a mão. — Vocês estão me dizendo que garotas imploram para serem levadas para o vestiário masculino para fazer sexo?

— Não é qualquer vestiário, é o vestiário do beisebol. Há uma grande diferença.

— Como assim? — pergunto a Dottie.

Ela levanta a mão e conta nos dedos.

— O basquete é o terceiro esporte de maior sucesso no campus. Eles são esforçados e mandam bem, mas o vestiário deles é uma porcaria comparado ao do time de beisebol. — Ela levanta dois dedos. — Futebol americano é o segundo melhor esporte do campus e, mesmo que estejam mandando bem demais, o vestiário deles é nojento. Caras legais, mas o equipamento deles vai fazer você broxar antes que consiga tirar o sutiã. — Ela ergue o terceiro dedo. — Beisebol é o número um. Recrutas de todo o país vêm jogar para o treinador Disik, porque é quase certo que você vai acabar na liga profissional se treinar com ele. Vencemos o torneio universitário quase todos os anos. Brentwood é o terreno fértil para os novos jogadores, e é por isso que eles têm o melhor vestiário. O lugar mais sexy para se estar, porque se você tiver sorte de ser convidada, significa que o cara que te levar para lá quer algo sério com você.

— Tenha dó — zombo. — Duvido muito que uma garota que vai fazer sexo em um vestiário esteja à procura de casamento.

Dottie e Lindsay se entreolham. E quase em um sussurro, Dottie diz:

— Toda garota que foi para o vestiário acabou se casando com um jogador dentro de cinco anos.

— Qual é. — Não pode ser verdade.

— É verdade — Lindsay apoia Dottie. — É meio que uma regra silenciosa entre todos os jogadores. Eles não levam lances casuais para lá. Só levam para o vestiário alguém que planejam ter ao lado para sempre. É quase como se fosse uma bênção para o relacionamento.

— Tipo água benta — Dottie acrescenta, mergulhando os dedos na água e borrifando ao redor. — Mas em vez de água abençoada por Deus, é de eletrólitos fornecidos pela Coca-Cola.

Lindsay lança um olhar melancólico para o teto.

— Só consigo imaginar como deve ser ir para lá.

— Deve ser cheio de fungos e cheiro de pum.

Lindsay aponta o dedo para mim, séria.

— Não se atreva a estragar isso para mim. Vou conseguir um passe para o vestiário, sei que vou.

— Você não precisa ser convidada por um cara? Alguém com quem esteja namorando sério?

Sorrindo, Lindsay diz:

— Claro, o que me leva a perguntar, você não se importaria de ir ao loft do beisebol nesse fim de semana, não é?

Dottie revira os olhos.

— Ela está com uma queda por um dos calouros. Ele não faz ideia de onde está se metendo. Coitado.

— Um calouro, sério? — Não consigo me imaginar namorando um calouro. Saído direto do útero do ensino médio, atrapalhado e confuso. É difícil encontrar um cara assim que seja talentoso na cama. Não que eu saiba disso por experiência própria. Neil foi o meu primeiro, e não fiquei com mais ninguém. Ainda estou magoada. Seria legal ter um ficante, sabendo que há certa experiência por trás das mãos ávidas. *Ainda mais se ele tiver um pau que dá para sentir quando está ereto e dentro de mim.*

— Ele é bem fofo. Tem toda aquela coisa de ficar jogando o cabelo e tem olhos azuis incríveis. Não ligaria de me tornar a sra. Robinson.

— Meu Deus — Dottie murmura.

— Mas vocês duas vão comigo? O tema deste fim de semana é selva.

— Como assim? — pergunto, um pouco apavorada de verdade pelas festas no loft todos os fins de semana, temáticas ainda por cima.

— Significa que vamos ter que nos vestir como vadias com tema de animais. Não é empolgante?

— Muito empolgante — respondo, sarcástica, antes de enfiar outra porção de frango na boca.

Vou admitir, as aulas na Brentwood são muito mais desafiadoras do que as da minha antiga faculdade. Vou à biblioteca mais vezes do que nunca, e como lanchinhos escondido sempre que tenho a chance.

Encontrei uma porta que dava para uma sala de estudos nos fundos que ninguém parece usar, então sempre que estou aqui, tomo conta do lugar, pego lanchinhos e água — mesmo que, tecnicamente, não sejam permitidos — e passo o resto da noite estudando depois das aulas. Amo Dottie e Lindsay, mas tenho um pouco de inveja porque estudar é fácil para elas. Simplesmente aprendem rápido. Eu tenho um pouco de dificuldade em reter conhecimento, então quando estamos no dormitório juntas, elas estão sempre conversando, nunca me dão a chance de abrir um livro. Aprendi isso nas primeiras duas noites depois que as aulas começaram. Agora venho à biblioteca e me junto a elas para o jantar quando termino.

É uma rotina boa e consistente. Ainda me sinto um pouco atrasada, mas é só a primeira semana, vou dar conta.

E é por isso que estou na biblioteca agora, em um sábado, fazendo anotações no meu caderno, quando Lindsay e Dottie invadem o meu santuário.

— Meu Deus. — Solto um longo suspiro. — Vocês me assustaram pra valer.

As duas estão com as mãos nos quadris e me encaram.

— O que você ainda está fazendo na biblioteca?

Estão com a maquiagem pronta, os cabelos cacheados, e mesmo que estejam usando suéter, sei que há outros figurinos por baixo das roupas, a julgar pela maquiagem selvagem delas.

— Estudando. — Aponto para os livros. — O que parece que estou fazendo?

— Você precisa se arrumar para a festa de hoje à noite.

— Estava pensando sobre isso, sabe? — Me recosto na cadeira e mordo a ponta da caneta. — Acho que vou passar a de hoje, vou me debruçar neste livro e me perder por um tempo.

— De jeito nenhum — Dottie diz, fechando meu livro, enquanto Lindsay começa a guardar minhas coisas. — Você não vai se safar dessa festa. Perdemos vários anos juntas graças a Neil, o Idiota, então a gente precisa de tempo para compensar isso. Você vai a essa festa com a gente.

— Mas...

— Nada de *mas*. — Lindsay balança a cabeça. — Sem desculpas. Você vai e vai gostar, vai beber, vai paquerar e aí vamos para o Kennedy Fried Chicken depois, para comer um balde de frango. Está me ouvindo? — Lindsay está quase me puxando da cadeira enquanto fala.

Com a bolsa na mão e as duas me puxando para fora da sala, não tenho outra escolha além de ir com elas.

— Você só tem mais dois anos com a gente e aí tudo isso vai acabar e vamos ter que agir como adultas — continua Dottie. — Depois da formatura, você pode rejeitar os convites para festas, mas, até lá, suas noites de sexta e sábado pertencem a nós, de vez em quando alguns domingos de diversão e terças de tacos.

— São quatro de sete noites na semana. Nesse ritmo, nunca vou me formar. Diferente de vocês duas, que são gênias, eu preciso estudar, lembra?

— Não se preocupa. — Lindsay dá um tapinha no meu braço. — Não vamos deixar você tirar notas baixas. Podemos até nos divertir, mas não estamos na lista de melhores estudantes à toa. É só a primeira semana, Emory. Temos muito tempo para mergulhar nos livros, e vamos fazer isso, mas precisamos aproveitar que estamos juntas de novo.

Tudo bem, quando ela diz *assim*... acho que tem razão.

Voltamos aos dormitórios. Já que somos veteranas, tivemos ótimas escolhas disponíveis sobre qual dormitório gostaríamos de ficar, então é claro que escolhemos a suíte novinha para três pessoas. Quando Dottie e Lindsay eram calouras, tiveram que morar em um quarto para duas pessoas com banheiro compartilhado, então mesmo que nosso espaço seja pequeno, elas me garantiram que estamos vivendo no luxo.

Lindsay abre a porta e joga minhas coisas no sofá antes de se virar para mim e apontar para o meu quarto.

— Sua roupa espera por você.

Ai, caramba, não deve ser nada bom.

— Como assim?

— A nossa garota não pode aparecer na festa sem estar apropriadamente vestida. — Dottie dá um tapa na minha bunda. — Vá depressa. A gente precisa fazer um esquenta lá no The Point primeiro, comer alguns nachos e aí ir para a festa.

— The Point? — pergunto a caminho do quarto.

— O bar embaixo do loft. Continue.

Mais um empurrãozinho para o quarto e meus olhos focam nos pedaços de tecido espalhados na cama.

— Vocês não podem estar falando sério! — grito.

— Você tem meia hora. Dê um jeito — Dottie grita e fecha a porta.

Que maravilha. Meia hora. Como é que eu vou me certificar de que *cada* parte do meu corpo esteja coberta com *isso*?

CAPÍTULO 3

KNOX

— Preciso pegar mais suco da selva? — pergunto, olhando o cooler de Gatorade apoiado no balcão, onde as pessoas fazem fila para pegar um copo.

— Orson já pegou mais — Holt diz por cima da música alta.

Tomo um gole de cerveja, porque o suco da selva não é para mim — fico doidão sempre que bebo e acabo mostrando a bunda. *Sempre*.

Morar em um dos locais onde são feitas festas no campus tem seus prós e contras. Nunca temos que ir a outro lugar quando se trata de festas, mas sempre acabamos sendo os anfitriões, o que significa que precisamos nos certificar de que nossos quartos não sejam usados para transar e de que nossas coisas não sejam roubadas, porque, acredite se quiser, as pessoas são babacas.

Jason Orson foi designado como o nosso organizador de festas. Um estudante do segundo ano com um talento especial para ideias idiotas, ele está no comando de cada festa no loft. E a razão por eu estar sem camisa, parecendo o Rambo, é porque Jason teve a ideia brilhante de dar uma festa com a temática de selva. Seja lá o que isso significa.

Mas vou admitir que ver a interpretação da temática de selva de cada um é divertido. Há algumas árvores aleatórias, moças de vinhas, animais e o pessoal do beisebol, que pegou o caminho do Rambo, com um pedaço de tecido amarrado ao redor dos bíceps e da cabeça. Calças militares e pinturas de guerra pinceladas por todo o nosso corpo. Não é o pior figurino, mas tivemos que desligar o aquecedor — já que as pessoas ficam entrando e saindo — e meus mamilos estão tão duros que seriam capazes de cortar vidro.

— E a sua garota virá hoje? — pergunto a Holt, que não para de examinar a multidão.

— Ela disse que estará aqui, mas não sei quando.

— Ela finalmente cedeu às suas mensagens irritantes?

Ele leva a cerveja aos lábios.

— Acho que ela só está fazendo isso para me satisfazer, mas planejo mudar as coisas hoje.

— Ei — Carson diz, aproximando-se. — Ficaram sabendo que Kavinsky foi chamado para arremessar amanhã?

— Não brinca — falo.

Frank Kavinsky era o arremessador número um quando eu era calouro. O cara é uma máquina e obcecado por chá — até o suor dele é feito de chá —, e logo se destacou nas ligas menores com seu arremesso perverso e sua ética de trabalho consistente. Só tive um ano com ele, mas aprendi muito e tentei seguir seus passos, adotando sua ética de trabalho e atitude positiva.

— Parece que todo aquele chá ajudou. — Carson ri. — Ainda temos um pouco daquela porcaria em um dos armários, se algum de vocês precisar de um pouco do chá especial dele.

— Não, valeu — respondo, olhando para o lado e vendo um rosto familiar passar pela porta.

Com o cabelo castanho longo, liso e esvoaçante abaixo dos ombros e os lábios cor-de-rosa mais doces que já vi, Emory Ealson entra no loft usando um cropped preto, uma saia da mesma cor e bigodes presos às bochechas coradas. Ela é uma gata? Na selva?

Não importa o que ela seja, tudo que importa é que seus peitos ficam ótimos naquele cropped, e suas pernas são lindas pra caramba por baixo daquela saia extremamente curta.

Carson bate no meu braço.

— Ei, não é aquela garota da aula? — Assinto, lambendo os lábios. — Caramba, ela é gostosa.

— Nem pense nisso. — Me viro para ele, deixando clara minha reivindicação.

Ele ri e balança a cabeça.

— Calma, cara. Você praticamente a demarcou toda no outro dia. Já entendi. Só não deixe as coisas constrangedoras para a gente na aula.

— Só aconteceu uma vez. — Reviro os olhos. — E eu achava que você já tinha esquecido aquilo.

Ele cutuca a lateral da cabeça.

— Nunca vou esquecer aquela merda, ainda mais depois que a garota jogou a minha vitamina matinal na gente.

— Pelo menos ficamos com cheiro de fruta. — Dou de ombros. Eu tinha me prometido nunca mais me envolver com pessoas malucas de novo. Eu já deveria saber que ela era maluca quando não parava de lamber os lábios ao falar comigo, como se eu fosse algum bife apetitoso, prestes a ser devorado.

Aprendi a lição.

Carson cutuca meu ombro.

— Você vai falar com ela?

— Preciso ir com calma, cara. Não dá para parecer desesperado. — Bebo a cerveja casualmente.

— Se você não for falar com ela logo, o Romeo vai dar as caras. — Carson aponta para Brock "Romeo" Romero, que está com os olhos fixos em Emory enquanto ela abre caminho pela multidão até a cozinha.

— Merda — resmungo, fazendo Carson rir, enquanto avanço para a cozinha, indo na direção dela.

Passo por algumas pessoas que tentam chamar minha atenção, mas, em vez de parar para conversar, como costumo fazer, lanço a elas um rápido sorriso e avanço para Emory, parando bem à frente de Romeo quando ele está prestes a entrar, oferecendo a ele um bom e velho bloqueio antes que possa fazer qualquer coisa.

— Não sabia que veria você aqui — digo como um cumprimento, lançando um rápido olhar para Carson, que está rindo com Holt, reparando no bloqueio que fiz em Romeo.

Tanto faz. Romeo está no segundo ano, então ele pode ir catar coquinho. Eu já sou do terceiro.

Sem nem olhar para mim, Emory pega um copo e diz:

— Minhas amigas me arrastaram para cá.

Quando ela está prestes a pegar um pouco de suco da selva, eu a impeço, trazendo seu olhar na minha direção.

— Está planejando tirar a roupa para todo mundo hoje?

— Hein? — ela pergunta, com o nariz se enrugando de um jeito fofo.

— Sugiro que fique longe dessa coisa, a menos que queira tomar um porre.

— É mesmo? — Ela me lança um olhar desconfiado. — Bem, preciso estudar amanhã, então prefiro não ficar de ressaca. — Sua voz é tão doce, e tem um leve toque provocativo. Gosto bastante.

— Você pode tomar uma das minhas cervejas. — Estendo a mão para uma geladeira atrás de mim, que está sendo protegida por um dos calouros, porque sempre temos alguém de guarda, e pego uma cerveja para ela. Abro a tampa e a entrego.

— Bud Light? — ela pergunta com um tom desagradável.

— Achou que teríamos cerveja artesanal? Estamos em uma república universitária.

— Ainda assim. — Ela toma um gole e estremece. — Achei que vocês teriam um pouco mais de classe.

— Você está me dando crédito demais. — Aponto com a cabeça para um canto do loft onde há menos pessoas. Quando ela não me segue de imediato, me viro, pego sua mão, assim como fiz na aula, e a puxo pelo loft até nos acomodar no canto. Me recosto na parede, apoiando uma perna atrás de mim.

Ela me olha, me dando uma boa olhada.

Faço o mesmo.

Ela é gostosa pra caramba, e estou começando a me arrepender das minhas atitudes no sábado passado, desmaiando no meio da diversão.

Por fim, ela diz:

— Parece que você perdeu a camisa. — Ela aponta com o dedo para o meu peito nu.

Olho para suas pernas e respondo:

— Deve ter sido onde você perdeu metade da sua saia.

— Acha que elas estão se pegando em alguma lavanderia por aí? — Ela toma um gole de cerveja e estremece de novo. Mais alguns goles e ela vai se acostumar; sempre acontece comigo.

— Se estiverem, espero que usem a lavagem suave.

Ela ergue as sobrancelhas.

— Nem sei se isso faz sentido.

— Ah, como se metade da sua saia e uma camisa se pegando em uma lavanderia fizesse muito sentido.

— Em um livro infantil, com certeza.

— Que tipo de livro pervertido você lia quando era criança?

— Os clássicos, sabe — ela responde, casualmente. — *One Fish, Two Fish, Red Fish, Blue Fish* e *Saia e Camisa, companheiros para a vida*.

— Ah, é, esqueci dessa literatura apaixonante, mas reveladora, que bombou no *The New York Times*.

— Tenho cinco cópias autografadas da primeira edição em uma caixa no sótão dos meus pais. Estou contando com elas para pagar meus empréstimos estudantis. — Ela dá um gole na cerveja, joga o cabelo sobre o ombro e olha para o meu peito outra vez.

— Cinco? — indago, sarcástico. — Caramba, esqueça os empréstimos estudantis, você está feita para a vida toda.

— É mesmo? — Ela olha ao redor. — Cacete, então o que estou fazendo aqui?

— Você veio para me ver, é claro — respondo com um sorriso.

Ela revira os olhos.

— A realidade é que fui arrastada para esta festa porque a minha amiga tem uma queda por um dos seus calouros.

— Ah, é? Qual? — Olho por cima de sua cabeça, observando todos na festa.

— Não faço ideia, mas parece que ele tem olhos azuis incríveis.

— Incríveis, é? Só pode ser o Gunner. Até eu fiquei deslumbrado pelos olhos dele quando ele foi recrutado. — Sem brincadeira, o cara ganhou na loteria com aquelas íris. Fico com inveja daquele tom... de mar.

— Não tem vergonha de admitir? — ela pergunta, mudando o peso de um pé para o outro.

— Nem um pouco. — Dou outra olhada nela, absorvendo suas longas pernas torneadas, sua barriga lisa, graças a Deus visível pelo seu cropped bem revelador. Seu corpo é de parar o trânsito, mas quando alcanço seus olhos, eles não trazem nada de malícia, e sim pura inocência. Uma total contradição que faz minha mente girar. — E aí, do que você está vestida? De gata?

Ela olha para a própria roupa e suspira, tomando outro gole da cerveja. Quase parece entediada por estar na festa.

— Tenho certeza de que era para eu ser uma pantera, mas minha amiga economizou bem nessa coisa de fantasia.

— Pois é, economizou mesmo — concordo, olhando sua saia quase inexistente. — Por favor, me diga que está usando alguma coisa por baixo disso aí.

— Não — ela responde, bebericando a cerveja e então estalando os lábios. — Gosto de sentir um ventinho nas minhas partes baixas enquanto estou andando.

— Partes baixas? — Estremeço. — Porra, não fale assim.

Ela ri e balança a cabeça.

— Não sou uma aventureira, Knox. É claro que estou usando algo por baixo da saia. — Ela levanta a lateral, exibindo um short preto minúsculo. — Sinceramente, quero ser bibliotecária. Preciso ser sensata.

Sensata? Está mais para gostosa pra caralho. Vi um pouco da dobrinha da bunda.

Levo a cerveja para perto da boca e solto um longo suspiro.

— Uma bibliotecária sensata não ia ficar exibindo sua roupa de baixo para um universitário com tesão.

— Bem, pode ser que eu seja uma bibliotecária moderna, então. — Ela dá uma piscadela e começa a se afastar.

— Ei, para onde você está indo?

Ela olha sobre o ombro.

— Tenho que me exibir para mais algumas pessoas. Não pense que você é o único sortudo.

Droga, isso não me soa bem.

Nem um pouquinho.

CAPÍTULO 4

EMORY

— A primeira semana foi ótima, mãe, não há nada com o que se preocupar.

Tento manter a voz baixa enquanto ando pelo campus, sem querer parecer uma daquelas estudantes com saudade da mãe — já ouvi telefonemas de passagem assim.

Não, mãe. Não estou bebendo.

Sim, mãe. Estou ficando longe de problemas.

É claro que estou tomando minhas vitaminas.

Nem toquei nas camisinhas que você me deu.

— E Dottie e Lindsay estão te apresentando e explicando como as coisas funcionam por aí?

— Sim — digo, exasperada. — Elas são as minhas melhores amigas, que trocaram de dormitório para ficarem comigo, você acha mesmo que elas iriam me levar para uma festa de fraternidade e me desejar boa sorte?

— Pode ser que sim — minha mãe responde.

— Já superamos tudo o que aconteceu com Neil. Elas estão felizes por eu estar aqui, pode acreditar. No mínimo, estão me ajudando a me divertir. — Tipo ir à festa do beisebol, onde há jogadores gostosos dos quais eu deveria ficar longe, principalmente de um certo alguém "com tesão".

— Ah é? Que tipo de diversão?

— Ah, você sabe, sair da minha zona de conforto. Experimentar a vida.

Não preciso mencionar que desmaiar com um desconhecido segurando meu peito era um tipo de diversão. Nem devo mencionar a festa que fui no fim de semana passado, porque há coisas de que os pais precisam saber e coisas de que eles não precisam saber. Festas com um bando de atletas com muita libido é algo que uma mãe não precisa saber sobre a filha.

Mesmo que nada tenha acontecido, não preciso daqueles sermões sobre engravidar, ou dos pacotes cheios de preservativos enviados de casa e a panfletagem sobre ser uma jovem mãe solo.

Ou de uma carta declarando que minha mãe ainda não está pronta para ser avó.

Pois é, já recebi todas essas coisas, mesmo quando ainda estava morando em casa. Amo a minha mãe, mas seus argumentos estão sempre carregados de drama.

— Desde que você esteja se protegendo, curta bastante.

— É claro que estou me protegendo. — Suspiro assim que avisto um moletom familiar pelo canto do olho. Dou uma olhada para a direita e faço contato visual com Knox Gentry. Um sorriso ilumina seu rosto lindo, suas mãos estão enfiadas nos bolsos, e ele está vindo na minha direção. Ai, droga. — Ei, mãe, preciso ir para a aula.

— Tudo bem, querida. Me ligue esta semana para que a gente possa conversar mais.

— Claro. Amo você.

— Também amo você.

Desligo assim que Knox me alcança e passa o braço ao redor dos meus ombros para um rápido abraço.

— Como vai a minha pantera favorita?

Que perfume celestial é esse?

Másculo... é o que é, pura masculinidade.

Ou Ralph Lauren.

Como não sou uma megera, retribuo o abraço e então me afasto, enquanto dou uma boa inspirada em seu perfume fresco às escondidas.

— Pantera favorita? Sério? Achei que essa fosse a garota com quem você ficou de pegação no sábado.

Pois é, depois de ter ficado todo amigável comigo, vi seus lábios indo trabalhar em outro lugar. Não que isso importe, não estamos saindo nem nada disso, mas é bom saber que apesar de ele ter me dado atenção na festa, não estava de olho em mim. Agora dá para ver que perdi a noção de quem eu era quando estava namorando o Neil. Nossos mundos giravam em torno um do outro. Mas aqui, eu sou eu mesma. Não sou parte de *Neil e Emory*, e gosto desta liberdade. Me recuso a acreditar que eu tenha sido a responsável pela traição do Neil. O sexo com ele era medíocre, na melhor das hipóteses, e agora estou livre de ter que fingir. É meio que libertador. Então o sr. Gentry pode beijar quem ele quiser.

Sem nem demonstrar um pingo de vergonha, ele diz:

— Ela era uma onça, bem diferente, e a gente não estava se pegando. Ela me beijou uma vez e eu retribuí, por que não? — Ele puxa a minha jaqueta. — Está com ciúmes, é?

— Nem um pouquinho — respondo, me virando para que possa conversar com ele enquanto ando de costas. — Foi interessante ver o seu tipo.

— Ah, é? E qual você acha que é o meu tipo? — ele pergunta, com o queixo erguido.

— Saias bem curtinhas.

Ele ri e então olha para a saia xadrez que estou usando hoje — com meias, ainda por cima.

— Elas não precisam ser necessariamente curtas. Também gosto até a metade da coxa.

Sem nem pensar, puxo minha saia, que cai perfeitamente na metade da minha coxa.

— Você não acha que precisa conhecer uma garota antes de mencionar o tamanho da saia dela? — indago logo antes de esbarrar em alguém atrás de mim.

Knox estende o braço e pega a minha mão, me equilibrando antes que eu caia. Ele acena para a pessoa na qual esbarrei, aponta para mim e diz:

— Ela ainda está de ressaca.

O cara não diz nada, em vez disso, faz uma careta e vai para outra direção.

— Caramba, que sem educação — Knox diz antes de passar o braço pelos meus ombros outra vez, enquanto continuamos a andar para a nossa aula. —

E aí, Em, quando é que você vai me dar uma chance de te conhecer melhor?

Seu perfume viciante me atrai a ficar sob seu abraço, em vez de afastá-lo como deveria. Mas, meu Deus, é como tomar banho de feromônios.

— Agora.

— Estamos a cinco minutos da sala de aula.

— Bem, então é melhor você começar a fazer perguntas.

— Que maldade. — Ele ri, mas então não perde mais tempo e vai direto ao ponto. — De onde você é?

— Califórnia.

— Garota californiana? Isso explica as saias. Faz frio aqui, então espero que esteja pronta para usar algumas calças.

— Já deu para perceber. — Nossos passos se alinham, e parece tão fácil caminhar lado a lado com ele. Que estranho, mas não parece esquisito como eu teria esperado. Pelos últimos seis anos, o braço de um só homem ficou ao redor dos meus ombros, e com certeza não era tão musculoso e firme como o de Knox. Neil era só alguns centímetros mais alto do que eu, então nunca me senti tão... embalada, na falta de um termo melhor. E é bom. Libertador, de alguma forma. Neil não era tão caloroso e simpático quanto Knox, e olha que mal somos amigos.

— Por que você pediu transferência?

— Queria um recomeço.

— Alguém fez mal a você? — ele pergunta, casualmente.

— Ex-namorado, mas não quero falar sobre isso agora.

Em vez de responder de imediato, Knox faz uma pausa e, em seguida, diz:

— Ele é um idiota por ter largado você.

Isso deveria soar como uma resposta pronta, automática, que um cara dá para conseguir transar com uma garota, mas não é bem assim quando dita por Knox. É genuína e, para ser sincera, me faz querer me inclinar para mais perto dele.

— Ele é um idiota — confirmo.

— Então você está aqui para começar um novo capítulo da sua vida. Como tem se saído até agora? — Ele abre a porta do prédio e me conduz para dentro, mantendo-se ao meu lado enquanto passamos pela multidão no saguão.

— Bem, há esse cara que eu fico encontrando, e tenho certeza de que ele quer ser o herói da história. As personagens secundárias são as melhores amigas que uma garota poderia querer, mesmo que elas a façam se vestir como uma "pantera", e o arco da história parece estar a meu favor até o momento.

Chegamos à sala de aula, e ele abre essa porta para mim também. O cavalheirismo não está morto para ele.

— Acha que o cara com quem você continua se encontrando vai virar o herói da sua história? Solidificá-la? — ele pergunta, arqueando as sobrancelhas.

— Duvido, aposto que vai acabar sendo só um alívio cômico.

Ele aperta o peito.

— Ai, Ealson, essa doeu.

Dou um tapinha em seu ombro.

— Você vai sobreviver.

Quando estou prestes a me sentar na frente, ele puxa minha mochila, me mantendo no lugar.

— Aonde você acha que vai? — Ele aponta na direção de seus amigos. — Já temos lugares.

— Você tem, mas eu prefiro me sentar na frente.

Ele balança a cabeça.

— Não vai rolar. Para quem eu vou ficar escrevendo bilhetes?

— Aposto que Carson iria adorar ler uma carta de amor.

Knox se vira para olhar para Carson, que está acenando com entusiasmo para nós.

— Olha só para aquele otário, ele vai ficar de coração partido se você não se sentar com a gente.

— Quem vai ficar de coração partido? Ele ou você? — Ergo uma sobrancelha em sua direção.

— Um homem nunca revela seus verdadeiros sentimentos antes do quarto encontro. Você não sabe nada sobre arcos de romance?

— Terceiro — corrijo, baixinho, mesmo que seu conhecimento literário possa me deixar facilmente de joelhos.

Ele desce um degrau para o meu nível e estende a mão, contando as vezes que nos vimos.

— Hoje, a festa da selva, aula da semana passada... e a noite em que o seu peito tentou escapulir.

Agarro sua mão e abaixo todos os seus dedos.

— Não vamos mencionar aquela noite.

— Posso acabar mencionando se você não se sentar com a gente.

— Chantagem? Sério, Knox?

— Posso ser baixo assim — ele responde com um sorriso encantador.

Revirando os olhos e soltando um longo suspiro, volto a subir os degraus e alcanço a fileira do beisebol — é assim que vou chamá-la.

— Ealsoooon — Carson entoa, levantando a mão para um "toca aqui". Que recepção mais selvagem, mas dou uma rápida batida e me sento. Holt acena na minha direção, mas ainda está preso ao celular, digitando. Eu já deveria ter me acostumado em ver o topo de sua cabeça, porque já vi mais de seu cabelo bagunçado do que seu rosto, de fato.

— Viu só? Não está feliz de se sentar com a gente? Somos divertidos — Knox sussurra, inclinando-se.

— Vocês são irritantes.

— Irritantemente divertidos.

Balançando a cabeça, pego meu notebook e me preparo para a aula. Parece que estou adicionando mais personagens secundários à história... mas não um herói.

Knox cutuca meu braço e me oferece seu belo e devastador sorriso.

Definitivamente não um herói.

Eu o odeio.

Eu o odeio com todas as minhas forças.

Knox Gentry está morto para mim.

— Espera, Em. — Ele vem atrás de mim, mas mantenho o ritmo, tentando ficar o mais longe possível dele.

Mas meus passos curtos não conseguem superar os longos e poderosos dele e, antes que eu possa ficar a mais de três metros de distância, ele coloca o braço ao meu redor outra vez, rindo baixinho para si mesmo.

— Qual é, você não pode ficar com raiva de mim.

— Você me fez bufar de tanto rir no meio da aula quando todo mundo estava quieto.

Ele ri ainda mais.

— Não tenho culpa de ser engraçado.

Eu paro e o encaro, com os braços cruzados.

— Agora o professor Culpepper sabe quem eu sou e isso não é uma coisa boa.

— Ele é um idiota. Você não precisa se preocupar com ele.

— Ele me perguntou qual era a graça.

— E você deu uma resposta incrível.

Mexo os lábios de um lado para o outro.

— Dizer *voz estridente de puberdade* não foi uma resposta incrível. — Foi a única coisa em que consegui pensar no momento sem revelar o que Knox escreveu no seu notebook para mim.

— Fez a classe toda rir.

— Pois é, e agora ele acha que eu sou a palhaça da sala. — Aceno com a mão para o lado com raiva.

— Que nada, não se leve tão a sério. Talvez uma estudante espertinha, mas não a palhaça da sala. Você precisa fazer muito mais do que isso para merecer esse título.

— Aff — gemo e começo a pisar duro para longe, mas mais uma vez, não consigo me distanciar muito.

— Qual é, Em, pode admitir que foi divertido lá no fundão.

— Não foi divertido. Não vou me sentar com você de novo.

— Você me magoa, Emory Ealson — Knox grita. — Aonde você vai? Vem almoçar comigo.

— Nunca — grito, me virando para ele por um breve segundo, escondendo o sorriso que tenta escapar dos meus lábios. Ele deve ter se dado conta, porque antes que eu possa me virar, ele retribui o sorriso com força total.

Maldito seja.

Maldito seja seu sorriso.

E malditos sejam seus bilhetes.

E graças a Knox Gentry, nunca vou conseguir olhar para o professor Culpepper do mesmo jeito outra vez. Porque quando eu menos esperava, enquanto o professor estava no meio de uma frase, Knox apontou com muita eloquência para um aglomerado de sardas no rosto do professor Culpepper que pareciam muito com um dedo do meio.

Olha só para a cara dele, Ealson. As sardas dele estão mandando a gente para aquele lugar.

Então, de agora em diante tudo o que vou ver é um dedo do meio apontado para qualquer um que olhar para a cara dele.

Que maravilha.

Capítulo 5

Knox

— Gentry, no meu escritório, agora.

— Aff, isso não soa nada bem — Carson diz ao se sentar ao meu lado, amarrando os tênis antes de ir para a sala de pesos.

— Ele é sempre assim, como se tivesse pinças espremendo seus mamilos e não soubesse como tirá-las.

— Pode ser que você possa ajudá-lo enquanto estiver no escritório. — Carson ri.

— Uma brincadeirinha com mamilos com o treinador Disik? Pode deixar. — Esfrego as mãos e me levanto. — Encontro você lá na sala de pesos. Não comece o supino até eu chegar lá.

— Seja gentil com os mamilos do velho, você não vai querer que eles caiam.

Estremeço, pensando em velhos mamilos se esfarelando e caindo no chão e xingo meu amigo baixinho por trazer essa imagem à minha cabeça antes de entrar no escritório do treinador.

A Universidade Brentwood, bem renomada por seu departamento esportivo, era a que eu mais desejava entrar quando fui recrutado. Assim que saí da escola, sabia que ainda não estava pronto para ser convocado, por isso escolhi ser recrutado por universidades. Quando a Brentwood me ofereceu bolsa integral, soube exatamente para onde iria. E a principal razão é o treinador Disik.

Uma lenda por colocar jogadores da Brentwood direto na liga principal, e eu queria ser mais um dos jogadores que saiu de seu "sistema de cultivo". Mesmo que os últimos dois anos tenham sido um inferno com todo o esforço que tenho feito para melhorar, a diferença em minha forma de jogar é astronômica, e só posso agradecer ao treinador Disik, mesmo que ele seja um babaca arrogante com... mamilos tão velhos que estão se esfarelando.

Bato à porta de seu escritório e espero sua voz rouca gritar:

— Entre.

Abro a porta e me sento em uma das cadeiras de couro preto à frente de sua mesa. Não há necessidade de convite; já estive em seu escritório o bastante para saber como funciona. A porta se fecha atrás de mim e o treinador Disik tira os olhos do computador e cruza as mãos sobre a barriga.

O cavanhaque branco que emoldura sua boca se destaca contra o profundo bronzeado de sua pele por ter ficado ao ar livre durante a maior parte da carreira. E por baixo da aba de seu boné está o par de olhos azuis mais assustadores que já vi, ainda mais quando há algum erro em campo.

Ele é capaz de fazer seu saco murchar para dentro da pelve rapidinho.

Ele ergue o boné e o ajeita na cabeça antes de dizer:

— Quais são os seus planos para o seu último ano?

— Hã... — Tento segurar o riso. — Estou no terceiro ano, treinador.

— Não sou a porra de um idiota, Gentry. — Já mencionei que o treinador Disik não tem escrúpulos ao falar palavrão na frente dos jogadores? Mas você já deve ter percebido isso pelo cavanhaque e o olhar ameaçador. — Estou querendo saber se você planeja entrar nas convocações depois deste ano ou não.

— Ah, bem, minha mãe sempre diz que a graduação deveria ser a prioridade.

— E o que você quer?

— Quero estar o mais preparado possível.

— E acha que outros dois anos sob meu treinamento vão preparar você?

Dou de ombros, imaginando por que ele está falando sobre isso.

— Quero ganhar o máximo de conhecimento possível.

Ele assente e se recosta na cadeira, com os olhos sempre fixos nos meus.

— Acho que você será um grande idiota se não se inscrever para as convocações depois deste ano.

Por essa eu não estava esperando, mas *fale sem rodeios, treinador*.

Ele se inclina para frente.

— Você pode se graduar enquanto joga, então isso jamais deveria te segurar. Olheiros de todos os lugares têm observado você, imaginando se vai se inscrever para a próxima convocação. Suas estatísticas estão entre as melhores do país, e você está mais do que pronto para dar o próximo passo na sua carreira de jogador. Já não há muito o que eu possa ensinar. Você precisa de experiência, desafio, e não vai conseguir isso jogando nas ligas universitárias. Por você ter tomado a rota universitária, é elegível para a convocação do próximo ano. O que eu gostaria é que você usasse este ano para aumentar sua força e agilidade, aperfeiçoar sua técnica, e aí depois que o ano acabar, ir direto para a convocação. Você vai ser escolhido na primeira rodada, se não for um dos escolhidos logo de cara.

— O senhor acha? — Meu pulso está acelerado. Jogar como profissional tem sido meu objetivo desde que me lembro, e agora o treinador diz que é uma possibilidade para o próximo ano... Merda, até *meus* mamilos enrijeceram.

— Sim. Tenho conversado com os olheiros. Eles estão de olho em você.

— Quem? — pergunto, um pouco animado demais.

— Para começar, os Bobcats.

— Os Bobcats? — indago, quase caindo da cadeira. Porra. — Está falando sério? Porra, esse é o meu sonho. — Por ter crescido perto de Dallas, não tenho direito nenhum de ser fã dos Bobcats, mas minha mãe nasceu e foi criada em Chicago, como uma grande fã de beisebol, então sou louco pelos Bobcats desde que era criancinha. Sempre que jogava beisebol no quintal, me imaginava jogando nos Bobcats, e só de pensar que essa poderia ser uma possibilidade me dá arrepios.

Sério, meus mamilos estão duros pra caralho.

— Sossega o facho, Gentry — o treinador diz, me fazendo rir. — É uma possibilidade, mas você tem que continuar se esforçando, não deixa isso subir à cabeça, não se acomode.

— Pode deixar, treinador, o senhor sabe que vou dar duro. Sou o primeiro a chegar para o treino e o último a sair. Passo mais horas nas gaiolas de batedura que qualquer outro, eu praticamente me casei com uma dessas gaiolas.

— Me lembro bem de você ter feito um pedido de casamento para uma delas no ano passado.

— Ela tem sido leal, eu precisava fazer alguma coisa.

Ele balança a cabeça e então empurra alguns papéis pela mesa.

— Chega dessa bobagem. Mantenha-se focado, dê um bom exemplo e mostre para os outros o que é necessário para chegar à liga principal.

— Farei isso.

— Não esperaria nada menos, é por isso que vou nomear você capitão este ano.

— Sério? — pergunto, com as sobrancelhas levantadas, surpreso. Já tinha um pressentimento de que seria nomeado capitão, mas ainda assim fico surpreso.

De verdade, quando o treinador me chamou para o escritório, tive um rápido pensamento de que talvez ele tivesse ouvido falar sobre a festa idiota da selva e queria me dar uma bronca por isso. Mas não *isto*.

— Sim, você fez por merecer, só não estrague tudo agora.

— Pode deixar. — Esfrego a nuca. — Nossa, treinador, estou honrado.

— Você sabe que o título vem com responsabilidades, não é? Não só dentro de campo, mas fora também. Você está encarregado da sala de estudos na quinta-feira, faça questão de que os calouros fiquem emparelhados com os veteranos para que o nosso time tenha sucesso tanto na sala de aula como no campo.

— Sim, assim como Justin no ano passado.

— Exato. Mantenha os rapazes na linha, o que significa acabar com essas... festas à fantasia.

Meu rosto empalidece e o treinador revira os olhos.

— Vocês devem achar que sou um idiota, mas tudo o que fazem naquele loft é relatado para mim, então não sejam um bando de imbecis, entendido?

— Sim, claro. Quero dizer... a gente ainda pode fazer algumas festas, né?

— Desde que obedeça à regra de vinte e quatro horas quando a temporada começar, faça com responsabilidade. Se eu ficar sabendo de alguma merda rolando em uma dessas suas festas, vou pôr aquele loft abaixo mais rápido do que você consegue colocar o pau de volta dentro da calça. Entendido?

— Entendido.

— Ótimo. — Ele se recosta na cadeira de novo e, pela primeira vez desde que o conheço, ele sorri. — Você vai chegar lá, Gentry. Só se certifique de me mandar ingressos para a sua primeira grande liga.

— O senhor é um dos primeiros da minha lista.

Ele assente e então diz:

— Agora, caia fora daqui e vá levantar alguns pesos. É hora de subir o nível.

— O senhor não precisa se preocupar, treinador, já estou fazendo isso este ano.

Saio e vou direto para a sala de pesos com uma vitalidade extra no andar.

Capitão. As ligas principais. Caramba, aquela conversa não poderia ter sido melhor.

Fotos de estudantes atletas anteriores ladeiam os corredores, me lembrando do rico histórico de atletas que essas paredes carregam. *Minha foto pode estar aqui um dia*. Minha mãe adoraria isso. É raro quando o treinador Disik mantém algum veterano no time, porque seus jogadores costumam ser convocados depois do terceiro ano. Eu sabia que tinha o potencial de ser convocado depois do meu terceiro ano, mas saber que está tão perto de se tornar realidade é incrível pra caralho.

Isso muda tudo. Toda a minha perspectiva para o próximo ano. *Eu mesmo*.

Eu já ia ralar de qualquer forma, mas agora que tenho uma chance de conquistar meu maior objetivo, sei onde minha cabeça estará durante todo o ano: no campo, na sala de peso e em me esforçar nas gaiolas de bateduras.

— Ah, merda, o que houve? — Carson pergunta, absorvendo minha expressão concentrada assim que entro na sala de pesos.

Ainda surpreso, me sento na bicicleta ao seu lado e começo a aquecer os músculos.

— Ele me nomeou capitão.

— Sério? Puta merda, isso é incrível.

— Ele também disse que preciso entrar para as convocações depois desta temporada.

— Eu poderia ter dito isso — Carson diz, com riso na voz. — Você vai chegar longe, cara, só tenta não arrancar as minhas patelas quando a gente estiver jogando na liga principal.

Sorrio para meu amigo, que tem o exatamente o mesmo potencial que eu.

— Não posso prometer.

Capítulo 6

Emory

Desamasso a saia e me endireito na cadeira, esperando não estragar tudo.

A sra. Flower examina meu currículo e questionário, com os lábios franzidos, exibindo seu batom que precisa desesperadamente de retoque. A cor se infiltrou nas ranhuras de seus lábios, secando e a fazendo parecer um pouco diabólica.

O batom deve ser a única coisa que consigo interpretar nessa mulher. Que rosto enganador. Se não fosse pela abundância de rugas nos cantos dos olhos, eu acreditaria que ela era cheia de Botox, pela sua falta de expressão.

Estou morrendo de ansiedade para saber o que ela acha. O silêncio está me devorando lentamente. Será que ela está impressionada? Irritada? Não tenho muita experiência profissional em bibliotecas, só trabalhei por um ano, mas deve ser bom o suficiente para um estágio, não é?

Ouvi dizer que todos os estágios mais desejados estão no departamento atlético, então conseguir um trabalho na biblioteca deveria ser moleza, mas mais uma vez, a julgar pela perpétua ruga entre os olhos da sra. Flower enquanto ela lê meu currículo, vou supor que não é tão fácil quanto pensei a princípio.

Dottie está estagiando na empresa multimilionária do pai dela, enquanto Lindsay, que está estudando para ser professora, está se candidatando para estagiar nas escolas locais. Ela ficou tentada a se candidatar para um estágio na sala de equipamentos do centro de eventos esportivos, mas logo a convencemos a não fazer isso.

Já faz algumas semanas desde que as aulas começaram, e mesmo que Lindsay tenha ficado um pouquinho obcecada com essa coisa de ir ao loft do beisebol todos os fins de semana, conseguimos conter esse seu desejo ao pegar o trem para Chicago nos fins de semana para explorar a cidade, fazendo coisas de turistas como tirar fotos em frente ao "The Bean" e conseguir ingressos para alguns shows incríveis — cortesia do pai de Dottie. Se não fosse por seu pai muito rico, teríamos passado os fins de semana entediadas. Mas ele sempre nos tratou como se fôssemos suas filhas e sempre nos mima. Não fico com raiva disso nem me esqueço de agradecer por ter amigas incríveis na minha vida.

Devagar, a sra. Flower coloca meu currículo na mesa e me encara através dos óculos de armação grossa e vermelha. Tento não murchar sob seu olhar e me mantenho firme.

— Como você é com autoridade?

— Como eu lido com autoridade ou se sou autoritária?

— Se você é autoritária — ela diz, estreitando os olhos. Não há dúvida, a sra. Flower, apesar desse sobrenome fofo, não tem dificuldade em assumir o controle. Tenho certeza de que ela patrulha a biblioteca, de vez em quando curvando-se para pegar uma régua do nada, apenas para bater na mão dos estudantes com ela.

— Não tenho problema com isso, principalmente com alunos. Não gosto de quem quebra as regras. — Uma resposta consistente.

Ela bate a mão na mesa, quase me fazendo urinar na roupa. Por Deus, acho que meus pelos se arrepiaram de puro susto. *Mantenha-se firme, Emory.*

— Situação — ela grita. *O que está acontecendo?* — Você está voltando com livros para a seção de história e ouve risinhos. Você se vira para o corredor de história local e vê dois encrenqueiros se acariciando. Com as calças nos tornozelos, sutiã no chão... o que você faria?

Ai, Jesus, tudo bem, já entendi o que ela está fazendo. Há jeitos melhores de entrevistar alguém, mas não vou apontar isso. Já que a sra. Flower está com sua camisa social abotoada até o pescoço, eu *não deveria* ficar surpresa com a sua pergunta. Ainda bem que revisei as táticas para entrevista com a Dottie, e ela me disse para esperar alguns segundos antes de responder para não dizer nada idiota. Por exemplo, minha resposta inicial para a pergunta da sra. Flower estranhamente seria: "Dar um tapa na bunda do cara com uma enciclopédia e repreendê-lo pela indecência em público". Vou supor que essa não é a resposta que ela quer.

Pense...

Pênis. Nu.

Pênis nu.

Uma imagem de um cachorro-quente me vem à mente e seguro uma risada enquanto curvo os lábios para baixo em uma carranca para evitar qualquer tipo de sorriso.

É óbvio que ainda sou imatura demais para fazer coisas de adulto.

Tudo bem, ela quer autoridade; aqui vai a minha versão de ser autoritária...

— Eu iria, hã... — Merda, não faça pausas, isso demonstra fraqueza. — Eu teria tirado uma foto com o meu celular. — Ha! Essa foi boa. — E aí diria para eles se vestirem e me seguirem até o seu escritório ou eu levaria a foto para o reitor.

Ela se recosta na cadeira, me observando.

Lábios franzidos.

Mãos cruzadas sobre a mesa.

Sobrancelhas arqueadas.

Tudo bem, não foi a melhor resposta. Ameaçar expor a bunda de alguém não é o ideal, nem deve ser permitido, tenho certeza, mas mais uma vez, não estava mesmo esperando essa pergunta. Como repreender fornicadores em uma biblioteca? Eles vão simplesmente sair correndo. Droga, eu mesma já fui sem-vergonha e fiz isso com Neil. Se você é pego, corre feito louco, com os cintos tilintando enquanto você foge de vergonha.

— Você tiraria uma foto?

Rio de nervoso.

— Sei que não é a melhor solução, mas foi a única maneira que consegui pensar para responsabilizá-los pelas ações, em vez de fazê-los saírem correndo.

A sra. Flower batuca a mesa com os dedos.

— Não sou a favor de expor pessoas nuas, srta. Ealson.

Merda.

Já previa isso.

Ela deve achar que sou uma pervertida, passeando pelas bibliotecas universitárias, colecionando *nudes* de alunos desavisados. Sério, mas que ideia incrível para um livro de fotos. Mas pegar adultos com suas calças nos calcanhares no flagra não é um passatempo para mim.

Apesar de que, depois desta entrevista, pode ser que eu acabe fazendo isso.

— Eu sei, não sei por que...

— Mas eu quero justiça. — Ela esmurra a mesa, me assustando mais uma vez, e fico com todos os pelos arrepiados. Pelo menos há uma pequena vitória que posso marcar na coluna de prós. — O que significa que se a minha nova estagiária carregar seu celular por aí para tirar fotos desses encrenqueiros que surgem na minha biblioteca, que seja. — Ela empurra um pedaço de papel pela mesa e diz: — Está contratada. Você começa amanhã. Traga o seu celular carregado. Espero boas coisas de você, srta. Ealson.

Como é?

Pisco algumas vezes.

Será que escutei direito?

Contratada?

Puta. Merda.

— Sério? Consegui o estágio?

— Sim, agora pare de me fazer perder tempo, tenho coisas para fazer. — Quando olha para mim, ela pega seu lápis número dois e o aponta na minha direção ao falar: — Não me decepcione, srta. Ealson. Quero que faça justiça com esses estudantes universitários. Minha biblioteca não é lugar para sexo.

— Entendido. — Eu me levanto. — Pode acreditar, enquanto eu estiver de guarda, não haverá nenhum pênis sendo acariciado dentro destas paredes sagradas.

Pela sua expressão de desgosto, logo sei que ainda não chegamos a esse nível de relacionamento profissional. Nada de mencionar pênis. Já entendi.

— Desculpa por ter dito pênis. Não vou dizer de novo.

Ela aponta para a porta atrás de mim.

— Apenas saia antes que eu mude de ideia.

— Sim, claro. Obrigada. — Faço uma reverência por alguma razão idiota. A essa altura, mal consigo controlar o meu corpo. — Tenha um bom dia, vejo a senhora amanhã. Viva!

Droga, Emory, não diga viva.

Ela me encara mais uma vez antes de eu fechar a porta ao sair. Me recosto nela por alguns segundos, segurando minhas pastas junto ao peito. Isso quase pareceu fácil demais. E pode ser que eu seja uma das pouquíssimas candidatas para esse estágio, mas aceito qualquer coisa que vier. É um passo mais perto de alcançar meu objetivo. Esta experiência vai me garantir muitas outras oportunidades quando eu me formar.

É hora de carregar o celular.

— Ei, Ealson, espera.

Essa voz. Agora já a reconheço em qualquer lugar. Knox está vindo depressa até mim, usando uma calça esportiva, uma camisa justa que se agarra a cada parte do seu peito e um boné virado para trás. Ele está suado, com as bochechas coradas e um sorriso enorme iluminando o rosto. Confesso, ele fica bem com roupa casual... muito bem.

Com café gelado na mão, faço uma pausa e permito que ele me dê um rápido abraço.

— Eca, que nojento. — Empurro seu peito. — Você está todo suado.

— Isso se chama trabalho duro. — Ele ri e se afasta, olhando minha roupa. — Que saia sensual, Em, quantas dessas você tem?

— Mais do que você precisa saber. — Volto a caminhar na direção dos dormitórios, e ele vem logo atrás de mim. Para um campus universitário tão grande, é surpreendente o número de vezes que o encontro. Parece até que ele implantou algum rastreador em mim.

Nota mental: examinar o corpo para ver se encontro algum tipo de chip quando voltar ao dormitório.

— Você vem neste fim de semana? — ele pergunta.

— Onde?

— Vamos dar uma festa no loft.

Levo o copo à boca, mas ele logo é arrancado da minha mão. Chocada, observo Knox tomar um longo gole pelo canudo.

— Ei, é meu.

— Eu sei, mas você não aprendeu a ser educada e oferecer? — Ele toma outro gole antes que eu o pegue de volta. Com a barra da minha blusa, limpo bem o canudo.

— Não tenho germes, Ealson.

— Não sei, não — respondo, erguendo o queixo. — Quem sabe onde a sua boca esteve?

— Vou dizer um lugar que ela não esteve, mas quer desesperadamente estar. — Ele mexe as sobrancelhas para mim e olha para minha virilha.

Homens.

Aperto o passo, tentando conseguir alguma distância, mas é inútil. O cara tem pernas superlongas e me puxa para seu peito, colocando o braço ao redor dos meus ombros. É uma posição com a qual estou começando a me acostumar quando se trata de Knox Gentry.

— Você vai ao loft neste fim de semana?

— Hum, acho que não.

— Por que não?

— Já tenho planos — respondo sucintamente. Planos que incluem assistir a vídeos de cabras saltitantes no YouTube. Que merda histérica.

— Que tipo de planos?

— Só planos.

Ele dá um passo à minha frente, se tornando uma parede humana. Levantando meu queixo, ele me força a olhar para seu rosto devastadoramente lindo.

— Me fala quais são os seus planos, porque eu não acredito em você.

Merda.

Será que vício em vídeos de cabras pode ser convincente?

Droga, não tenho nenhum plano. Nem unzinho. Na verdade, tenho quase certeza de que as garotas vão querer ir ao loft neste fim de semana, já que faz um tempo que não vamos a festas, mas não quero que Knox saiba disso. Ele é arrogante até demais, e confiante, e já consegue as coisas do jeito dele quando se trata de me fazer sentar ao seu lado na aula. E não faço nem ideia de por que ele está se preocupando com isso. Já falei que não estou interessada e há *muitas* outras garotas por aí. Que cara esquisito.

Tentei me sentar na frente, mas ele se junta a mim. E quando apareci de propósito só um minuto antes de a aula começar e me sentei o mais longe possível, ele trocou de lugar. É implacável. E pode ser que não tenhamos "conversado" em sala, mas ele continua me escrevendo bilhetes, e, meu Deus, não consigo evitar vê-los. É irritante demais.

— Hã, sabe como é... — Por que não sou boa em pensar em uma desculpa rápida? — Lavar o cabelo.

Ele bufa.

Na minha cara.

E então joga a cabeça para trás e ri.

Não consigo nem ficar com raiva disso. Se eu não estivesse tentando convencê-lo com a minha resposta idiota, também estaria rindo.

— Boa tentativa, Ealson. Você vai à festa. Te espero lá.

Coloco a mão no quadril.

— Ah, só porque você vai me esperar lá significa que tenho que ir?

— Não, mas como uma amiga, seria legal se você fosse.

— Agora somos amigos? Quando isso aconteceu?

Ele suspira e aperta meu ombro.

— Por que você tem que se fazer de difícil?

— Por que você é tão cheio de si? Nem sempre vai conseguir o que quer, Knox.

— Isso é óbvio. — Ele passa a mão pelo cabelo, e seu antebraço ondula com o movimento de frustração. — Que tal a gente sair para comer alguma coisa antes da festa, e aí, depois disso, se decidir ir, você vai.

— Entããão... agora você está dobrando o tempo que quer passar comigo?

— É tão difícil assim? — Ele sorri.

— É — respondo sem rodeios e dou a volta por ele. Na verdade, não é difícil passar tempo com ele, mas não estou *nem um pouco* interessada em sua perseguição por mim. Me recuso a colocar um homem como ele no meu radar. Não. Nada disso. *Embora seja divertido provocá-lo*.

— Qual é, Ealson. Diga que vai chegar lá.

Me viro e dou um sorriso.

— E eu achando que você era o tipo de cara que *me diria* quando eu poderia chegar lá, se é que me entende. — Dou de ombros quando seu queixo vai lá no chão. — Que pena. Vejo você depois, Gentry.

Capítulo 7

Emory

Tap. Tap.

O punho de Lindsay bate contra a minha porta.

— Já passou das quatro horas. Termina logo de estudar, porque você vai com a gente, gostando ou não. — Ela tem sido implacável o dia todo.

Passo a mão na testa e me recosto na cadeira, com os olhos ficando borrados com tantas palavras que li e marquei, e então reescrevi no caderno... porque eu sou esse tipo de estudante. Não consigo só ler e marcar. Preciso rescrever, às vezes até duas vezes, para que algo fique gravado na minha cabeça. Folheio cadernos feito louca com toda essa reescrita, mas é a única forma que conheço de aprender.

E digitar não funciona. Tenho que escrever à mão para absorver o conteúdo.

É por isso que minhas mãos estão com cãibras.

Estive estudando desde nove horas da manhã. Depois de sair para o refeitório para um café da manhã, me tranquei no quarto e abri os livros. Fiz um rápido intervalo quando Dottie — como a boa amiga que é — me trouxe sopa de brócolis com cheddar para o almoço. Agora já são cinco da tarde, meu estômago está roncando e estou pronta para outro intervalo.

Já que ainda não tomei banho — pois é, tem sido um daqueles dias —, organizei meu período de estudo para terminar às sete em ponto, mas agora pode ser que eu repense isso. Meu cérebro parece ter se transformado em geleia.

Preciso de um segundo sem ter que pensar.

Uma deixa para os vídeos de cabras...

Abro meu notebook e entro no chat da faculdade. Com preguiça demais para pegar o celular da cama, mando uma rápida mensagem para Dottie antes de abrir o YouTube.

Emory: O que tem para jantar?

Por ela sempre ficar colada ao computador quando está estudando, me responde no mesmo instante.

Dottie: Pizza a caminho. Meu querido papai me ligou mais cedo. Passei uma hora ao telefone com ele. Ele me falou sobre uma nova pizzaria que quer conhecer, então fez um pedido para a gente.

Emory: Me lembra de mandar um cartão de agradecimento para ele.

Dottie: Você sabe que ele já sabe que você está grata por isso.

Emory: Ainda assim, é legal dizer obrigada. Me avisa quando chegar. Vou estudar mais um pouco, então. Aliás, por favor, me diga que ele pediu refrigerante de uva também.

Dottie: Ele não é o melhor pai do mundo à toa. É claro que ele pediu refrigerante de uva. Não duvide do homem.

Emory: Nunca mais vou duvidar. Bata à minha porta quando chegar.

Estou prestes a fechar a janela do chat, já que a pizza e o refrigerante de uva logo estarão esperando por mim, quando uma nova mensagem surge.

Leio o nome logo antes de sair e paro.

Knox Gentry.

O que será que ele está digitando?

A universidade deseja que os alunos vivenciem uma atmosfera comunitária, então permite que um estudante entre em contato com outro através do sistema de chat, mas a mensagem precisa ser aceita antes.

Já que nunca mandei mensagem para Knox, só tenho a opção de aceitá-la ou não. Não dá para ver o que ele escreveu. Droga.

Mordo o lábio, refletindo sobre o que fazer. Estudar mais ou descobrir o que ele quer.

Droga, já sei o que ele quer: que eu apareça na festa por alguma razão esquisita. Estou curiosa para saber quais outras técnicas ele vai usar para me convencer.

Não que ele precise, já que vou ter que ir, graças a Lindsay e Dottie, mas ele não tem que saber disso. Já assisti a vários vídeos de cabras recentemente, então talvez eu deva fazer um pequeno intervalo e me divertir um pouquinho.

Fiz por merecer.

Clico em aceitar sua mensagem, enquanto coloco um pé na cadeira. É hora de relaxar. Ponho os óculos antirreflexo de volta no rosto e leio que tipo de discurso poético recebi. Pelas nossas interações e discussões passadas, tenho certeza de que será bom.

Knox: E aí?

Ah, nossa... que prolífico.

Rio, imaginando o que eu estava esperando, como se ele fosse mandar uma poesia ou algo assim. Ele é um "universitário com tesão", afinal — palavras dele, não minhas.

Balançando a cabeça, respondo:

Emory: Você tem apenas uma chance para causar uma boa impressão no chat universitário e manda um e aí? Esperava mais de você.

Knox: Não ia desperdiçar uma boa mensagem com a possibilidade de você não aceitá-la.

Emory: Isso quer dizer que você tem mais a dizer?

Knox: É claro.

Emory: Posso saber o quê?

Knox: Não sei, não. Estou tentando decidir se você vale a pena ou não.

Emory: Foi você quem me mandou mensagem. Posso sair quando eu quiser.

Knox: Você é durona pra caralho. Tá bom... *aham* aqui vai: Como vai?

Rio alto, odiando o fato de ele me divertir com tanta facilidade. Que idiota.

Emory: Nossa, acho que agora sim você fez até as minhas meias saírem dos pés.

Knox: Viu só por que deixei para depois? Não dá para perder coisas assim.

Emory: Tomara que você mantenha essa mensagem em segredo. Imagine a quantidade de meias saindo dos pés das pessoas e voando por todo o campus? Seria perigoso.

Knox: Mortal.

Emory: Que bom que você guardou essa para mim. Eu te devo uma.

Knox: Sério? ((Esfrega as mãos.)) Posso cobrar agora?

Emory: Claro que estou brincando.

Knox: Claro que não, está por escrito ↑↑↑ bem aí em cima. Você me deve. Aí vou cobrar.

Emory: Pode "cobrar" o quanto quiser, não significa que vou fazer o que você quer.

Knox: Que mulher teimosa.

Emory: ↑↑ É isso o que ganho por fazer amizade com você.

Knox: Venha para a festa hoje à noite.

Emory: Direto ao assunto, hein?

Knox: Não tem tema dessa vez. Só diversão. Vamos ter cerveja e drinques, e posso até te oferecer alguns pretzels.

Emory: Nossa, que noite linda você está descrevendo. Os pretzels com certeza me seduzem.

Knox: Eu ia guardá-los como última tentativa, mas já que acho que você pode ter uma queda por pretzels, vou colocar minha oferta à mesa e te contar um segredinho: acabei de comprar um pacote de Oreos. Aí, se você fizer tudo certo, pode acabar comendo Oreos comigo esta noite.

Emory: Sério? Oreos, que PRECIOSIDADE! Bem, agora sim preciso ir... Oreos.

Knox: Sério? Você vem?

Emory: Não. Boa noite, Knox.

Fecho o notebook antes que ele possa responder e sorrio para mim mesma enquanto olho para meu armário, imaginando o que deveria usar hoje.

Que estranho, eu meio que quero impressioná-lo, o que significa que devo pensar bem no que vestir. E pode ser que eu passe o resto do tempo enchendo a barriga para não acabar bêbada. E já estudei o dia todo. Fiz por merecer.

E como eu poderia rejeitar um pacote de Oreos?

CAPÍTULO 8

KNOX

— Porra, por que ela tem que se fazer de difícil? — pergunto a Carson, enquanto me apoio na janela perto da saída de incêndio, examinando a festa sem nenhum interesse. — Tipo, já me dei conta da forma que ela olha para mim, há interesse.

— Você não falou que ela teve um ex-namorado que a machucou?

— Algo assim. — Levanto o boné e então o ajeito na cabeça, virado para trás. Acabei de cortar o cabelo, então está bem macio. Eu teria arrumado o cabelo se soubesse que ela viria hoje, mas não fiz esforço nenhum para me arrumar, não estou interessado em me aproximar de ninguém além de Carson. E Carson só está por perto porque ainda não se interessou por uma garota, mas assim que acontecer, vou direto para o meu quarto e trancar a porta.

Porra, que patético.

Não estou me sentindo muito sociável. Emory é bem efetiva em acabar com o ego de um cara, e, meu Deus do céu, não consigo nem descobrir o motivo de gostar tanto disso.

— Pode ser que ela seja bem cautelosa. Talvez tenha saído com outro jogador e ele tenha sido um babaca. Você sabe como as mulheres associam os sentimentos a essas coisas.

— Pode ser que sim. — Suspiro e tomo outro gole de cerveja. — Jesus, você deve estar achando que sou um idiota apaixonado pela forma como estou agindo.

— Estava prestes a dizer isso, mas não quero agir como um babaca.

Me afasto da parede e endireito os ombros, me dando um tapinha na bochecha.

— Tá bom, não vou desperdiçar a noite só porque uma garota que mal conheço me rejeitou pela décima vez.

— Décima? Sério?

— Não, bem, sei lá, mas parece que foi. Vou encontrar outra pessoa.

— Tenho certeza de que há uma fila de garotas só esperando a oportunidade de ficar com você. Faça uma ligação para um número qualquer e veja quem atende.

— Não é uma má ideia. — Dou um tapinha em suas costas. — Viu alguma morena de saia por aí?

Carson revira os olhos.

— Se você quer tentar seguir em frente, não procure uma réplica, cara.

Dou de ombros.

— É o meu tipo no momento.

Ele ri e então aponta.

— Olha ali uma morena de saia, mas não sei se você vai conquistá-la.

— Onde?

— Junto à mesa de *beer pong*, perto do quarto do Holt.

Examino a multidão e meus olhos pousam em uma Emory risonha. Sinto um friozinho na barriga.

Viu só? Patético. Posso muito bem colocar uma coleira em volta do pescoço que diz: Devolva à dona, Emory Ealson.

Merda, ela está bonita. Usando um cropped branco ombro a ombro que me dá uma boa visão de seu decote, ela o combinou com uma saia floral que se abre em seus quadris. Ela está elegante e sexy ao mesmo tempo, uma arma mortal para o meu coração sulista.

— Merda, ali está ela.

Carson me dá um tapinha nas costas.

— Pelo visto, você deveria se trocar, porque, ela está bem bonita.

— Que nada, não quero perdê-la de vista. Vou lá.

— Boa sorte — Carson diz, com menos confiança do que eu gostaria.

Eu normalmente diria que não preciso de sorte, mas com Emory, posso acabar precisando. Ela é diferente das outras garotas, é sexy e inteligente com uma pitada de resistência que me deixa com tesão. Gosto das suas respostas e da sua habilidade em chamar minha atenção. É divertida pra caramba e quero passar mais tempo com ela.

Com a cerveja na mão, usando uma simples camiseta preta e calça jeans, avanço pela multidão e vou direto para Emory, que está conversando com outras duas garotas. Nem me dou ao trabalho de esperar até que terminem de conversar. Em vez disso, paro ao lado de Emory, coloco o braço ao redor de seus ombros e a trago para perto do meu peito para um abraço. Para minha surpresa, ela ri e pressiona a mão no meu peito ao retribuir o abraço.

Isso é bom, seus peitos pressionados em mim. Puta merda.

— Achei que você não fosse aparecer.

Ela olha para mim, e aqueles olhos verdes se conectam muito bem com os meus.

— Pode agradecer às minhas amigas por me trazerem para cá.

Dou uma olhada para as garotas à nossa frente, com largos sorrisos. Acho que também devo estar sorrindo.

— Essas são as suas amigas? — Aponto com a garrafa de cerveja na mão.

— Isso. Estas são Dottie e Lindsay.

Ofereço a elas um rápido aceno.

— Dottie e Lindsay, devo uma a vocês. Não achei que esta garota aqui fosse aparecer.

— Ela pode ser uma fera às vezes, mas sempre que você precisar, é só avisar, a gente dá um jeitinho de convencê-la — Dottie diz.

— Pode deixar. Vocês se importam se eu roubar a garota de vocês?

— Fique à vontade. — Dottie nos manda para longe.

— Valeu, garotas, aproveitem. — Antes que Emory possa protestar, pego sua mão e a levo para a cozinha, onde um dos calouros me entrega duas cervejas e os pacotes de Oreos que deixei guardado, como um companheiro de time obediente, então levo Emory até a janela com vista para a saída de incêndio.

— Hã, para onde você pensa que está me levando?

— Para cá ou para o meu quarto. Pode escolher, porque quero você só para mim.

Ela tira a mão da minha e cruza os braços, seus ombros nus me seduzindo mais do que deveriam.

— Quem disse que quero ficar sozinha com você?

— Eu disse. Agora para de teimosia e venha comigo. Prometo muita diversão.

— Desde que você mantenha essas mãos bem aí.

— Sou um cavalheiro sulista, Em — zombo.

Quando pego sua mão, e ela permite, imagino que ganhei algum tempo sozinho com ela.

Eu a ajudo a passar pela janela e a subir alguns degraus da escada de incêndio, então nos afastamos da janela para que possamos de fato escutar um ao outro. Ainda bem que coloquei um cobertor aqui fora, caso ela decidisse aparecer, e cubro os degraus de metal antes de nos sentarmos. A escada é espaçosa — pois é, uma raridade —, então não ficamos apertados, mas perto o suficiente para que nossos joelhos se encontrem. Coloco as cervejas atrás de nós e pego os Oreos. Ela olha para o biscoito por um instante e dá um sorriso malicioso antes de abri-lo. Seus dedos delicados tiram um e em vez de comê-lo de imediato, ela o segura.

Olhando para mim, com a cabeça um pouco inclinada, ela diz:

— Pega a outra metade e parta. Quem pegar a parte mais recheada tem que responder uma pergunta.

Esse é o meu tipo de jogo. O que será que devo perguntar sobre esta garota. Começo a evocar todas as perguntas que tenho para ela.

Conte mais sobre esse seu ex-namorado imbecil.

Qual é a sua posição sexual favorita?

Que tal eu chupar os seus mamilos hoje?

Humm... pode soar presunçoso demais.

— Que tipo de pergunta? Qualquer uma? A outra pessoa é obrigada a responder?

— Coisas que você jamais teria adivinhado, aí estamos seguros. — Ela acena para o biscoito. — Topa?

— Com certeza. — Agarro a outra metade e conto: — Um, dois, três, partir.

Nós dois partimos o biscoito. Olho para a minha metade preta sem recheio e então um sorriso malicioso cruza o rosto de Emory, que está abanando sua metade para mim. Droga, como ela é fofa.

Ela enfia a coisa toda na boca e mastiga enquanto se recosta no degrau, me dando a visão perfeita de sua barriga lisa e dos seios maravilhosamente proporcionais.

Um sutiã G, fácil.

— Quantas garotas você já trouxe para esta escada de incêndio, Knox?

Sua pergunta soa baixa, sedutora, e em vez de responder de imediato, fico olhando. Olhando para seus lábios perfeitamente brilhantes, tão carnudos, maiores do que eu me lembrava. Ela pode fazer umas coisas bem safadas com esses lábios, coisas que quero experimentar.

— Quantas? Humm, me deixa pensar. — Mordo metade do biscoito e começo a contar nos dedos. — Victoria, Kristi, Tiffany, Sarah, Franci, Heather... Logan, mas foi só uma curta fase de dúvida no meu primeiro ano. Aí teve Lynn, Gina, Marina... ai. — Emory me dá um tapinha brincalhão na barriga e então começa a se levantar. Eu a puxo de volta, rindo. — Para. Nunca trouxe ninguém para cá. Pode acreditar, não sou esse grande sedutor que você acredita.

— Não sei, não.

— Qual é, dá para ver no seu rosto. Você acha que eu pego geral, não é?

Ela olha para as unhas e diz:

— Bem, você beijou outra garota na mesma noite em que tentou dar em cima de mim.

— Como eu disse, ela me beijou, e eu não ia ficar com os lábios mortos contra os dela. Tenho uma reputação a zelar.

— Coitadinho. — Ela revira os olhos.

— Os boatos se espalham por aí, Ealson. A última coisa de que preciso é que os outros estudantes me conheçam como o jogador com lábios de peixe morto.

— Isso soa mesmo broxante.

— Viu só? — Estendo a mão para outro Oreo. — Agora, divida comigo. Tenho umas perguntas ótimas para você.

Ela olha o biscoito por um instante, com os lábios se movendo de um lado para outro, perguntando-se se deveria parti-lo, mas sua curiosidade leva a melhor e ela pega a outra metade.

— Tudo bem, um dois, três, agora — ela diz, e nós partimos o biscoito.

Olho para o meu biscoito de chocolate sem recheio e xingo baixinho, enquanto ela enfia sua metade na boca com outro sorriso malicioso.

— O que raios você está fazendo? Tem alguma tática para isso?

— É pura sorte. — Ela dá uma piscadela.

Por que será que não acredito nela?

Enquanto mastiga o biscoito, ela reflete sobre a pergunta.

— Quando você perdeu a virgindade?

Engasgo com a cerveja enquanto tento engolir meu biscoito. Merda, por essa eu não estava esperando.

Ela dá um tapinha nas minhas costas e se recosta toda descontraída no degrau atrás de nós, sorrindo para mim. Ela está tão tranquila e relaxada, diferente de qualquer outra garota que já conheci. Ela não está tentando ajeitar o cabelo ou se certificar de que seu batom esteja perfeito. Pois é, ela se arrumou para a noite e está linda pra caramba, mas não está toda emperiquitada. Gosto disso. Gosto dela.

Muito.

Assim que me recomponho, limpo a boca com as costas da mão e digo:

— Não estava preparado para essa pergunta.

Ela alisa a saia com a mão e fala casualmente:

— Você disse que a gente podia perguntar qualquer coisa.

— Acho que sim. — Me apoio no corrimão e me viro um pouco para poder encará-la. — Aos dezessete anos. Minha namorada e eu fizemos sexo depois do baile de formatura.

— Sério?

Rio.

— Sim, um grande clichê. E deixe-me te contar, foi bom para mim, mas como devo ter durado uns trinta segundos, digamos que não foi um dos melhores momentos para ela.

Emory cobre a boca, com os olhos arregalados, e ri.

— Se qualquer cara falar para você que foi bom de cama logo de cara, ele é um mentiroso.

— E como você se sai agora?

Ergo uma sobrancelha grossa.

— Interessada em conhecer a minha cama?

— Nos seus sonhos. Só queria saber se dá para combinar pau mole com seus lábios de peixe morto.

Meus olhos se estreitam e aponto para ela.

— Nem brinca com pau mole. Jesus. Essas merdas se espalham feito praga pelo campus.

— Foi o que você disse. — Ela sorri com malícia.

Droga, ela está tão... descontraída.

— E aí... — ela continua — você tem pau mole ou não?

— Não — respondo depressa. — Na verdade, sou muito bom de cama. Quer que eu te mostre?

Ela levanta a mão.

— Não, valeu. Depois de você ter desmaiado segurando o meu peito, tenho certeza de que conheço muito bem as suas habilidades na cama.

Me sento ereto.

— Esse não é um retrato preciso das minhas habilidades na cama. Eu quase não consegui chegar ao meu quarto naquela noite, muito menos manter os olhos abertos o suficiente para colocar o seu peito fujão de volta no lugar.

Ela apenas dá de ombros e pega outro Oreo.

Mas eu não o pego, em vez disso, aponto para o loft.

— Vamos, vamos lá para o meu quarto. Vou te mostrar agora o que sou capaz de fazer. Você fica aí questionando as minhas habilidades na cama, porra, vou te mostrar o que é prazer de verdade.

Ela me segura pela mão e tenta me fazer sentar de volta.

— Está tudo bem. Eu acredito em você. Você é o maior sedutor. Já entendi.

— Não acredito em você. Está sendo sarcástica. — Aponto para sua metade inferior. — Tudo bem, se você não quer voltar lá para o loft, levanta a sua saia, vou te chupar aqui e agora.

Pela primeira vez na noite, suas bochechas ficam coradas e sua fachada descontraída finalmente mostra uma rachadura. Hum, olha só para isso. E eu achando que sua confiança fosse sexy, acho que seu constrangimento pode ser ainda mais sensual.

— Não há necessidade. — Ela ergue o biscoito e eu tenho um pressentimento. Espero que esteja enganado, porque esta garota é gostosa e sensual.

Ninguém fica corado com a menção de sexo oral, a menos que...

Parto o biscoito e quando vejo que finalmente consigo a parte mais recheada, não demoro nem um instante para comemorar, em vez disso, minha pergunta picante sai direto dos meus lábios.

— Alguém já caiu de boca em você?

Ela desvia o olhar.

Porra, eu sabia.

Com as bochechas coradas, as orelhas ficam vermelhas e sua linguagem corporal murcha completamente. Atingi um ponto sensível.

— Responda a pergunta, Ealson. Eu respondi as suas.

Ela coloca o cabelo grosso atrás da orelha e encara o biscoito ao responder:

— Não.

Porra, *como isso é possível?*

— Você está falando sério? Por quanto tempo você namorou?

— Não importa.

— Claro que importa. Me fala, por quanto tempo?

Ela enfia o biscoito na boca, limpa as mãos e se levanta. Me lança um rápido sorriso, dá um tapinha no meu ombro e diz:

— Valeu pelo lanchinho. Vou lá para dentro me enturmar.

Me levanto também.

— Não vá, Em. A gente não precisa falar sobre ele.

Antes que eu possa impedi-la, ela volta para a festa, me deixando na escada de incêndio com duas cervejas e Oreos. Puta merda, isso durou pouco. Mandou bem, hein, Gentry?

Mandou muito bem. Finalmente consegui preencher a lacuna que ela mantém entre nós e perguntar sobre o tópico fora de questão: seu namorado. Mas que porra? Emory é impetuosa, engraçada, engenhosa, sexy e uma ótima companhia — sim, até fora da cama. Que tipo de namorado nega algo que deveria ser básico para qualquer transa à namorada? Que tipo de babaca ela namorou? Que merda. E detesto o fato de que posso ter perdido a oportunidade de descobrir mais sobre ela. Porque ela merece mais. E vou lhe mostrar isso.

Capítulo 9

Emory

— Como este frango pode ser tão bom? — Lindsay pergunta, enfiando uma coxa frita na boca e a roendo como se fosse seu último jantar na vida.

— É porque você está bêbada e consegue comer qualquer coisa — respondo, olhando pela janela do famoso Kennedy Fried Chicken. É uma parada clássica em Brentwood e não fica muito longe do loft do beisebol. Por isso está lotado com alunos que mal conseguem se aguentar em pé.

— Você não vai comer? — Lindsay indaga, segurando um pedaço de frango frito para mim. Com relutância, eu o pego e o coloco no guardanapo à minha frente, separando aos poucos a carne do osso. Não estou nem perto de estar bêbada, o que é uma pena, porque meus pensamentos estão rugindo e eu poderia usar um pouco de álcool para silenciá-los.

Eu estava indo tão bem, me divertindo de verdade com Knox. Amo provocá-lo, e dá para dizer que ele também gosta disso pelos sorrisinhos que lança para mim, mas quando ele perguntou sobre Neil ter caído de boca em mim, aquilo fez ressurgir tanto ódio e mágoa de uma vez. Sabia que se eu não fosse embora, teria feito papel de boba, e não queria isso, não na frente de Knox.

Com uma conversa regada a ódio que tive com Neil, depois de ter lhe dado aquelas boas porradas no saco, ele me causou mais dano ao coração do que aos meus olhos. Ele sempre disse que não era muito a fim de oral, e eu só dava de ombros e imaginava que não devia ser tão bom assim, de qualquer forma. No entanto, ele ficava em cima de mim para lhe dar boquetes. Ele não pediu desculpa por ter me traído. Nem mesmo tentou me convencer de que não tinha sido a primeira vez. Então sua última mensagem veio, e foi ela que destruiu o meu coração.

Neil: Você nunca foi o suficiente para as minhas necessidades. Para o meu gosto. O sabor dela é gostoso pra caralho. Depois dela, fico feliz por nunca ter colocado a língua na sua boceta.

Não houve nenhuma outra depois dessa. Bloqueei o número dele, imaginando como eu fiquei com alguém tão cruel por tanto tempo. Ainda não consigo compreender, e tento não pensar nisso, porque não quero cair no buraco da depressão de novo. Portanto, digo a mim mesma para empurrar isso tudo para o fundo da mente como qualquer outra pessoa saudável.

— E aí, você vai contar para a gente? — Dottie pergunta, me tirando dos pensamentos.

Forço um sorriso para as minhas amigas.

— Contar o quê?

Elas trocam um olhar irritado e Lindsay responde:

— Hã, o que aconteceu com Knox lá na escada de incêndio. Você o beijou?

Que enxeridas, mas não consigo sentir raiva, porque houve um momento na nossa vida em que contávamos cada detalhezinho sobre a vida de cada uma. Preciso me lembrar disso.

— Beijar? Não. — Balanço a cabeça e então puxo um pedaço de carne do osso de frango. — A gente conversou, fizemos um joguinho de perguntas e respostas com Oreos, nada tão empolgante.

— Vocês não se beijaram? Como isso é possível? — diz Lindsay, a amiga louca por homens. — Ele é tão gostoso.

Ah, sim, o clássico motivo para se beijar um cara, só porque ele é gostoso. Não por causa de sua personalidade ou outra coisa assim.

— Pois é, você já disse isso. Mas não estou pronta para outro relacionamento. Acabei de sair de um namoro de seis anos.

— Meses atrás — Dottie acrescenta com um sorriso amigável. — Já faz meses que você terminou. Pode se permitir seguir em frente, Emory.

— Eu sei, só estou tentando manter as coisas mais fáceis, só isso. Quero focar na faculdade. Focar em mim. Fiz parte de um casal por tanto tempo que é legal simplesmente poder respirar, sabe, sem ter que me preocupar com outro ser humano.

— Entendo — Dottie diz enquanto toma um gole de refrigerante. — Mas Knox sabe disso? Vi a expressão dele quando te viu, e está na cara que ele gosta muito de você.

— Ele vai superar. Há várias outras garotas no campus para ele. Pode acreditar, sou só um pontinho no radar dele.

— Não é verdade — Lindsay fala. — Vou ao loft do beisebol desde que era caloura, e nunca vi Knox ir direto na direção de uma garota como ele fez com você hoje.

E eu fiquei tanto tempo com um cara que devo ter perdido a habilidade de reconhecer interesse verdadeiro. Mas as minhas amigas não vão entender. De alguma forma, me sinto tão mais velha por ter namorado por tanto tempo. E de outras, ingênua. Mas de qualquer maneira, Knox Gentry não está no meu radar.

— Deve ter sido o meu perfume, ouvi dizer que há feromônios nele ou algo assim.

Dottie revira os olhos.

— Continua se enganando, Emory.

Como alguém consegue escolher que donuts pedir quando há pelo menos vinte sabores diferentes?

Estou usando legging preta e um suéter enorme que não para de deslizar do meu ombro, e meu cabelo está em um coque no topo da cabeça. Esta é a minha roupa de domingo, e não sinto vergonha nenhuma por isso. Tenho uma única missão hoje, e é pegar um famoso Frankie Donut, tomar um café e então voltar para o meu dormitório, que fica a quase dois quilômetros de distância, fazendo uma jornada de quase quatro quilômetros para isso, e sem culpa nenhuma por comer um donut.

Quando perguntei a Lindsay e Dottie se queriam vir comigo, elas atiraram seus travesseiros com grosseria em suas portas, me empurrando para fora. Interpretei como um não.

Aprendi bem rápido que elas não são pessoas matinais. E tudo bem. Coloquei os fones de ouvido, entrei na minha playlist de caminhada no Spotify e fiz o percurso até Brentwood Boardwalk, que faz fronteira com o lago Michigan. A brisa da manhã que vem do lago e o sol radiante brilhando em mim são exatamente do que minha alma precisava.

Se pelo menos pudesse escolher um donut.

Já deixei pelo menos três pessoas me passarem na fila para não tomar uma decisão apressada. Este será o meu primeiro Frankie Donut, afinal. Tem que ser perfeito.

Reduzi a quatro sabores. Cuca de mirtilo, limonada de cereja, o clássico com especiarias e o cósmico de bolo de chocolate. Me recuso a comprar os quatro, porque quatro quilômetros não vão conseguir queimar tantas calorias.

Aff, que escolha difícil.

Minha vez de novo, mas não estou pronta, então me viro para a pessoa atrás de mim.

— Pode passar na minha frente.

Mas quando olho para cima, encontro um Knox bem suado, usando boné de beisebol e roupa de corrida, e fico um pouco atordoada. Ele sorri para mim, com dentes brancos brilhando contra seu rosto bronzeado.

— Prefiro assistir a sua indecisão.

— Ai, Deus, há quanto tempo você está aí?

— Tempo suficiente. — Ele aponta para a vitrine de donuts. — Em quais sabores você está pensando?

— Em quatro. — Mordo o lábio, meio envergonhada.

Ele dá um passo à frente até o balcão e diz:

— Uma água e quatro donuts, por favor. — Ele gesticula para eu me juntar a ele. — Quais? Podemos experimentar juntos.

Estou prestes a recusar, mas quando ele sorri e implora com aqueles seus olhos pecaminosamente encantadores, é impossível não ceder. Seu sorriso e o brilho dos seus olhos são diabólicos. Knox Gentry é um homem que consegue o que quer com bastante frequência.

Peço os quatro sabores que queria, assim como um café, e tiro o dinheiro do meu top. Quando estou prestes a pagar, Knox empurra meu dinheiro para o lado e diz:

— Pode deixar, Em.

Considero discutir por ele pagar pelo meu café da manhã, mas com a longa fila atrás de nós, decido não fazer cena. Vejo a garota no caixa lançar olhares para Knox, apreciando sua forma física, observando seu peito largo e sorriso triunfante.

Não posso nem me irritar com ela, porque estou fazendo a mesma coisa.

Knox suado é sexy.

Ele me entrega o café, e eu o encho de açúcar e creme e o encontro à porta. Ele a mantém aberta para mim e aponta para os banquinhos com vista para o lago pitoresco. Eu o sigo e me sento, absorvendo o ar fresco da manhã. Na minha opinião, não há nada melhor do que acordar cedo o suficiente para ainda sentir a manhã novinha em folha.

— Você estava correndo? — pergunto, mesmo que seja óbvio.

— Sim, tento correr alguns quilômetros nos fins de semana, para manter a resistência. E você? — É claro que ele faz isso. Correr alguns quilômetros… enquanto eu caminho alguns quilômetros por causa de donuts.

— Queria poder dizer que estava treinando — falo, balançando os pés —, mas meio que me convenci de que caminhar do meu dormitório até aqui me daria o sinal verde para comer um pouco de massa frita.

Ele ri.

— Acho que faz sentido. Você mora mesmo nos dormitórios?

Ele me entrega um guardanapo e então abre a caixa de donuts entre nós. É um encontro improvisado. Não posso dizer que isso não me faz sorrir.

— Sim, algum problema com isso?

— Nenhum, só não sabia que muitos veteranos ainda ficavam nos dormitórios.

— Ah, bem, Lindsay e Dottie não queriam ir morar em algum lugar esquisito fora do campus, e já que esses são dormitórios novos, com todas as comodidades e um refeitório, pareceu um ótimo lugar. Só de não ter que cozinhar, ter serviço de limpeza toda terça e não ter que comprar coisas como papel higiênico, já é ótimo.

— Caramba. — Ele se recosta no banco, divide o donut de limonada de cereja ao meio e me entrega. — Estou fazendo tudo errado nessa coisa de moradia. Eu tenho o meu próprio rolo de papel higiênico, que escondo no quarto e o levo para o banheiro, porque ninguém se lembra de colocar um rolo novo. Papel higiênico é sagrado lá no loft.

— Você é um cara inteligente, Knox Gentry.

Ele ergue as sobrancelhas, surpreso.

— Você acha, é?

— Não fique todo animadinho, você só é inteligente para mim por sair por aí carregando o seu próprio papel higiênico.

Ele dá uma piscadela para mim.

— As habilidades de sobrevivência mais básicas são as mais impressionantes.

Ele é tão ridículo. Engraçado e descontraído, o tipo de cara com quem posso me ver fazendo amizade, porque é muito fácil conversar com ele. Não me sinto nervosa ou fico gaguejando quando estou perto dele, e ele deixa tudo mais fácil com seu lindo sorriso e seus olhos gentis.

— E aí, o que achou do donut? Bom?

— Acho que tem o potencial de ser um dos melhores que já comi.

— Grande declaração, tem certeza de que quer sair por aí dizendo isso para o universo? — ele pergunta, lambendo o dedo. Observo com atenção o movimento de sua língua. Tudo bem, admito que é estranhamente bom assistir a isso.

Desviando os olhos, analiso o donut de limonada de cereja.

— Tenho muita certeza.

Ele ergue o de cuca de mirtilo.

— Então me permita te impressionar. — Ele divide o donut ao meio como fez com o outro, mas em vez de me entregar, ele o ergue no ar com cuidado, prestando-lhe uma homenagem, e então o entrega usando as duas mãos. — O santo Graal dos donuts. Bom apetite.

— Não seja tão dramático. — Tiro o donut dele e dou uma mordida.

Ai.

Caramba.

Mirtilos deliciosos, cuca perfeita, a melhor massa frita. É o paraíso.

Tento esconder minha expressão, mas ele nota e aponta, sabendo muito bem que tinha razão e que não há como esconder isso.

Baixando a guarda, digo:

— Puta merda, é bom pra caramba.

Ele dá um tapa na coxa feito um idiota e faz um "toca aqui" no ar.

— É isso aí. Eu te avisei, Em. Cola em mim, linda, e vou te mostrar todas as coisas boas da Brentwood.

Sorrio, curtindo a forma como *linda* saiu com tanta facilidade de seus lábios. Neil só me chamava de Emory. Pois é, pelo meu nome, mas depois de seis anos juntos, é de se esperar que ele teria alguns apelidos carinhosos para mim.

Nada disso.

Mas Knox é diferente.

Eu acho Knox Gentry atraente? Claro que sim, nenhuma mulher do planeta o consideraria menos do que bonito, e sua personalidade extrovertida só acrescenta à atração. Mas consigo me ver com este homem? Na verdade, não, pelo menos não agora. Ele parece bom demais para ser verdade — perfeito até —, ainda mais para uma garota que saiu magoada de seu último namoro. Tem que haver uma falha em algum lugar quando se trata dele, e eu só não estou vendo ainda.

— De acordo com as minhas amigas, você joga como interbases, não é?

— Isso. — Ele enfia o resto do donut na boca e estende o braço para pegar outro, mas não me entrega a metade. Em vez disso, pousa a mão na caixa, notando que já estou com as mãos cheias de metades meio comidas.

— É difícil?

— O quê? Jogar como interbases?

— Sim. Tipo, nunca fui de assistir aos jogos de beisebol, mas nos que assisti, o interbases parece sempre estar correndo para todo lado. Como é que você sabe para onde correr o tempo todo?

— Por instinto. Jogo nesta posição desde que tinha sete anos. Com o tempo, o seu corpo só reage e sabe para onde e quando ir.

— E você gosta?

— Adoro — ele responde, com os olhos brilhando. — Adoro estar no controle do campo interno e externo, deixando todo mundo saber para onde a bola precisa ir em cada situação. Adoro fazer sinais para os meus colegas de time, tentando enganar o time adversário. Adoro a imprevisibilidade do jogo, sem saber se vamos conseguir uma jogada dupla ou se o arremessador vai conseguir um *home run*. É uma batalha de vaivém a cada jogo, e a única coisa que você pode fazer na batalha é ouvir seus instintos básicos e o treinamento pelo qual o seu corpo passou, esperando que seja o suficiente.

— E já foi o suficiente?

— Na maioria das vezes, mas temos os nossos dias ruins também.

— Quando a temporada começa? — pergunto, dando outra mordida no donut e então bebericando o café. Vou admitir, esta é uma manhã perfeita com os donuts frescos, uma linda vista... incluindo o homem ao meu lado. Que bom que fiz a caminhada.

— Ainda temos alguns jogos para testar os nossos calouros e ver onde temos falhas para consertar, mas a temporada só começa em fevereiro, quando temos os jogos de pré-temporada, e aí nos esforçamos ao máximo até junho. Vamos treinar todos os dias com agilidade e os pesos e aí os treinos individuais com o treinador.

— E isso tudo com a sua rotina da faculdade?

Ele assente e limpa a mão no guardanapo.

— É intenso, mas você se acostuma. Mas temos bastante tempo de folga... quer dizer, nem tanto assim, mas o suficiente para não surtar.

— E eu achando que o meu novo estágio ia tomar muito tempo dos meus estudos.

— Novo estágio? — Ele se anima e descansa o braço nas costas do assento ao se virar para mim. — Que tipo de estágio?

— Só um trabalho na biblioteca. Mas fiquei animada por ter conseguido. Vai ser uma ótima experiência quando eu começar a me candidatar para vagas de emprego.

— Isso é incrível. — Ele se aproxima e levanta meu queixo com o dedo. — Parabéns, Em.

— Obrigada — respondo, sentindo minhas bochechas esquentarem. — Não é grande coisa, mas ainda assim me deixa animada.

— Não diminua as suas conquistas. Isso é incrível e você deveria se sentir orgulhosa.

— Bem... obrigada. — Meu Deus, ele me faz sentir tão... livre por dentro, é insano. Só de ficar com ele por vinte minutos, já me sinto rejuvenescer. Dou uma olhada para a caixa de donuts e então para o relógio. — Está na hora de eu voltar, e tenho certeza de que já tomei tempo demais da sua corrida. Valeu pelos donuts.

Sua expressão perde o ânimo por um instante, mas ele se levanta e pega a caixa, me entregando.

— Pode ficar com eles. Correr com esses donuts não vai ser bom.

— Tem certeza? Foi você quem comprou.

— É, mas comprei para você.

Pego a caixa e abro um sorriso tímido para ele.

— Obrigada. Foi bom ter encontrado você.

— Pois é, lembre-se disso quando eu tentar me sentar ao seu lado na aula amanhã. Pode parar de lutar contra isso.

Recuo alguns passos.

— Jamais.

Ele ajeita o boné e tira os fones de ouvido do bolso do short. Antes de colocá-los, ele diz:

— Não esperaria nada menos. Tenha um bom dia, Em.

— Você também. — Dou um rápido aceno que o faz sorrir ainda mais.

Tão lindo.

Com uma rápida piscadela, ele coloca os fones no ouvido e começa a correr pela pista, na direção oposta à minha. Levo um instante para observá-lo, seu poderoso traseiro, suas pernas musculosas tomando a pista bem rápido, seus ombros largos balançando para frente e para trás.

Pois é, ele é todo perfeito. Bom demais para ser verdade.

Com um suspiro, seguro a caixa de donuts na lateral e começo a caminhada de volta aos dormitórios. Gostaria de dizer que vou dividir estes donuts com Dottie e Lindsay, mas Knox disse que os comprou para mim, então... vou fazer questão de comê-los quando estiver estudando mais tarde. E na aula de amanhã, vou comentar de quais gostei mais. É meu dever, no fim das contas.

CAPÍTULO 10

KNOX

— Sala de estudos, às seis em ponto, não se atrasem — grito para o time, enquanto eles tiram seus uniformes de treino e vão para os chuveiros. — É obrigatório que os calouros e os alunos do segundo ano estejam lá. Veteranos, vocês já sabem quem são, certifiquem-se de aparecer.

— A gente precisa mesmo se encontrar na biblioteca? — pergunta Gardner, um aluno do segundo ano que é péssimo e extremamente preguiçoso. Não suporto esse idiota, e ele deve ser o único cara no time que me dá nos nervos.

— Sim.

— Mas Venice deixou que a gente tivesse uma sala de estudos no loft este ano.

— E tivemos a pior média de notas como time no último ano. Não vai rolar enquanto eu for capitão. Vai ser na biblioteca, e sem enrolação. Entendido?

Gardner resmunga e vai em direção aos chuveiros, enquanto eu me sento ao lado de Carson, que está me lançando um olhar desconfiado.

— Não tivemos a pior média de notas no ano passado.

— Cala a boooca — sibilo, olhando ao redor. Me aproximo e digo: — Você quer mesmo que esses idiotas fiquem lá no loft o tempo todo? Já temos que lidar com vários colegas de time, a gente não precisa dos mais novos lá também. Temos que estudar lá na biblioteca.

— Aquelas cadeiras fazem as minhas costas doerem.

— Então leva a droga de um travesseiro — retruco para Carson. Ele não precisa de uma sala de estudos, ele é um dos filhos da puta mais inteligentes que conheço. Vai se formar em arquitetura enquanto mantém sua posição inicial de segunda base. Minha carga horária não chega nem na metade da dele e mesmo assim já tenho dificuldade, então não faço ideia de como ele consegue. Por não estar tendo dificuldade com as notas, não é obrigatório que ele vá estudar, mas como o bom amigo que é, ele vai mesmo assim.

Também acho que ele encontrou o ritmo na sala de estudos e é um dos poucos caras que, na verdade, fazem alguma coisa.

— A gente pode levar lanchinho para a biblioteca?

— Não, e pelo visto nem bebida — respondo.

— E você espera que a gente vá morrendo de fome? Acabamos de treinar!

— Você consegue comer enquanto anda. Pega alguma coisa na cafeteria lá em cima. Eles podem fazer alguma coisa para você comer, sabia? E vá comendo enquanto anda para a biblioteca. Você é esperto, cara, dê um jeito.

Reviro os olhos, me levanto do banco e começo a tirar a roupa. Eles não precisam saber que há um pequeno motivo oculto para irmos para a sala de estudos da biblioteca. Pode ser que tenha alguma coisa a ver com uma garota que não parece sair da minha cabeça. Eu a vejo uma vez durante a semana na aula, mas, mesmo lá, nossa interação é breve. Coloquei uma notificação no computador para me avisar quando ela está no chat dos alunos, e é raro. E ainda mais raro quando se trata de festas.

Encontrar com ela na loja de donuts foi um milagre, e tentei aproveitar ao máximo a companhia dela, mas ela interrompeu o nosso encontro. Droga, eu poderia ter conversado com ela a manhã toda.

E eu nem tenho o número dela.

Tenho sido covarde até mesmo para pedir. Considerando o nosso histórico, certeza de que ela vai dizer não, caso eu peça. Vou ter que ir com calma com essa garota. E se eu não tivesse visto um pingo de interesse em seus olhos, já teria deixado pra lá, mas quando ela olha para mim, dá para ver lá no fundo dos olhos que está interessada.

Tomo um rápido banho, me seco e me visto. Diferente da roupa esportiva habitual, coloco calça jeans e uma camiseta de manga longa de beisebol da Brentwood. Considero abrir mão do boné e arrumar o cabelo, mas conhecendo os rapazes, eles já vão me encher o saco por usar calça jeans, então coloco meu boné preto da universidade e pego a mochila.

— E essa calça jeans? — Carson pergunta ao se sentar ao meu lado em frente ao seu armário, com a toalha enrolada com firmeza na cintura.

— Sujei minha calça de moletom. — É mentira, mas tanto faz. Se eu encontrar a Emory, não quero ficar parecendo um desleixado de moletom, como costumo parecer nas aulas de segunda. O mínimo que posso fazer é vestir uma calça jeans e uma camiseta justa de manga longa. Dar a ela um showzinho.

— Hendrix e a namorada dele ficaram noivos — Holt conta, tirando os olhos do celular e o estendendo para mim e para Carson. Uma foto do nosso primeiro primeira-base de dois anos atrás está na tela, segurando sua namorada de anos e exibindo um anel de noivado.

— Não brinca — Carson diz, pegando o celular para olhar melhor. — Ele não a trouxe para o vestiário no terceiro ano dele?

— Isso, ele sabia que era ela a mulher certa. — Holt assente.

Que tradição esquisita pra cacete. Não sei nem como começou. Quer dizer, começou com um cara chamado Gary Bernard, um apanhador de anos atrás. Ele trouxe uma garota aqui para o vestiário, ela ficou emocionada e disse sim para o pedido de casamento dele ao final de seu último ano. Ele declarou que o vestiário tinha poderes mágicos que a convenceram. Desde então, qualquer jogador em um namoro sério tem feito a mesma coisa e basicamente transado em qualquer lugar daqui.

É uma tradição esquisita pra cacete.

Mas, que seja, jogadores de beisebol são supersticiosos, então até entendo.

— Será que algum dia vou encontrar uma garota boa o suficiente para trazer pra cá? — Carson pergunta, com esperança nos olhos.

— Continue indo atrás das loucas pelo vestiário e, não, não vai encontrar — respondo, fechando a mochila e jogando-a sobre o ombro.

As loucas pelo vestiário são universitárias sedentes em busca de um convite para o vestiário, já que ouviram que o melhor orgasmo acontece aqui. E *isso* é mais uma lenda, porque não há como Felix O'Hare ter conseguido fazer sua namorada ter um tipo de orgasmo tão impressionante. O cara se atrapalhava mais com as mãos do que qualquer outra pessoa que já vi. Era um desastre ambulante.

— Mas elas são tão tentadoras e disponíveis — Carson reclama.

— E é por isso que não são para namorar. Se você quer uma garota que valha a pena, ela vai te dar trabalho. Mantenha isso em mente.

— Ele tem toda razão — Holt concorda, chamando nossa atenção. — Você vai ter que se esforçar.

Interessante. Segurando as alças da mochila, pergunto:

— E há alguém que tem feito você se esforçar? Por isso que você anda sumido das festas?

Ele passa a toalha pelo cabelo.

— Sim, há. E eu estou gostando muito dela.

— O quêêê? — Carson pergunta em um tom exagerado. — Quando foi que isso aconteceu?

— No verão.

Carson segura o peito e praticamente atira corações por todo o vestiário.

— Porra, amor de verão. Que meigo.

— Cacete, não diga meigo — falo para Carson, que ri para si mesmo. — Estou indo. Não se atrasem hoje à noite e não se esqueçam de pegar alguma coisa para comer.

— Você já vai para lá?

— Já, vou arrumar um lugar para a gente. Pego um sanduíche no caminho. Vejo vocês lá.

Saio com duas coisas em mente: um sanduíche de frango com bacon e encontrar Emory para que eu possa esbarrar "sem querer" nela.

Ali está ela, linda com uma saia de lã azul, camisa branca de manga longa que abraça cada curva do seu corpo e uma botinha de cano curto. Seu cabelo está liso e amarrado em um rabo de cavalo e, caramba... ela está usando óculos de aro de tartaruga para completar o visual de bibliotecária gostosa.

Caramba, Emory Ealson, você está me levando à loucura.

Tenho vinte minutos antes que os caras apareçam, então é tempo suficiente para iniciar uma conversa com ela antes que eu tenha que agir como o capitão de novo.

Ando casualmente atrás dela e apoio um braço em seu ombro.

— Sabe onde posso encontrar um livro sobre os melhores donuts da região de Chicago?

Assustada, ela recua e olha para mim.

— Ai, meu Deus, por que você usou essa voz assustadora para perguntar isso?

— Pareceu uma boa ideia. — Dou de ombros.

— Me assustou pra valer. — Ela coloca um livro no balcão e se vira para me encarar, com os braços cruzados.

— Sei que você quer que eu peça desculpas, mas não vou fazer isso.

— Nossa, quanta sinceridade.

— Se puder me chamar de qualquer coisa, é de sincero.

— Imagino que seja uma característica nobre. — Ela se apoia com as mãos para trás e me examina de cima a baixo. — Você está cheiroso.

— Tomei um banho depois do treino. — Rio. — É uma gentileza fazer isso.

— Seu suor fede muito?

Franzo a testa.

— Não... você quer que eu fique? Isso me deixaria menos irresistível?

— Hum... já dá para resistir muito bem a você.

— É por isso que fica olhando para o meu peitoral? Vá em frente, eu te dou permissão, pode até tocá-lo.

— Não — ela diz, mais alto do que queria, e então baixa a voz. — Não vou tocar o seu peitoral.

Dou uma olhada ao redor e assinto.

— Ah, saquei, já entendi. Você não quer deixar todo mundo com inveja. — Pego sua mão e a levo para trás de uma estante de livros, para longe dos olhares indiscretos. — Tudo bem, está tudo limpo, pode tocar.

Antes que ela possa protestar, coloco sua mão no meu peitoral e a deixo sentir o quanto malho na academia. Espero que ela tire a mão no mesmo instante, mas quando não faz isso e ainda dá um aperto, não consigo evitar de rir alto na biblioteca silenciosa, atraindo alguns olhares na nossa direção. Pegos no flagra.

Como se eu a tivesse queimado com meus mamilos, ela tira a mão e me dá uma bronca.

— O que você está fazendo aqui? Além de me forçar a te apalpar.

— Ei, não fui eu que apertou, foi você.

— Foi uma reação involuntária.

— É claro. — Sorrio e enfio as mãos nos bolsos, me aproximando dela. — Como tem sido o estágio?

Ela recua para uma estante — não ficção, caso esteja se perguntando — com as mãos atrás das costas, olhos um pouco mais arregalados que o normal.

— Hã, está indo tudo bem.

— Todo mundo tem sido legal com você? Se não, pode me passar alguns nomes, e falo com os caras para cuidarem disso.

— Acredito... que sim — ela responde, gaguejando um pouco, provavelmente por causa da nossa proximidade.

— Se não estivessem, você me contaria, não é?

— Não sei como isso seria da sua conta.

— Ai, assim você me machuca, Em. — Finjo estar machucado, segurando o peito brevemente. — Não vê que eu te considero minha responsabilidade?

— Não há necessidade — ela diz, endireitando-se um pouco, com a confiança retornando. Ela dá um tapinha no meu peito. — Posso me cuidar, muito obrigada.

Ela começa a se afastar de mim, mas a impeço com a mão no seu quadril e falo perto de sua orelha:

— Por que você se faz de difícil?

— Não achei que estava fazendo.

— Você mal conversa comigo na aula, e com certeza não vai almoçar comigo. Não dá para ver que estou interessado?

Ela lança um olhar demorado para mim, com seus cílios grossos piscando algumas vezes.

— Se estiver interessado, me segurar na biblioteca não vai te levar a lugar algum.

— O que preciso fazer, então?

— Para quê?

Baixo a voz.

— Para ter um pouco da sua atenção. — Jesus, devo estar parecendo um babaca chorão, mas, que se dane... *Me nota, Emory.*

Seu rosto suaviza ao mover a mão para a minha bochecha.

— Ah, Knox, você não está tendo atenção suficiente, é? — Sua voz é sarcástica, maternal ao extremo e, por algum motivo, gosto disso.

— Não.

— Desculpa a decepção. — Ela ri.

Ela está prestes a se afastar quando pego seu pulso.

— Me deixa te chamar para sair, para um encontro.

— Não, mas valeu pelo convite.

Valeu pelo convite. Estou implorando, Em. Respiro fundo enquanto olho em seus olhos. Sinceramente, acho que ela não está tentando ser provocativa, mas deve haver alguma forma de alcançá-la, de que ela note que estou falando sério. *A verdade.* Se eu pudesse fazer com que ela parasse de sarcasmo e visse a verdade...

Ainda segurando seu pulso, eu a puxo para mais fundo no corredor de estantes, onde a pressiono contra a parede e espio sobre o ombro para me certificar de que ninguém está olhando. Me curvo para que fiquemos cara a cara, impedindo que ela desvie o olhar.

— Me diga que você não tem nem um pingo de atração por mim. Me diga aqui e agora e eu vou te deixar em paz.

— Knox. — Sua voz sai trêmula e ela olha sobre o meu ombro. — Se a sra. Flower me pegar aqui atrás com você, ela vai ficar louca.

— Então responda a pergunta... rápido. Me fala que não sente atração por mim.

— Isso é ridículo.

— Porque você não consegue?

— Você sabe que não consigo. — Ela suspira, frustrada. — É claro que te acho atraente, eu seria cega e mentirosa se dissesse o contrário.

— Então saia comigo.

— Não é assim que funciona. Só porque acho um donut delicioso, não quer dizer que vou comer todos.

— Como é? — Franzo a testa.

Ela revira os olhos.

— Só porque te acho atraente, não quer dizer que eu deva sair com você.

— E por que não? Parece uma razão muito boa para sair comigo.

— Porque estamos em sintonias diferentes, Knox. Você é farrista, tem uma rotina pesada e gosta de ficar escrevendo bilhetes na aula...

— Dos quais você gosta.

— Esse não é o ponto. Estou aqui para aprender, para me formar e aí tentar o meu mestrado. Estudar é importante para mim, e como não aprendo com facilidade, preciso me esforçar o dobro que um estudante mediano, e não tenho vergonha de admitir isso. Acho você gostoso e, sim, engraçado, e posso me ver facilmente com você, mas não posso fazer isso, porque me afastaria dos meus objetivos. Já me desiludi com um cara antes e não quero que aconteça de novo.

— Não vai acontecer.

Seus lábios se apertam.

— Vai, sim. Eu me conheço e te conheço bem o suficiente para saber o quanto a sua personalidade é viciante.

— E isso é ruim?

— Para uma garota que não pode ser dar ao luxo de distrações, é.

— E quem disse que vou te distrair? Tenho uma agenda cheia, como você já apontou.

— Exato. — Ela afasta o braço, mas mantém a voz baixa. — Você vai ficar tão ocupado que eu passaria o meu tempo precioso de estudos imaginando quando é que veria você de novo, quando me mandaria mensagem, se me ligaria à noite.

— Eu faria disso uma prioridade.

— Eu nunca fui a prioridade de alguém — ela zomba e baixa a cabeça. — Não quero parecer babaca, mas não acredito que você possa fazer isso. Não por mim.

Dá para ver pela sua linguagem corporal, a derrota. Não importa o que eu diga agora, ela vai rebater com alguma razão de por que as coisas não funcionariam com ela. Aquele filho da puta deve ter causado um estrago e tanto nela para fazê-la acreditar que ninguém trataria como prioridade. Posso ter uma agenda apertada e obrigações, mas há uma coisa de que tenho plena certeza: quando estou investindo em algo, nunca deixo a bola cair.

E estou investindo em Emory Ealson. Desde o momento em que seu mapa caiu na minha cara, soube que esta garota era especial, e planejo mostrar isso para ela.

Recuo um passo e me resigno ao fim da nossa conversa, fazendo uma promessa para mostrar a ela o quanto estou falando sério.

— Acredite no que quiser, Em, mas eu sou diferente.

Ela ergue o olhar, com um ar curioso.

— Sei que é, Knox.

— Que bom, então não se esqueça disso, porque vou te mostrar o quanto estou falando sério.

Com um sorriso de despedida, vou na direção das mesas, onde encontro alguns caras do time já se reunindo ali. Vai ser difícil pra caramba estudar, sabendo que Emory está a poucos metros, mas preciso me certificar de que ela não saiba disso. Ela precisa ver que também sou sério quanto aos estudos e não estou aqui só para curtição. Se perceber que posso dedicar tempo e esforço aos amigos, ao meu papel de capitão, aos estudos e ao esporte, talvez veja que não estou obcecado. Ela verá que a quero na minha vida também e que há um lugar importante para ela. Porque é isso que o meu coração está dizendo. Conquistar Emory Ealson é uma necessidade, não um desafio. *Ela vale a pena.*

Capítulo 11

Emory

Recebo uma notificação em meu notebook e ergo os olhos do livro complicado para o qual estive olhando pela última hora. Por que Métodos de Linguagem e Alfabetização tem que ser tão chato? Isso deveria ser importante para mim, mas não consigo focar por nada neste mundo.

Não paro de pensar na conversa que tive com Knox na biblioteca no outro dia. E esta é a prova, bem aqui, clara como o dia, de por que preciso ficar longe deste cara, já que não consigo focar. Ele está na minha mente e isso não ajuda em nada.

Quando foco no chat aberto no meu notebook, não posso evitar um suspiro. Falando no diabo...

Knox: O que você está fazendo?

Devo respondê-lo?

Não deveria. Já escrevi a mesma frase várias vezes no caderno nos últimos cinco minutos, incapaz de absorvê-la. Preciso estudar.

Mas quem sabe se eu não alimentar o monstro sem foco na minha cabeça com um pouco de Knox, ele não vai se acalmar e me deixar voltar ao trabalho?

Mordo a caneta, pensando nas minhas opções.

Este cara é perigoso. Sempre sinto isso quando estou perto dele ou quando vejo seu nome aparecer na tela. Ele poderia se inserir facilmente na minha vida — tomar conta de tudo, apesar do que ele disse — e *não* é isso o que eu quero.

Mas pode ser que ele também não queira isso.

Pode ser que queira deixar as coisas leves e divertidas.

Tipo... posso aceitar as coisas leves e divertidas, não é?

Mastigo, roo, mastigo.

Não sei se consigo ter um ficante, MAS... não me mataria ver o que ele quer agora. *Acho*.

Coloco a caneta na mesa e pego o teclado. Um intervalo inofensivo, é isso.

Emory: Estudando. Tentando, pelo menos. E você?

Ele responde de imediato, e se Dottie e Lindsay estivessem aqui no meu quarto, eu teria que esconder meu sorriso bobo delas.

Knox: Saindo da biblioteca. Acabei de terminar um artigo. Você está no dormitório?

Emory: Estou.

Knox: Me encontra no refeitório para um sorvete. Não vou tomar muito do seu tempo. Só queria comer um doce.

Examino minha roupa, calça de moletom e camiseta justa de manga comprida. Nenhuma maquiagem, cabelo em uma trança lateral pendurada no ombro. Não é um dos meus melhores dias, nem dos meus piores. Mas não é como se eu tivesse que impressioná-lo. É só para tomar um sorvete.

Emory: Desde que não se importe de passar seu tempo com uma garota que usa calça de moletom velha e furada.

Knox: É a minha roupa favorita. Estou indo para lá agora, assim que eu guardar o notebook. Me encontra em cinco minutos.

Emory: Vejo você lá.

Fecho a janela do chat e aperto os olhos por um instante, respirando fundo. Vai dar certo, vai dar tudo certo. Um encontro casual, é isso. Bem casual.

Posso lidar com algo casual.

Me levanto da cadeira e me olho no espelho, observando minha calça vermelha de moletom que fica frouxa nos meus quadris estreitos.

Nasci para lidar com o casual.

Me inclino para o espelho e sorrio; não há nada nos meus dentes, é um bom sinal.

Posso ser mestre em lidar com algo casual.

Posso dar uma aula sobre casualidade, porque sou foda nisso.

Pego meu cartão-chave, saio pela porta e passo por Lindsay e Dottie, que estão jogando Mario Kart na área comum.

— Já parou de estudar? — Dottie pergunta, com os olhos fixos na TV assim que atinge Lindsay com uma bomba.

— Ah, sua vaca — Lindsay grita. — Você não suporta quando estou em primeiro lugar, não é?

— Vou dar uma saída — falo para elas, sem querer ficar para a troca de farpas. — Volto daqui a pouco.

— Só fique sabendo que meu pai vai pedir comida grega para a gente hoje — Dottie grita antes de eu fechar a porta do dormitório.

Comida grega parece ótima, então vou comer pouco sorvete. Enquanto desço as escadas — temos um elevador, mas ficamos no terceiro andar, então não é um grande esforço ir pelas escadas —, penso no quanto sou grata por ter Lindsay e Dottie de volta à minha vida. Sim, elas podem exigir de mim de vez em quando, mas é por amor. Ao olhar para trás e considerar o quanto fiquei isolada por causa do Neil, fico horrorizada. Era como se ele tivesse… me aprisionado emocionalmente. Graças a Deus minhas amigas nunca desistiram de mim.

Com as minhas sandálias e a calça de moletom logo acima dos tornozelos, estou como qualquer outro estudante universitário que vai do dormitório ao refeitório. É por isso que não me sinto tão esquisita por encontrar Knox com esta roupa, e eu o vejo quase toda segunda-feira usando moletom, então acho que não vai se importar.

Abaixo do refeitório há uma lojinha de conveniência que também funciona como uma sorveteria e lanchonete. Estou supondo que é onde Knox se referia quando disse sorvete, e acertei, porque ao passar pelas portas, eu o vejo parado lá com uma calça de moletom justa e preta, uma camiseta esportiva de manga comprida que se agarra ao seu peito impressionante e seu boné de beisebol virado para trás. Ele fica muito… muito bem com roupa esportiva.

Quando tira os olhos do celular e me encontra, um sorriso radiante se abre em seu rosto.

— Oi, Em. — Ele vem até mim e me puxa para um abraço. Desprevenida, não o retribuo de imediato, mas quando ele me aperta com mais força, eu o envolvo com os braços, deixando minha mão pousar em suas costas musculosas.

Minha nossa. Há músculos aqui atrás. As costas de Neil NUNCA foram assim.

— Obrigado por ter vindo. — Ele se afasta e passa a mão pelo rosto. — Passei a última hora na biblioteca, tentando terminar um artigo, e estou morto. Sorvete é a única cura.

— Você é fã de doces? — pergunto enquanto vamos até o balcão.

— Sou. — Ele dá uma piscadela e então olha pelo balcão para o refrigerador. — Vou querer uma casquinha de cookies and cream.

— Claro — diz o funcionário.

— O que você vai querer? — Knox me olha.

— Vou querer o sorvete de cheesecake de morango na casquinha recheada.

— Boa escolha — Knox elogia, pegando seu cartão-chave para pagar.

Antes que ele possa passá-lo, eu o impeço.

— Posso pagar.

— Não, a ideia foi minha, eu vou pagar. — Ele passa o cartão, pega o sorvete para nós dois e vai para uma mesinha no canto. Quando nos sentamos, ele me entrega a casquinha, mas não sem antes dar uma mordida.

Quando fico boquiaberta pelo choque, ele ri e fala:

— Só uma taxa amigável.

Aponto para o seu sorvete.

— Vou querer uma mordida.

— Quê? Sai fora. — Ele protege sua casquinha para longe de mim.

— É justo, Knox Gentry.

— Você vai dar uma mordida gigante. Preciso deste sorvete mais do que você.

Mexo os dedos para ele.

— Passa para cá. É justo.

Ele me analisa.

— Que tal uma mordida em troca do seu número?

— Ha, boa tentativa. — Balanço a cabeça e me recosto. — Não estou tão desesperada assim por uma mordida, e posso dizer que não passou despercebido que você tenha escolhido cookies and cream. Você é obcecado por tudo que tem Oreos?

— Se você não tivesse feito o pedido dos donuts lá no Frankie's, eu teria pedido o de Oreos. — Ele dá uma lambida no sorvete. — Sou um amante de Oreos e vou comer praticamente tudo com ele. Sabe quando algumas pessoas são tão obcecadas por pasta de amendoim que poderiam passá-la no hambúrguer? É esse o tipo de lealdade que tenho com Oreos.

— Isso é...

— Esquisito?

Rio e balanço a cabeça.

— Não, eu ia dizer fofo.

Ele ergue as sobrancelhas.

— Ah, é? Então posso te contar que fiz bife incrustado de Oreos outra noite?

Balanço a mão para interrompê-lo.

— Vá com calma, Knox, não mostre todas as suas tendências esquisitas logo de cara.

Ele ergue os braços no ar.

— Sou um livro aberto para você, Em, não tenho nada a esconder.

— Devo ficar preocupada?

Ele se inclina para frente.

— Talvez um pouquinho. — Seu sorriso destrói qualquer defesa que tentei erguer a caminho daqui. Ele está charmoso até demais, e fofo, mas mais uma vez, Neil também era assim. É com as personalidades carismáticas que preciso ter cuidado. — Gostei do seu moletom, aliás, bem sexy.

— São os buracos, não é? Sexy de uma forma que você jamais pensou ser possível.

— É bem tentador, com certeza.

Cruzo as pernas e digo:

— Tenho esta calça desde a escola. Não consigo me livrar dela, não importa quantos buracos tenha. Parece que fica mais confortável a cada lavagem. É como um cobertor fofinho a esta altura.

— Nunca se livre dela. — Ele dá outra mordida no sorvete e se recosta na cadeira, me observando. — Gosto desse seu lado.

— Que lado?

— Casual, sem estar toda arrumada. Não me entenda mal, suas saias sempre me chamam atenção, mas gosto desse seu lado descontraído. Me faz querer te levar lá para o seu dormitório e me aconchegar com você.

— Era para ser uma cantada?

— Não. — Ele faz uma pausa. — Mas se fosse, funcionaria? — Ele mexe as sobrancelhas.

— Não — minto, porque a ideia de levar Knox para o meu dormitório e me aconchegar com ele parece incrivelmente tentadora.

Ele é um cara grande, com ombros largos e músculos poderosos, alto, deve ter quase um metro e noventa, o que é uma boa altura para o seu esporte, e seus braços parecem canhões, musculosos e esculpidos, diferentes de qualquer coisa que já vi. Não dá para imaginá-lo assim no ensino médio, mas alguns anos sob a tutela do treinador Disik transformaram um garoto em uma máquina esguia e poderosa.

Conforme ele se mexe e pelo aperto da sua camiseta, consigo vislumbres de seu abdômen por baixo do tecido de Neoprene. E não posso deixar de mencionar a protuberância que sempre vejo quando ele está usando calça de moletom. Ele é grande. Suas mãos, suas pernas, seus ombros, ele é grande e largo, e se não fosse tão legal, seria intimidador por suas feições afiadas e seus olhos hipnotizantes que sempre se escondem sob a aba do boné.

— Você sempre foi assim tão ousada, Em?

— Nem sempre — respondo com sinceridade. — Demorei um tempo para encontrar coragem para me mostrar perto dos caras.

— Sério? Você era recatada e quieta?

— Bastante. — Dou uma lambida demorada no sorvete. — Eu fui uma criança tímida, mas só na faculdade pude ser quem eu era de verdade. Acho que foi uma das coisas que meu ex começou a detestar em mim. Deve ter sido isso que o afastou. Ele odiava as minhas piadas, as minhas provocações, a minha franqueza com os amigos dele. — Torço os lábios para o lado. — Agora que penso sobre isso, ele sempre me repreendia depois, me dizendo para não falar com os amigos dele daquele jeito.

— Parece que o seu ex era um babaca e tanto.

— Ele não era, no começo. Ele meio que me deixou caidinha no ensino médio. Bem charmoso, amigo de todo mundo, me protegeu e me desafiou a sair da minha zona de conforto. — Levanto a cabeça. — Parecido com você.

Ele ergue as sobrancelhas, e dá para dizer que não gostou nem um pouco desse comentário, mas acho que é justo que ele saiba de onde vem minha apreensão.

— Eu não sou como ele, Em.

— Você não o conhece.

Ele se endireita na cadeira.

— E você não me conhece bem o suficiente para fazer essa suposição.

— Não mesmo. — Fico cabisbaixa, me sentindo um pouco culpada.

— Então me conheça. — Ele se inclina para frente e levanta meu queixo. — Como eu disse, sou um livro aberto, Em.

Em vez de raiva, tudo o que vejo é gentileza, compreensão, e se isso já não fosse a minha perdição, o sorriso que aparece em seguida com certeza acaba comigo. Sussurrando, ele continua:

— Pode me perguntar qualquer coisa.

Mordo o lábio, tentando pensar no que devo perguntar. O que quero saber?

— Não seja tímida — ele acrescenta, apoiando casualmente o braço nas costas da cadeira. — Vou responder qualquer pergunta.

Sinceridade. Se há uma característica que vejo em Knox, é a sinceridade. Ele sabe o quanto é atraente, que olhos se voltam para ele sempre que entra em qualquer ambiente. Mesmo assim, ele não procura atenção. Não é humilde, mas... não é pretencioso. Quando Neil entrava em uma sala, tentava atrair a atenção. Como se todo mundo na sala se sentisse muito melhor por causa da sua presença. *Babaca.* Mesmo que eu odeie ficar comparando os dois, Neil foi o homem da minha vida por tempo demais. *Até ele ir embora.*

E agora há Knox, um homem naturalmente carismático e determinado, que tem se esforçado para que *eu* o *note.* Então talvez...

—Tudo bem — digo. — Por que você está tão interessado em mim?

— Porque qualquer pessoa que me atinge no rosto com um mapa do campus é alguém que vou querer conhecer.

— E eu achando que você diria que alguém com um peito que pode te fazer desmaiar é alguém que você iria querer conhecer.

Ele ri.

— O peso desse tal peito foi avassalador demais, e não tive escolha além de tirar um cochilo no meio do levantamento.

— Eles não são tão pesados assim.

— Não consigo lembrar. Refresca a minha memória. — Ele estende a mão, mas lhe dou um tapinha de brincadeira.

— Você é tão ridículo.

— No bom sentido. — Ele enfia o resto do sorvete na boca e limpa as mãos com o guardanapo, enquanto também termino meu sorvete.

— Agora, falando sério, por que você está interessado em mim?

Ele se mexe na cadeira, fazendo uma pose bem relaxada.

— Caçando elogios, Ealson?

— Não, só imaginando por que você fica atrás de mim quando poderia ter qualquer garota do campus.

— Seria bobagem demais dizer que você me interessa? Será que preciso de uma razão específica e romântica, escrita à mão em papel creme e na forma de poesia?

— Não, seu sabichão. — Rio. — Mas não me considero particularmente especial.

— E é aí que se engana. Você é toda especial, e pretendo te mostrar isso.

— Acha mesmo que pode me conquistar?

Ele tamborila a mesa de metal com o nó dos dedos.

— Eu *sei* que posso te conquistar. É questão de tempo.

— É o que veremos. — Cruzo os braços.

— Está me desafiando, Ealson?

— Pode apostar que sim — retruco.

Ele apoia os braços na mesa, estendendo a mão para mim.

— Então aceito o desafio.

Por gostar de ceder às suas travessuras, dou um aperto na sua mão, sabendo que seu lindo sorriso satisfeito é o que estará na minha mente quando eu adormecer esta noite.

CAPÍTULO 12

EMORY

Desafiei Knox em uma quinta-feira à noite ou foi ele quem me desafiou? Nem sei mais, mas houve um desafio e já é segunda-feira.

Não ouvi nem uma palavra dele.

Nem mesmo um pio.

Não houve nenhuma festa no loft, com isso, minhas amigas e eu viajamos para o norte, ficamos em uma pousada com café da manhã, cortesia do pai de Dottie, e estudamos em um santuário de árvores. Foi maravilhosamente refrescante e energizante, mas quando retornei no domingo à noite e ainda assim não tive notícias de Knox, dei de ombros, tentando ignorar a sensação de decepção. Mais um homem que era só conversa fiada. "*Eu não sou como ele, Em... você não me conhece bem o suficiente para fazer essa suposição.*"

Ah, bem, eu não deveria ficar perdendo tempo pensando nisso.

Com o café na mão, vou para a aula, mantendo um olho atento para Knox, mas não encontro com ele antes da aula, nem vejo os caras ou ele quando entro na sala.

E então, a preocupação começa a se instalar. Será que saíram da cidade e eu nem fiquei sabendo? Deveria ter checado a agenda dele para o outono?

Será que o loft pegou fogo? É por isso que não está rolando nenhuma festa? Tipo, se tivesse acontecido um incêndio, acho que estaria no noticiário.

Estou exagerando?

Me sentindo um pouco inquieta, me sento na fileira que costumamos nos sentar e, com nervosismo, tiro o notebook da mochila aos meus pés. Meio que queria ter pedido o número do Knox. Uma mensagem amigável de "*quer que eu guarde lugar para você?*" teria sido legal neste exato momento.

Mesmo que eu não precise usá-la, já que digito as anotações, pego uma caneta da mochila e começo a tamborilar na mesa. *Chega de nervosismo, Ealson.*

Faltavam cinco minutos para a aula começar, eles nunca demoram tanto, principalmente porque Knox gosta de conversar antes da aula, e então ele continua essas conversas no seu notebook ao meu lado.

Olho ao redor da sala, e é quando noto que todo mundo está sentado bem à frente, nas primeiras duas fileiras. Me endireito no assento. Será que deixei passar alguma coisa?

Ninguém está conversando, daria até para ouvir um alfinete caindo de tão silencioso, e todo mundo está encarando a frente da sala, com a cabeça para frente, imóvel.

O que raios está...

Do nada, a música *My Girl* começa a tocar pelo alto-falante de um celular, logo antes de a porta no topo do auditório se abrir, me assustando pra caramba. Olho para o lado e vejo Holt e Carson dançando levemente pelas escadas, usando seus moletons combinados e segurando café e caixas de donuts.

Que cacete é isso?

Logo atrás deles vem Knox, usando calça jeans, camisa de botões e gravata, com seu boné habitual virado para trás, segurando um buquê de... aqueles são mapas do campus em forma de flores?

Ai.

Meu.

Deus.

Holt vai para a fileira abaixo da minha e Carson vem para a fileira atrás de mim, cantando alto, enquanto a classe se vira e desdobra uma faixa assim que Knox se aproxima de mim com um enorme sorriso, cantando a música. Quando o coro ressoa pela sala, a classe também começa a cantar e levanta a imensa faixa que diz:

DIGA SIM

Diga sim para o quê?

Ai, Senhor.

Acho que ele levou o desafio um pouco a sério demais.

Knox fica de joelhos de frente para mim e a música acaba, enquanto ele me estende o buquê improvisado, com aquele lindo sorriso agraciando seu rosto. Cubro os olhos com a mão por um instante, com as bochechas queimando, e meu nervosismo faz meu corpo tremer.

Todo mundo fica em silêncio quando Knox fala:

— Emory Edith Ealson. — Estremeço, já que esse não é o meu nome do meio. — Você me daria a honra — ele finge enxugar uma lágrima do rosto — de me sentar ao seu lado pelo resto do semestre?

A classe diz "oww" em conjunto e aguarda minha resposta.

— Diga sim — grita uma das garotas.

— Você é o cara, Gentry — um rapaz grita ao mesmo tempo.

É claro que ele teve que envolver a classe toda, este é Knox Gentry.

Isto é tão ridículo e desnecessário, mas estou no olho do furacão e concordo feito uma idiota.

Levantando-se, com o peito orgulhosamente estufado, Knox ergue o punho no ar e grita:

— Ela disse sim!

A classe vibra. Holt e Carson começam a distribuir café e donuts para comemorar assim que o professor passa pela porta, pego de surpresa pelo comportamento estridente da turma.

— Acalmem-se — ele grita, fazendo todos irem para seus lugares, inclusive Knox, que se senta bem ao meu lado e apoia o braço nas costas da minha cadeira.

Ele pega uma mecha do meu cabelo e começa a enrolá-la casualmente no dedo. É um gesto íntimo, algo que Neil nunca fez, e eu gosto. Talvez até demais.

A aula começa e Holt entrega o notebook para Knox. Ele o abre com uma das mãos e começa a digitar um recado para mim.

Obrigado por ter dito sim. Teria sido bem vergonhoso se você tivesse dito não.

Bufo e cubro a boca, imaginando a cara de Knox se eu tivesse dito não. Nunca poderia ter feito isso. Gosto de zoar com ele, mas isso teria sido cruel, ainda mais depois do trabalho que ele deve ter tido esta manhã para fazer todo esse show.

Digito uma resposta.

Aquilo foi meio extravagante demais, não acha?

Pelo canto do olho, vislumbro um sorriso puxar seus lábios.

Ele digita.

Nada é extravagante demais quando é por você, docinho. Este é só o começo.

Ai, Deus, por que será que isso consegue me preocupar e me empolgar ao mesmo tempo?

— Você pode guardar todos esses livros? — pergunta a sra. Flower. — Vou para o meu escritório. Caso precise de alguma coisa, dê o seu jeito, porque não quero ser incomodada.

— Claro. — Sorrio, mesmo que a senhora com quem estou estagiando pareça ter uma cara azeda perpétua. Acho que ela não sabe o que a expressão "ser agradável" significa.

Seu corpo frágil e parecido com o de um louva-a-deus atravessa o corredor escuro até o escritório, onde ela fecha a porta, trancando-a do resto da biblioteca, e é quando posso relaxar. Prefiro quando ela está no escritório, sem ficar em cima de mim, observando cada movimento meu, e, verdade seja dita, ela só me atrapalha, em vez de me ajudar a aprender.

Coloco os livros devolvidos em um carrinho e começo a ir na direção das autobiografias quando a porta da biblioteca se escancara e um grupo de caras entra correndo, suados e cansados.

O time de beisebol.

À frente da matilha, Knox aparece à vista. Estão todos usando uniforme de treino, boné de beisebol e tênis de corrida.

— Emory Ealson — Knox sussurra alto. — Sempre à dianteira, Emory Ealson. — Sua voz fica mais alta, enviando um arrepio pela minha espinha.

Minhas pernas se movem mais rápido do que meu cérebro, e logo estou à sua frente, mandando-o ficar em silêncio antes que ele acabe fazendo cena, se é que é possível. O time de beisebol invade a biblioteca como uma matilha com uma coisa em mente: me encontrar. Tenho certeza de que ninguém está com a cabeça enterrada nos livros agora. Em vez disso, estão observando o show que é Knox Gentry.

— O que você está fazendo aqui, Knox?

Com as mãos nos quadris, recuperando o fôlego, ele diz:

— Estamos trabalhando o condicionamento. Temos cinco minutos para voltar para o campo de beisebol ou vamos ter que fazer o circuito todo de novo. — Ele respira fundo e Holt aperta seu ombro, encorajando-o. — Falei para os caras que estava fraco, incapaz de terminar a nossa corrida pelo campus, a menos que eu ganhasse um abraço seu.

Ele só pode estar brincando.

— Knox — repreendo. — Não é o momento nem...

— Droga, caras, me segurem — ele diz enquanto cai dramaticamente para o lado. Holt e Carson o seguram, dando-lhe apoio. Tudo muito dramático. — Estou tão fraco. — Sua voz se eleva de novo.

— Só abraça ele, Ealson — grita um dos jogadores de trás. — Temos cinco minutos e quarenta e cinco segundos.

— Não consigo me mover. Estou incapacitado. Só me deixem aqui — fala Knox. Que dramático. De novo. *Meu Deus.*

— Nunca deixamos um homem para trás — Carson retruca, segurando o amigo.

Um cara maior, que está correndo no lugar, implora para mim:

— Não vou conseguir voltar se ficarmos com menos de quatro minutos. Por favor, abraça esse homem.

— Abraça ele, abraça ele, abraça ele — seu time começa a entoar, sussurrando. O pessoal na biblioteca se junta a eles, e é quando coloco os braços ao redor de Knox. Assim que o envolvo, ele se levanta e retribui o abraço, dizendo para seu time dar o fora e correr de volta para o campo.

Ele fica ali alguns segundos a mais, mantendo seu aperto firme ao redor do meu corpo, e então se inclina na minha orelha e sussurra:

— Você está muito bem com essa saia amarela, por falar nisso. — Ele se afasta, dá um tapinha no boné e uma piscadela antes de sair da biblioteca, apertando o passo para alcançar seu time em retirada.

Eu vou matá-lo… depois de parar de derreter por um segundo.

Toc. Toc.

Levanto a cabeça do livro, me viro e vejo Dottie parada à porta. Estávamos todas debruçadas sobre os livros, ou pelo menos foi o que pensei, até Dottie aparecer. Nos esforçamos para estudar todas as noites, colocando um alarme, e então vamos jantar.

O alarme ainda não tocou, então o que será que Dottie está fazendo?

— Será que não ouvi o alarme?

Ela torce as mãos à sua frente, parecendo quase nervosa.

— Então… eu meio que quebrei o nosso protocolo de estudos.

Tiro os óculos e me sento ereta.

— Você ficou no computador?

— Pode ser que sim.

— Você conhece as regras, Dottie.

— Eu sei, eu sei. — Ela suspira. — Mas um chat apareceu e não consegui evitar.

— Tudo bem, obrigada por confessar, mas vamos voltar ao trabalho. — Me viro para o livro.

— Era o Knox.

Tudo bem, pode ser que eu tenha que me afastar do livro por um instante.

— Knox te mandou mensagem? O que ele disse?

— Bem, a princípio ele quis se certificar de que eu era Dottie, amiga da Emory, e até me fez umas perguntas, só para saber que sou eu mesma.

— Sério? — Não consigo evitar o sorriso. — O que ele te perguntou?

— Do que você se fantasiou para a festa temática de selva. A cor da saia que usou na quinta, e eu não fazia ideia. Ao que parece, era amarela. — Meu sorriso aumenta. — Ele também perguntou de que sabor de sorvete você gosta, de onde foi transferida e quem era a sua outra amiga. É incrível o quanto ele sabe sobre você.

— Ele já me fez algumas perguntas desde que o conheci.

— É, mas o cara está caidinho.

— Como você sabe?

— Ele está vindo te trazer comida.

— Como é? — Pulo da cadeira, olhando para mim mesma no espelho assim que há uma batida à porta. — Dottie!

— Foi mal. — Ela se encolhe.

O que não mencionei é que, durante essas horas de estudo, também fazemos um momento de autocuidado. Estou com uma máscara verde tão dura quanto pedra no rosto, meu cabelo está preso em bobes grandes, dedos dos pés separados e secando com um lindo esmalte roxo e estou usando um macacão de veludo na cor terracota que não faz nada de especial para o meu corpo, mas molda muito bem meu traseiro de um jeito que o deixa parecendo largo e flácido.

Do final do corredor, ouvimos a porta se abrir.

Merda.

Nós duas nos entreolhamos.

Lindsay.

Quero gritar NÃÃÃO em câmera lenta, impulsionar o corpo pelo corredor e trancar a porta, mas é tarde demais, enquanto a voz de Lindsay viaja pelo corredor junto com uma masculina já bem conhecida.

— Que surpresa, Knox. Emory estava esperando você?

Não. Ela não estava, não.

Com olhos arregalados, corro para a minha porta, fecho-a bem na frente de Dottie e corro pelo quarto, tentando pensar no que fazer. Ele não pode me ver assim. Calça velha de moletom é uma coisa, mas cara de abacate com bobes na cabeça é uma imagem bem diferente, que deveria ser compartilhada só depois do casamento, quando já não há escapatória. De trás da porta, pego minha toalha e começo a esfregar o rosto com o tecido seco, ao mesmo tempo, tirando os bobes e rodando pelo quarto para remover os separadores de dedos dos pés.

— Ela está aqui.

Faço uma pausa, com os olhos fixos na porta e o corpo imóvel.

Puta merda.

Esfrego ainda mais rápido, enquanto meus dedos se entrelaçam no cabelo. Tropeço ao tentar remover os separadores e perco o equilíbrio. Escorrego pelo chão, com uma perna para o ar, no mesmo instante em que Lindsay abre minha porta para Knox, que me vê voando, e então caio com a bunda no chão.

Aqui estou eu, caída no chão, com as pernas abertas como um convite para só Deus sabe o quê — está na cara que não sei cair com graça —, com a mão entrelaçada no ninho de rato que é o meu cabelo agora e metade do meu rosto esfregado sem ajuda de água enquanto tentava me livrar da máscara.

Em outras palavras, desastre total.

Já tive uma boa cota de momentos vergonhosos, mas devo dizer que este é o fundo do poço para mim.

A única coisa que poderia fazer isto piorar seria se eu soltasse um pum ao cair.

Obrigada, Deus, pelo pequeno milagre.

Da porta, três cabeças estão voltadas para mim, duas que vou arrancar assim que a terceira for embora. Diferente de mim, Lindsay e Dottie não estão com bobes no cabelo e máscara no rosto. Em vez disso, elas estão como as universitárias perfeitamente normais, bem oposto da besta para a qual estão olhando.

— E aí, Em — Knox diz, tão descontraído, como se eu não fosse uma gárgula raivosa, rosnando no chão. Ele entra no quarto, dá uma olhada cortês e então estende o braço para me ajudar a levantar.

Estou tentada a me arrastar para longe dali e me esconder debaixo da cama, agarrada à toalha ao meu lado como minha única amiga restante, mas descarto a ideia e pego a mão de Knox com a minha que não está enfiada no cabelo.

Ele deixa a caixa de lado e estende o braço para o meu cabelo, e solta minha mão com cuidado. Então, se curva, pega minha toalha e sorri ao levá-la ao meu rosto. Fico ali parada, perplexa e envergonhada por ele estar me vendo assim.

— Seu rosto está sujo. — Ele enrola a toalha ao redor do dedo indicador e então dá uma passada de leve pelo meu nariz. — Pronto, perfeito.

Dou uma olhada no espelho e fico cara a cara com o monstro verde e borrado.

Ai, meu Deus.

Tento dar um passo para trás, mas ele me segura pela cintura e me analisa. Lindsay e Dottie ainda estão à porta.

— Você parece mortificada — ele diz, com reflexão e surpresa na voz.

Estou mesmo. Ele é esperto.

— É porque estou. Não olhe para mim. Feche os olhos. — Tento cobrir seu rosto com a mão, mas ele é rápido e forte demais.

— De jeito nenhum. — Ele olha para o meu corpo e então de volta para o meu rosto. — Gostei do seu showzinho. Acho que minha avó usava umas coisas assim no tempo dela.

— Ai, meu Deus, que coisas para se dizer para uma garota, hein?

Ele ri.

— E o cabelo está diferente, mas está mexendo comigo.

— Para — gemo, tentando afastá-lo. Seu aperto em mim fica mais firme.

— Você se dá conta de que esta é a última vez que me verá, né? Não há retorno depois dessa.

— Ah, tá bom. — Ele dá uma olhada em seu relógio e faz careta. — Eu adoraria ficar aqui e curtir esse visual, mas tenho que fazer uns treinos noturnos. — Me soltando, ele pega a caixa que trouxe e a entrega para mim. — Cookies... para o meu docinho.

Dottie e Lindsay riem, enquanto meu rosto fica corado mais uma vez.

— Eu não sou o seu... docinho — digo, e a palavra sai de uma forma vil da minha boca.

Ele ri um pouco mais e dá um tapinha na caixa.

— Estes são os melhores de Brentwood. Tenho certeza de que suas amigas vão confirmar. Saídos do forno, só para você. Vamos lá, levanta a tampa, sei que você vai querer.

E quero mesmo, o cheiro está ótimo.

Cedendo, levanto a tampa e encontro uma dúzia dos cookies mais grossos e com o cheiro mais delicioso que já senti na vida.

Puta merda.

São cookies para o docinho dele mesmo.

— São do Mr. Tom's?

— O melhor lugar da cidade para comprar cookies — Knox responde a Dottie, cujo nariz está farejando o ar. — E se Em for uma boa amiga, ela vai dividir com vocês.

— Não sou, não. — Fecho a tampa e coloco a caixa na escrivaninha, lançando um olhar afiado para as minhas amigas à porta. Elas poderiam ter evitado todo este constrangimento se tivessem se lembrando de como fico durante as horas de estudos. Nada disso, elas não tinham que ter deixado Knox entrar sem nem me dar um segundo para pelo menos trocar a roupa de vovó.

— Vou deixar vocês ajeitarem as coisas. — Ele dá um passo para frente e estende o braço para mim, me puxando para um abraço antes que eu possa recuar para o outro lado do quarto. — Falo com você mais tarde, tá bom? — Ele beija o topo da minha cabeça e então mais uma vez baixa a boca junto à minha orelha e sussurra: — Lembre-se, Em, vou ter você de qualquer forma que eu puder.

Com essas palavras de despedida, ele dá um rápido aceno para Lindsay e Dottie e então vai embora. E eu fico ali, um pouco sem fôlego e formigando da cabeça aos pés.

Ele quer me ter de qualquer forma que puder. Ai, meu Deus, e ele conseguiu mesmo uma parte especial de mim hoje.

— Parece que tudo correu bem. — Dottie sorri.

Aponto o dedo e grito:

— Para fora, vocês duas.

— Mas ele gostou da sua roupa. — Lindsay dá uma risadinha, recuando, enquanto eu alcanço a porta para fechá-la.

— Vocês duas estão mortas para mim.

— Mas... você não quer dividir esses cookies com a gente? — Dottie pergunta.

— Não! — Bato a porta e me jogo na cama. Já não preciso segurar o sorriso que se abre nos cantos dos meus lábios.

Knox: Vai ter uma festa amanhã à noite, você vem?

Pauso o filme no meu notebook e abro a mensagem de Knox no chat. Pelas duas últimas semanas, Knox tem deixado claro o quanto está interessado em mim. Não tem sido todo dia, nem mesmo dia sim, dia não, mas ele continua me surpreendendo com gestos aqui e ali. É fofo, e ele aos poucos tem quebrado a minha muralha, mas não completamente. Mesmo que já saiba a resposta, a cada segunda-feira, depois da nossa aula, ele me chama para almoçar, e sempre digo que não posso.

Mas a cada não, seu sorriso fica maior. Sei que ele pode ver através da minha fachada e pode ver o sim nos meus lábios. Ele é esperto o bastante para saber o que tem feito comigo. É esperto o bastante para notar a forma como me demoro um pouco mais a cada abraço, ou a maneira como me inclino mais para ele quando coloca o braço ao redor dos meus ombros. Ele vê o sorriso que tento esconder, os leves toques que tento afastar, a forma como me arrumo para ele nas segundas-feiras, me certificando de estar sempre maravilhosa. Ele é observador, e mesmo que eu ainda esteja tentando mantê-lo afastado, ele está muito perto de quebrar a frágil barreira que ergui entre nós dois.

Respondo sua mensagem.

Emory: Acho que não.

Knox: Por que não? Com medo do tema?

Emory: Qual é o tema?

Knox: Topless.

Emory: Sério?

Knox: Não. Haha. Não há tema, só um campeonato de beer pong. Estou precisando de uma dupla.

Emory: Então você vai querer perguntar para alguém mais habilidoso. Mal consigo mirar reto.

Knox: Posso te carregar nas costas, Em. Sou um campeão.

Emory: Deixa pra próxima.

Knox: Então vamos só passar um tempo juntos. A gente pode ver um filme no meu quarto.

Emory: Enquanto uma festa estará bombando bem do outro lado da porta? Isso não seria esquisito?

Knox: Que nada, a gente já passou um tempo no meu quarto durante uma festa, e não vai ser tão barulhenta quanto você acha.

Emory: Não, mas divirta-se. Vou ficar aqui e estudar um pouco.

Knox: Por favor.

Emory: Você piscou sedutoramente enquanto digitou isso?

Knox: Sim, funcionou?

Emory: Não sei.

Knox: Imagina só: você, eu, na minha cama...vestidos, claro, porque sou um cavalheiro... com o último lançamento da Netflix e dividindo um calzone do The Hot Spot. Meu braço ao seu redor, você apoiada no meu peito, refrigerantes, um pacote de Oreos... Como você pode resistir a isso?

Emory: É bem tentador.

Knox: Então diga sim.

Emory: Que tal "vou pensar sobre isso"?

Knox: Vou considerar isso um sim. Merda, preciso ir. Me manda mensagem quando você chegar no loft (512-555-3452) e vou te deixar entrar pela porta dos fundos, para evitar a festa. Vejo você amanhã.

Ele desliga, e o status verde fica cinza. Nossa, que rápido.

Calzones?

Oreos?

Me aconchegar com Knox Gentry? Parece um sonho.

Um sonho que não sei se consigo evitar por muito mais tempo.

CAPÍTULO 13

KNOX

Dou uma batidinha no interior da luva e me posiciono assim que o treinador rebate uma bola em direção geral. Corto para a direita, pegando a bola, pulando no ar e arremessando a bola pelo campo para o jogador da primeira-base.

Execução perfeita.

Vou para o fim da fila e troco um "toca aqui" com Carson enquanto continuamos a nos exercitar.

Um novato é o próximo, Ned Farkle — seus pais não esperam que ele se torne um jogador de beisebol profissional com esse nome, isso com certeza. Mas ele é bom pra caramba, e o treinador rebate uma bola difícil, que ele pega sem problema nenhum, mas dá pelo menos cinco passos em direção ao primeira-base antes de jogar a bola.

Arremessos rápidos; é disso que o treinador Disik gosta. Correr pelo campo leva tempo demais e não é esse o beisebol fundamental que o treinador ensina. Sei disso, porque era um hábito que ele tirou de mim. Largando o bastão, Disik corre até Farkle e fica cara a cara com ele, falando sobre a necessidade de um arremesso rápido. Aproveito o momento para desaparecer nos fundos com Carson, que se vira para mim de fininho e diz:

— Tudo pronto para hoje?

— Para a festa? — murmuro, com a lateral da boca.

— É.

— Não faço ideia, Holt está no comando. Emory virá e a gente vai passar um tempo juntos.

— Sério? — Carson parece surpreso. Se eu não estivesse tão confuso com essa garota, teria ficado ofendido, mas estou tão surpreso quanto ele.

— Sério. Ela não parecia a fim de festa, aí disse para a gente ficar no meu quarto.

— Caramba, isso é ainda melhor, já que você mal passa um tempo com ela.

Nem me fale. Com a minha rotina, não tive muita chance de conhecer Emory tanto quanto gostaria ou dar a ela o tempo que prometi, mas estou fazendo dar certo; uma coisinha aqui e ali já é melhor que nada.

Estamos chegando ao fim dos treinos com a bola, o que significa que vamos pegar pesado com a força e o condicionamento, assim como treino técnico e individual. Temos um ótimo time de novos integrantes que precisam de um refinamento — por isso Farkle dá seus pulinhos pelo campo —, e sempre cuidamos disso nos últimos meses do semestre. E o que tudo isso significa? Que terei mais tempo para conquistar Emory.

— Nem me fale. Eu fico entrando e saindo da vida dela, mas acho que não consegui fazer nada duradouro ainda.

— É só dar uma abaixada e arremessar a bola — Disik grita, mostrando o quanto é rápido ao demonstrar do que está falando.

— Mas ela gosta de você — Carson diz, dando uma batidinha na minha perna com a luva. — Dá para ver isso na aula. Ela não para de sorrir ao seu lado.

— É, eu sei que há atração, só falta selar o compromisso.

— E você gosta dela, né? Isso não é só como um desafio para você, né?

— Isso, bem assim — Disik comemora. — De novo, mas desta vez com a bola. — Ele corre de volta para o bastão e acerta outro lance difícil para Farkle, que pega e dá dois passos em vez de cinco. Melhor, mas não o que foi pedido. Nada feliz, Disik grita: — De novo. Faça do jeito certo ou o time inteiro vai fazer flexões.

— Foco, Farkle — murmura alguém do time.

— Você sabe que não sou um babaca — digo para Carson, assim que outra bola é rebatida para Farkle. — Eu gosto dela e jamais a veria como um desafio.

Farkle pega a bola e gira ao redor do campo. Um, dois, três passos.

Meu Deus.

Parece que vou ter que pegar esse cara e trabalhar os seus arremessos.

— Trinta flexões para todo mundo — Disik grita, largando o bastão e indo até Farkle, pairando sobre ele e contando cada flexão.

Alguns "vá se foder, Farkle" são ditos durante as flexões.

Assim que terminamos, pegamos nossas luvas, e o treinador solta outro aviso para os calouros fazerem do jeito certo ou vamos passar o resto do treino em condicionamento.

— Ela é uma garota legal, Gent — Carson diz, enquanto observamos com atenção Farkle se posicionar. — Não quero vê-la magoada.

— E quando foi que eu magoei uma garota? — *Que porra é essa?*

— E quando foi que você esteve tão disposto a ficar com alguém em vez de só ter sexo sem compromisso? Nunca vi você tão interessado por uma garota.

— E isso significa que não vou ferrar com tudo.

Farkle pega a bola, dá um passo e então arremessa pelo campo.

Graças a Deus.

— Isso foi pedir muito? — Disik grita. — Meu Deus do céu, vá para o fim da fila.

— Ou você está preocupado demais que vai acabar ferrando com tudo.

— Qual é o seu problema? — pergunto a Carson.

— Nenhum, só estou sendo cuidadoso, cara. — Ele se posiciona, e assim que a bola é rebatida, mergulha para a esquerda, pega a bola, gira e a arremessa para o jogador primeira-base em um movimento suave. Carson é o melhor segunda-base do país. Suas estatísticas provam isso e suas técnicas fazem qualquer treinador babar, até mesmo Disik, que acena com a cabeça em aprovação.

Mesmo que eu seja bom em bloquear merdas desnecessárias quando estou em campo, é difícil não pensar no que Carson acabou de dizer assim que me posiciono.

Não vou ferrar com as coisas. Posso nunca ter ligado muito para isso, mas não significa que não vou me esforçar quando se trata de Emory. *Porque ela merece isso.*

Disik rebate a bola para mim e ela vai alto, atingindo-me no peito. Sem nem vacilar, pego a bola com a mão direita e a jogo para o primeira-base. Não foi perfeito, mas eficiente.

— Boa recuperação — Disik grita, mas me afundo quando vou para o lado de Carson. Murmurando, digo: — Não vou ferrar com as coisas.

— Espero que não, porque ela é perfeita para você.

Não poderia concordar mais.

Checo meu celular pela centésima vez na noite e quando não vejo nada, bato a parte de trás da cabeça de leve na parede.

Mas que porra é essa?

Deixei uma mensagem no chat para Emory para que ela soubesse que eu estaria aqui por volta das oito, e já são nove e meia e nem sinal dela. Sem brincadeira, estive verificando a festa a cada cinco minutos, fazendo círculos, como se estivesse pastoreando o gado, procurando uma garota, e só uma garota.

Será que ela não vai mesmo aparecer?

Sei que ela disse que pensaria sobre isso, mas, que merda, já faz um tempo que estamos nesse joguinho de gato e rato, então achei que aquela foi a maneira tímida dela de dizer que passaria a noite comigo em vez de dizer de fato que só pensaria.

Caramba, como eu estava errado.

Passo a mão pelo meu cabelo estilizado — pois é, porra, eu o arrumei — e examino a sala mais uma vez assim que Carson vem para o meu lado e estende uma cerveja para mim. Ainda não tomei nada na esperança de passar a noite com Emory.

— Odeio ter que dizer isso, cara, mas parece que ela não virá.

Pego a cerveja, mas seguro a garrafa ao lado, sem ânimo para beber. Vou me dar cinco minutos quando a amargura da noite começar a fazer efeito.

— Acho que posso socar alguém — digo, cerrando o punho ao meu lado, com a raiva começando a ferver. — Porra, eu não entendo. Fiz tudo certo. Entendo que o ex-namorado dela foi um babaca e meio que a faço se lembrar dele, mas, porra, sou a droga de uma pessoa diferente. Ela deveria pelo menos me dar uma chance de mostrar isso.

— Pois é, não sei o que dizer, cara — Carson responde enquanto toma um gole de cerveja. — Ei, aquelas ali não são as amigas dela?

— O quê? — Minha cabeça gira para onde Carson está apontando. Com certeza são Lindsay e Dottie junto à mesa do *beer pong*, rindo e curtindo o momento.

Isso significa que Emory está aqui?

Dou uma olhada no celular de novo, mas não há nada.

— Ela está aqui? Será que não a vi?

— Que nada, Brock teria me dito. Ele está de guarda na porta. Falei para ele me mandar mensagem quando ela chegasse, aí eu poderia te dizer. Ele disse que não a viu.

— Puta merda. — Cerro os dentes. — Que porra. Então as amigas dela vieram, mas ela não? Droga... agora estou puto. — Começo a andar para o quarto para falar poucas e boas para Emory quando Carson segura meu ombro, me fazendo parar no lugar.

— Era disso que eu estava falando lá no treino. Respira fundo e tenta pensar racionalmente. Pode haver uma razão para ela não estar aqui.

— Além de me enrolar? Sou a porra de um idiota.

— Sério, cara, relaxa.

— Não me fala para relaxar. — Afasto o ombro. — Ela deveria pelo menos ter dito que não viria. — Passo a mão no cabelo e olho para suas amigas. — Vou conseguir umas respostas.

— Não faça isso, Knox.

Mas é tarde demais. Já estou indo na direção delas, com a raiva fervendo na base do meu crânio, tensionando meus ombros e cerrando minha mandíbula.

— Moças — cumprimento. As duas se viram e fazem contato visual comigo, então ficam boquiabertas e estremecem ao mesmo tempo. Que reação estranha.

Estou prestes a perguntar onde está Emory quando Dottie pressiona a mão na testa.

— Puta merda, a gente esqueceu de te falar. Ai, meu Deus, Emory vai matar a gente, você não pode contar para ela.

— Contar o quê? — pergunto, com as emoções disparando de pura raiva para curiosidade e preocupação.

— Ela pediu para a gente te dar um aviso quando chegássemos aqui. Ela está com enxaqueca e não conseguiu vir.

E a preocupação vira raiva de novo.

Que desculpinha de merda.

— É o melhor que ela pode fazer? Enxaqueca? Ela poderia ter pelo menos fingido ter quebrado a perna ou algo assim. Ter me dado uma desculpa mais épica.

Elas se entreolham e então Lindsay diz:

— Não, ela está mesmo com enxaqueca. Ela tem enxaqueca crônica. Isso a deixa derrubada. Desde o ensino médio. Ela não consegue se mover nem abrir os olhos. Está deitada no escuro, esperando passar.

— Ah, tá bom. — Reviro os olhos. — Fala que mandei melhoras para ela.

Estou prestes a me afastar quando uma mão me puxa. Me viro e vejo Dottie implorar para mim.

— Não estamos mentindo, Knox. — Ela segura o cartão-chave para mim. — Veja por si mesmo. Ela está no escuro total agora.

Olho o cartão-chave.

— Como vou saber que você não vai mandar mensagem para ela assim que eu sair daqui?

As duas enfiam as mãos nos bolsos e me entregam seus celulares.

— Por favor, Knox, não desista dela. O babaca do ex dela foi um cafajeste, e a magoou, por isso ela é muito reservada. A gente a perdeu por alguns anos, e já teríamos dito para você cair fora se não achássemos que você é bom para ela — diz Lindsay. — Pode pegar nossos celulares, dar para um dos seus colegas, e aí quando você perceber que não estamos mentindo, pode mandar mensagem para ele devolvê-los. Ela está bem doente.

— Já vomitou duas vezes — Dottie acrescenta. — Algo que tenho certeza de que ela não gostaria que você soubesse. Está tão pesada que ela não suportou nenhuma luz acesa, aí pediu para a gente te falar que não conseguiria vir. Nós acabamos nos distraindo, foi culpa nossa, foi mal, mas, por favor, não fique com raiva dela. Ela queria ter vindo. Até escolheu uma saia bem fofa para vestir. Ela viria, Knox, de verdade.

Merda.

Acho que elas estão dizendo a verdade.

Passo a mão pelo cabelo e checo a hora no relógio.

— Há quanto tempo ela está lá sozinha?

— Pelo menos uma hora. Chegamos meio tarde aqui.

— Merda. Tudo bem. — Pego o cartão-chave e o coloco no bolso. — É a suíte dez no terceiro andar, né?

— Isso. — Quando estou me afastando, Dottie diz: — Você não vai querer o nosso celular?

— Não, confio em vocês. — Balanço a cabeça.

Vou para o meu quarto, enfio um monte de coisas na mochila, fecho tudo e coloco a chave do meu carro no bolso. Parece que vou passar a noite nos dormitórios, algo que não faço desde que era calouro, mas nem preciso pensar duas vezes para estar ao lado da Emory, especialmente quando ela mais precisa de alguém.

CAPÍTULO 14

EMORY

Respire fundo.

Bem assim.

Com uma máscara de dormir sobre os olhos, rolo de lado e solto um longo suspiro, tentando não ficar enjoada com o movimento. Mas meu quadril está doendo por ter ficado apoiado no lado esquerdo por tanto tempo, então preciso me virar, devagar.

Todo mês, como um relógio, tenho uma enxaqueca que acaba comigo. Estava me arrumando para ver Knox quando o enjoo começou. Alguns minutos depois, a dor por trás dos olhos me atingiu, logo em seguida, a forte dor sinusal. *Merda*. Naquele momento, soube que não iria a lugar nenhum além da cama. Quando a enxaqueca vem, não há nada que eu possa fazer além de me deitar. Tentei beber água com comprimidos de analgésico, até mesmo passar um spray analgésico no pescoço e nos ombros, mas nada funcionou. A enxaqueca me atingiu em cheio — sem brincadeira — e fiquei derrubada. Completamente imobilizada.

Depois de vomitar duas vezes, consegui ir para a cama e apagar as luzes com a ajuda de Lindsay e Dottie. Elas me deixaram no quarto escuro, com uma lixeira ao lado da cama, caso eu fique enjoada de novo, e um grande copo de água.

Pedi para avisarem a Knox, me sentindo péssima por isso, mas jamais conseguiria sair do quarto, da cama, muito menos ir a uma festa. Barulho. Movimento. Luzes. Tudo exagerado.

Não, é aqui que vou passar a noite.

Finalmente consigo ficar na minha nova posição, com a cabeça latejando sem parar. Ouço a porta do dormitório se abrir, mas estou sem noção de tempo a essa altura, então suponho que sejam Lindsay e Dottie. Quando a porta do meu quarto se abre um pouco, trazendo um pouquinho de luz, agradeço pela máscara de dormir.

— Como foi a festa? — pergunto, rouca. — Vocês falaram para o Knox que eu não conseguiria ir?

— Falaram. — A voz profunda que vem do outro lado do quarto me assusta.

— Knox? — Afasto a máscara de dormir e pisco algumas vezes, deixando minhas pupilas se acostumarem com a fresta de luz no quarto.

— Não, não se mexa. — Ele vem rápido para o meu lado, colocando uma mochila no chão e se sentando no colchão. Sua mão vem para a minha cabeça e acaricia meu cabelo de leve. — E aí, está tudo bem?

Fecho os olhos com força e respiro fundo enquanto minha cabeça continua latejando.

— Não — solto um gemido.

— Merda. O que você quer que eu faça?

— Feche a porta.

— Claro. — Ele se levanta e fecha a porta. Então retorna para o meu lado e acaricia minha testa com o polegar. — O que mais? Quer que eu pegue alguma coisa para comer, para beber? Algum remédio? Uma compressa térmica?

— Não. Nem consigo pensar em comer agora.

— Entendo. Você vomitou de novo?

— Ai, Deus, elas te contaram isso?

— Sim, e que bom que contaram. Minha mãe tinha dores de cabeça assim, e sabe o que costumava ajudar?

— O quê? — pergunto, passando a mão na cabeça.

— Meu pai. Ele sempre ajudava. — Ouço Knox tirar os sapatos e então passar por cima de mim para ficar atrás de mim. Ele se enfia debaixo das cobertas com cuidado, obviamente tentando não balançar o colchão demais, e arrasta o corpo para junto do meu. — Tudo bem se eu te segurar?

— Quando foi que você se importou em pedir? — Rio.

— Não quero te machucar.

Ele nunca me machucaria. Já sei disso a esta altura. Abandonar a festa para saber se estou bem? Isso só pode vir de um cara que jamais machucaria alguém.

E, sinceramente, a esta altura, não estou mais com ânimo para resistir. Parece inevitável. Não importa o quanto tente manter distância, ele estará na minha vida.

— Eu não vou quebrar — digo e então dou um salto de fé. — Me abraça, Knox. Quero que você me abrace.

Suas mãos deslizam ao redor da minha barriga e em vez de me puxar para seu peito, ele move com cuidado o corpo para mais perto do meu. É surpreendente como ele sabe se mover sem balançar demais o colchão. Nunca na vida Neil se importou comigo desse jeito tão compassivo, atencioso e generoso. O toque de Knox é gentil, calmante e quando ele finalmente se ajeita junto ao meu corpo, sinto os músculos começarem a relaxar, e me derreto nele.

— Assim está bom? — ele sussurra, com a voz aveludada acariciando meu ombro nu.

— Perfeito. — Suspiro. — Obrigada.

Ele beija meu ombro e diz:

— Durma um pouco, Em. Não vou a lugar nenhum.

E ele não foi mesmo.

A primeira coisa que me acorda pela manhã não é o sol entrando pela janela do quarto, nem as músicas matinais de Lindsay que chegam suavemente através da parede. E sim a grande mão que está aberta na minha barriga, com um polegar fazendo movimentos gentis para cima e para baixo no tecido do meu pijama.

Minha enxaqueca se foi, mas meus músculos do pescoço ainda estão tensos, o que sempre acontece, mas prefiro isso ao latejar incessante na minha cabeça.

— Você acordou? — A voz de Knox é um sussurro, seu hálito fresco de menta, seu corpo sobre os cobertores.

Abro um olho e o encontro debruçado sobre mim, com uma expressão preocupada no rosto.

Trago o cobertor até minha boca e digo:

— Oi.

— Bom dia. — Ele sorri. — Como você está?

— Muito melhor, obrigada. — Eu o observo e me dou conta de que seu cabelo está molhado. — Você tomou banho?

Ele assente.

— Achei que você não ia querer ficar perto de mim depois do meu treino matinal de condicionamento.

— Você treinou? — Meus olhos se abrem mais. — É domingo, você treina no domingo?

— Só uma corridinha matinal, nem é com o time todo, faço sozinho.

— E o que é uma corridinha para você?

— Uns três quilômetros.

— Ah. — Me viro para apoiar as costas. — Isso é uma corridinha.

— Me senti meio duro, achei melhor dar uma relaxada. — Ele mexe os ombros. — Gostei do seu xampu, tem cheiro de fruta e essas merdas.

— Você usou meu sabonete?

— E a toalha — ele diz, sem vergonha alguma.

Quem é este cara?

Me sento devagar e esfrego os olhos com as mãos, precisando ir urgente ao banheiro por causa de toda a água que bebi na noite passada. Jogo os cobertores para o lado e começo a me levantar da cama quando Knox pega meu braço e me ajuda. Estou prestes a dizer a ele que não sou uma idosinha, mas assim que meus pés atingem o chão e eu vacilo, fico grata pela ajuda.

— Banheiro?

— Sim, mas posso ir sozinha. — Rio e dou um tapinha em sua mão.

Faço um xixi depressa, escovo os dentes e me dou uma rápida olhada no espelho. Pijama de seda, sem sutiã e cabelo bagunçado… poderia ser pior. *Não. Ele já me viu pior.* Ajeito o cabelo, recupero um pouco de cor nas bochechas e então volto para o quarto, onde Knox está sentado na cama, com as mãos apoiadas atrás dele. Seus olhos deixam um rastro quente pelo meu corpo e param bem no peito.

Meus mamilos estão duros, sei que estão, posso senti-los pressionando o tecido de seda, mas sem vergonha alguma, vou até ele.

Ele lambe os lábios e se endireita quando o alcanço, seus olhos preguiçosos, e suas mãos vão para os meus quadris.

Estendo a mão e acaricio seu rosto, sua barba áspera na minha palma, uma sensação deliciosa da qual eu tinha me esquecido completamente.

Como é possível esquecer a sensação do rosto áspero de um homem ao toque? Deveria ser algo desejado por mim, algo que eu ansiasse, mas, mais uma vez, Neil mudou isso. Ele mudou tudo com o desenrolar do nosso relacionamento. Ele tirou as coisas simples de mim, como o meu direito de tocá-lo intimamente. Eu tentei, mas, no fim, ele me afastava sempre que tentava abraçá-lo, e seus beijos não passavam de um toque na minha bochecha, se eu estivesse com sorte.

Sinto falta disso, da intimidade com outro ser humano sem ser abertamente sexual.

— Desculpa ter estragado os seus planos para ontem à noite.

Ele não perde tempo e me puxa para entre suas pernas, me mantendo no lugar com as mãos. Ele é um cara grande e como minha cama é mais alta que o normal, ele me olha de cima a baixo.

— Você não estragou nada. Além disso, dá para ver muito bem por baixo do seu pijama agora, e isso é uma surpresa bem agradável para a manhã.

Reviro os olhos e tento me afastar dele, mas, em vez disso, ele se levanta, me pega, me coloca com cuidado na cama e se junta a mim, com seu corpo largo cobrindo todo o colchão.

— Da próxima vez que a gente passar a noite juntos, vai ter que ser no meu quarto, porque a sua cama é pequena.

— Você acha que haverá uma próxima vez?

Deitado de lado, sua metade de cima está debruçada sobre meu corpo, deliciosamente me prendendo no lugar.

Seus dedos traçam a lateral do meu braço, e um arrepio se espalha pela minha pele.

— Haverá uma próxima vez.

— Você é tão cheio de si.

— Seus mamilos estão duros pra caramba, docinho, se essa é uma indicação, então haverá uma próxima vez.

Meu rosto fica corado, mas não deixo isso me impedir.

— É assim que meus mamilos ficam pela manhã, animados com o sol.

Ele ri.

— Ah, é, eles não estão animados com nada mais? — Seus dedos deslizam pela minha clavícula, e juro que meus mamilos ficam ainda mais rígidos. Será que isso é possível?

— Não — respondo, mesmo que tenha sido um *não* bem fraco pela falta de fôlego.

Ele baixa a cabeça até a minha, ficando a centímetros de distância, enquanto sua mão viaja pelo meu braço até a barra do meu pijama. Sem esperar por um convite, ele desliza a mão por baixo, com os dedos se esticando na minha barriga.

Respiro fundo e, por alguma razão, minhas pernas se abrem. Ele não está nem perto da região, mas isso não impede meu corpo de reagir. Uma pulsação profunda e necessitada começa a latejar entre as minhas pernas, enquanto sua mão sobe para a minha caixa torácica. Me mexo sob ele, me dando conta do quanto quero que ele me toque, me beije, faça sacanagem com o meu corpo, sem nem se importar que as minhas duas melhores amigas estão a uma parede de distância.

— Você quer que eu te beije, Em?

Eu já deveria ter imaginado que ele me perguntaria isso. Desde que o conheço, ele não tem sido nada sutil.

E, sim, quero muito. Quero tanto que ele me beije, mesmo que começar algo com alguém agora não fosse o que eu estava planejando. Sou uma mulher, no fim das contas, e dizer não para Knox é quase impossível, ainda mais com a mão dele por baixo do meu pijama e meu corpo desejando seu toque.

— Me beijar? — pergunto, com o peito subindo e descendo em um ritmo mais rápido. — É isso o que amigos fazem?

Estou nervosa.

Sei que deveria dizer sim, que deveria puxar sua cabeça para a minha e encontrar seus lábios, mas este é o primeiro cara que vou beijar depois do Neil, e é uma grande coisa. Será que estou pronta para dar esse grande passo? Será que estou pronta para começar algo com alguém que não tem saído da minha cabeça neste semestre?

— Você está me chamando de amigo agora? — Ele ergue as sobrancelhas.

— Bem, já que a sua mão está por baixo do meu pijama, diria que somos pelo menos amigos.

— Gosto de ser reconhecido como seu amigo, Em. — Ele ri.

— É mesmo?

Ele assente.

— Você é legal, uma das garotas mais legais que conheço. É por isso que não consigo me afastar.

Sua confissão faz meu coração acelerar. Para ser sincera, gosto de tê-lo como amigo também. É fácil ficar perto dele, como se tivéssemos sido feitos para a vida um do outro todo esse tempo.

Toco seu peito com o dedo, onde começo a traçar círculos lentos.

— Gosto de ficar perto de você, Knox. Mesmo que seja doloroso admitir.

Uma risada profunda ressoa em seu peito.

— Queria ter gravado essa confissão.

— Nada de câmeras no quarto.

— Nunca? — ele pergunta, com as sobrancelhas levantadas.

— Nunca — respondo, séria.

— Droga. — Ele afasta o cabelo da minha testa enquanto sua outra mão segura firme minhas costelas.

— Podemos prometer uma coisa um para o outro? — pergunto, ficando séria.

— Orgasmos múltiplos? Não preciso te prometer isso, docinho, é o que vai acontecer.

Reviro os olhos.

— Não, isso não. — Mesmo que só de olhar para suas mãos enormes e fortes, sei que ele pode me dar isso.

— Então o quê? — Ele se mexe para que seu corpo fique completamente encostado no meu, seu nariz roçando o meu.

Como é que ele espera que eu dê uma resposta inteligente ao tê-lo assim tão perto? Quando posso quase saboreá-lo nos meus lábios, quando posso sentir o quanto todo o seu corpo é firme por conta das inúmeras horas que ele passa transformando seu físico em uma máquina do beisebol bem lubrificada?

— Hã, eu... hum.

— Desembucha, Ealson. — Ele ri.

— É difícil pensar quando você fica todo em cima de mim.

— Bem, acostume-se, porque isso não vai mudar.

Posso ver o quanto é verdade, se as duas últimas semanas servirem de referência. Ele é determinado. Quando põe uma coisa na cabeça — neste caso, eu —, parece que vai com tudo. Isso me surpreende.

Me recompondo e tentando não me perder em seus olhos expressivos, digo:

— Você pode me prometer que... não importa o que aconteça com a gente, vamos sempre ser amigos?

— Já enterrando o nosso relacionamento antes mesmo de começar? Que coisa mórbida. — Sua voz é brincalhona, mas dá para ver a dor em seus olhos.

— Não estou enterrando, só... droga. — Suspiro. — Gosto muito de você, Knox, mais do que quero admitir, e gosto da amizade divertida que temos. Não quero perder isso. E sei que só faz um tempinho que a gente se conhece, mas ainda quero passar tempo com você.

— Ah, entendo. Eu te conquistei e você está finalmente admitindo.

— Você vai ficar esfregando isso na minha cara? — pergunto, brincando com os dedos em seus lábios.

Ele os mordisca e diz:

— Vou, porque você é teimosa pra caralho.

Rio. É verdade. Sou bem teimosa.

— Posso até ser. É algo com que você consegue lidar?

— Sempre gostei de um desafio. — Ele se aproxima. — E respondendo à sua pergunta, sim, seremos sempre amigos.

— Mesmo se a gente se envolver e acabar tendo um término terrível?

— Essa coisa de término terrível não vai rolar. A parte de se envolver *é* inevitável.

— Amigos em primeiro lugar?

Ele suspira.

— Amigos em primeiro lugar, parceiros de foda em segundo.

Ele está prestes a me beijar, mas eu impeço seu rosto com a palma da mão.

— Parceiros de foda?

— Ou amantes apaixonados. — Ele ri.

— Ai, meu Deus, não diga amantes.

Ele passa a ponta do polegar pela parte de baixo do meu seio e, em questão de segundos, toda brincadeira se vai. Minhas veias inflamam, deixando meu corpo em combustão. Ele faz outra carícia e eu respiro fundo, a pulsação crescente entre as minhas coxas se intensificando. É difícil acreditar que doze horas atrás, eu mal conseguia abrir os olhos ou levantar a cabeça, e agora estou em chamas, e é só por causa deste cara perto de mim. É assustador. *É maravilhoso. Como ele.*

Mais uma carícia e eu agarro sua nuca, entrelaçando os dedos em seu cabelo.

— Você vai me beijar? — pergunto, com o peito arqueando para fora do colchão, buscando mais.

— Porra, com certeza — ele diz, com os lábios descendo assim que um alarme barulhento explode no meu quarto.

Bip! Bip! Bip!

— Puta merda — ele reage, pulando da cama e cobrindo as orelhas. — O que foi isso?

Faço a mesma coisa, tentando impedir que o som penetrante rompa meus tímpanos.

— Alarme de incêndio — grito. *Pior. Momento. Da. Vida.* — Temos que sair daqui ou vamos ficar encrencados. Os supervisores conferem.

— Claro. — Nós dois gritamos um para outro enquanto nos movemos pelo quarto.

Calço meus chinelos, visto um suéter e o sigo para fora do quarto, onde encontramos Lindsay e Dottie. Juntos, descemos as escadas, que estão iluminadas pelo alarme, e saímos do prédio, enfim conseguindo algum alívio do som estridente.

— Puta merda, que barulheira — Knox reclama, com a mochila pendurada nos ombros. Parece minúscula comparada ao seu corpo largo. — Com que frequência isso acontece?

— Uma vez ao mês — Lindsay responde, enquanto dá uma mordida no biscoito que ela trouxe.

Ao lado dela, Dottie beberica da sua caneca "Cuida da sua vida" e diz:

— Você se acostuma depois de um tempo. — Ela olha para nós e para a forma como estou parada sem jeito, longe de Knox, com as mãos nos bolsos do meu suéter, olhando para qualquer outro lugar que não seja minhas amigas. — E aí, o que está rolando entre vocês dois?

— Nada — digo.

— Parceiros de foda — Knox fala ao mesmo tempo.

— Sério? — Lindsay fica boquiaberta.

— Cala a boca. — Bato de brincadeira na barriga de Knox. — Não somos parceiros de foda, nem nos beijamos. — Ele até tocou a parte de baixo do meu seio e olhou para os meus mamilos por uns bons cinco minutos, mas escolhi deixar essa parte de fora.

— Não se beijaram? — Dottie pergunta, com a mão no quadril e uma expressão de desgosto no rosto. — O que raios há com você? O cara saiu da festa na noite passada para cuidar de você. Poderia pelo menos ter oferecido um boquete hoje de manhã.

Com um largo sorriso no rosto, as mãos enfiadas nos bolsos e aquelas sobrancelhas grossas se mexendo para mim, Knox diz:

— É, você poderia pelo menos ter me oferecido um boquete.

— Hã. — Balanço a cabeça. — É, isso nunca vai rolar.

— Hum... é melhor que role, porque tenho planos de aninhar o meu rosto entre as suas pernas.

— Jesus — sussurro, olhando ao redor. — Dá para você não dizer isso em voz alta ou na frente das minhas amigas?

Lindsay se abana.

— Meu Deus, isso é tão sexy. Ele reivindicou a sua vagina sem mais nem menos na frente de todo o nosso dormitório.

Pressiono a mão na testa, desejando sumir.

— Dá para a gente conversar sobre outra coisa?

— Você sabia que ninguém nunca caiu de boca nela? — Dottie conta, tirando o fôlego direto dos meus pulmões, enquanto fico boquiaberta e me viro para a minha amiga em choque. Em que tipo de situação maluca ela acha que estaria tudo bem dizer uma coisa dessas?

— Percebi — Knox diz, com uma ruga na testa.

— Quer saber? — Seguro meu cartão-chave para todo mundo. — Vou tomar um café.

E saio, prometendo a mim mesma ter uma conversa séria com Dottie sobre limites. Eu esperaria que Lindsay dissesse uma coisa assim, mas Dottie? Em geral ela é boca fechada, então pelo visto Lindsay está começando a influenciá-la. *Estou mortificada. Completa e extremamente mortificada. Por que dizer uma coisa dessas?*

— Espera — Knox pede, me alcançando. Ele bloqueia meu caminho até a cafeteria no refeitório. — Aonde você pensa que vai?

— Estou me retirando daquela conversa vergonhosa.

— Não é vergonhosa a menos que você faça ser. Ninguém nunca caiu de boca em você. E daí? Há maneiras de dar um jeito nisso. — Ele se aproxima, pegando minha mão.

— Dá para a gente parar de falar sobre isso aqui? Se não se deu conta ainda, todos os olhos estão em você agora, e isso significa que a nossa conversa já não é mais tão particular.

— Quem liga?

— Eu ligo. — Aponto para o meu peito. — Eu ligo. Você pode ser esse cara bem confiante quando se trata de cama, mas eu sou mais reservada, tá bom? Não gosto da expressão parceiros de foda e não quero que você fique me chamando assim. Acho isso humilhante. Sei que só estamos brincando, mas...

— Ei, espera aí. Não estamos só brincando, Em. Sei que eu fico fazendo piada o tempo todo, mas isso é sério para mim. Quero sair com você.

— É, de um jeito sem compromisso, já entendi.

— Não, porra. Não de um jeito sem compromisso. — Ele fica mais sério. — Se a gente sair, vai namorar, e isso significa exclusividade.

Mordo o lábio e desvio o olhar. Exclusividade é mais importante do que qualquer outra coisa, por razões óbvias, mas namorar sério... Será que estou preparada para isso?

— Você não quer exclusividade? — ele pergunta, com uma expressão dolorosa quando volto a olhar para ele.

Pressiono a mão em seu peito e olho em seus olhos.

— Eu precisaria que as coisas fossem exclusivas, mas não sei ainda sobre relacionamento sério. Acabei de sair de um namoro de seis anos. Vai levar um tempo para me recuperar. — Ele não entende. Ninguém entende de verdade. Me protegi tanto do meu antigo eu que, para todos os efeitos, minhas amigas devem achar que eu estava bem. Mas não estava, e ainda não estou. Alguém em quem eu achava que poderia confiar com meu corpo e coração jogou isso fora. *De maneira cruel.* Pode ter sido extremamente ingênuo acreditar que Neil e eu ficaríamos juntos para sempre, agora sei disso, mas isso não nega os anos que passei acreditando nisso. Há uma ruptura no meu coração que ainda estou tentando curar. Estou muito mais feliz agora. Mais assertiva. Mais decidida. Estou descobrindo quem sou fora de um casal, e estou gostando da garota que tenho conhecido. Mas ainda estou me recuperando. Ainda estou machucada. Um pouco tímida demais para entregar meu coração outra vez. E mesmo que Dottie e Lindsay saibam que estou sendo cuidadosa, elas não entendem a profundidade da surra que meu coração levou. *Elas não me viram nos dias que se seguiram à descoberta de Neil com a outra garota. Elas não viram as mensagens.*

— Então vamos com calma. — Ele aperta a mão ao redor da minha. — A gente pode manter as coisas casuais o quanto você quiser, mas com exclusividade.

— Exclusividade sem compromisso sério. — Sorrio, gostando de como isso soa. — Tudo bem, então em que isso implica?

— Você precisa anotar as regras? É isso o que você está pedindo?

— Hum... talvez.

Ele balança a cabeça e me puxa para o seu lado.

— Você vai ser a minha perdição, Ealson.

Ele me guia pelo refeitório e eu pergunto:

— O que você está fazendo?

— Estamos prestes a discutir as bases da melhor coisa que já aconteceu para a gente enquanto tomamos café da manhã, porque, caramba, estou morrendo de fome. Mas só tenho trinta minutos, aí vamos ter que ser rápidos. Tenho que cuidar da sala de estudos pela manhã.

— Sala de estudos pela manhã, depois de uma noite de sábado? Que pesado.

— Nem me fale. Todo mundo do time quer me socar. — Ele beija a lateral da minha cabeça. — O café da manhã é por sua conta, Ealson. Espero que esteja pronta para passar o seu cartão.

CAPÍTULO 15

EMORY

Estou chocada.

Extremamente chocada.

Sentado à minha frente está um homem que pode devorar um burrito cheio de ovos, batatas, feijões fritos, bacon e fajitas de legumes do tamanho de sua cabeça em cinco minutos. Tenho certeza de que ele deslocou a mandíbula e engoliu a coisa toda, mastigando de vez em quando.

Ele estende o braço na mesa e começa a pegar minhas frutas.

— E aí, você quer ir aos negócios? — ele pergunta, colocando casualmente um pedaço de abacaxi na boca.

Pisco algumas vezes.

— Agora que devorou aquele burrito inteiro, você está pronto?

Ele lambe o suco do abacaxi dos dedos.

— Você ficou impressionada com as minhas habilidades alimentares? Porque há mais de onde isso veio.

— Você me deixou horrorizada — digo, ainda em estado de choque.

Ele ri e pega uma caneta e um caderno.

— Você aprende a comer rápido quando tem pouco tempo entre os treinos e as aulas.

— Mesmo assim... aquela coisa era enorme.

— Se você ficou impressionada com aquilo, espera só até ver o que mais posso fazer com a boca. — Ele dá uma piscadela, enviando uma onda de calor pela minha nuca. Só posso imaginar.

Ficar com tesão no meio do refeitório é tudo de que preciso, só que não. Olá, colegas estudantes, esta sou eu, Emory Ealson, molhadinha e pronta para o cara que pode engolir um burrito enorme.

Bebo um gole de água, ignorando sua insinuação, e isso só faz o homem convencido e confiante rir.

— Tudo bem, vamos começar com essas regras para que a gente possa ir para a parte boa. — Ele levanta o olhar para mim. — Sabe, tipo, beijar e toda essa merda.

— Nossa, que romântico.

Ele aponta a caneta para mim.

— Exato. Muito romântico. — Como um idiota, ele clica a caneta, passa a língua na ponta como se estivesse molhando a tinta e faz um aceno dramático com o braço para pegar o papel. Sério, em que estou me metendo? — Tudo bem, regra número um. — Ele ergue a sobrancelha para mim, todo sexy ao dizer: — Amigos agora e para sempre.

Merda, esse olhar, essa voz suave ao dizer essas palavras... isso me atinge em cheio no peito, não estava esperando esta sensação agora. Sim, ele pode ser bem descontraído e ter uma personalidade como a de Neil, mas há um lado mais gentil nele, e mal posso esperar para descobrir mais sobre Knox.

— Sim, amigos para sempre. — Como uma porção dos meus ovos e me recosto na cadeira, curtindo a visão do sorriso malicioso de Knox.

— Que bom. — Ele escreve e então começa a rabiscar a segunda regra, falando alto. — Regra número dois: muito sexo oral. Um montão de sexo oral. Mais sexo oral que qualquer um pode imaginar. — Ele escreve isso mesmo. — Sexo oral o tempo todo. Se há uma língua e uma boceta no mesmo cômodo, então elas estarão conectadas.

Jesus.

Eu o faço calar a boca, acenando com a mão para ele baixar a voz.

— Sério, dá para você ser menos... safado?

— Não — ele responde, terminando de escrever, então olha para mim. — Quero que todo mundo saiba que a única pessoa que estará entre as suas pernas sou eu. — Ele levanta a cabeça e fala mais alto: — Ouviu isso, pessoal? Sou o único que...

Pulo da cadeira e aperto a mão sobre sua boca antes que ele continue.

— Ai, meu Deus, Knox, por favor, se controle.

Ele me pega pelo pulso e me gira para que eu me sente em seu colo, e é claro que... todos os olhos estão em nós. Minhas costas ficam apoiadas em seu peito e seu braço está ao redor da minha barriga, mantendo-me no lugar.

— Você é divertida pra caralho. — Ele beija a lateral do meu pescoço e então volta a escrever. — Regra número três... — Ele faz uma pausa e então me balança. — Vá em frente, regra número três.

— Manter as coisas casuais.

— Hum... não sei se quero deixar isso como regra. Podemos fazer um adendo?

Por que ele está sendo tão fofo? Não consigo suportar. Jamais adivinharia que esse homem enorme, descontraído e poderoso poderia ser tão... fofo. E não estou falando sobre seu físico. Sua personalidade é fofa, doce, como se ele tivesse crescido no meio de cinco irmãs e soubesse exatamente como tratar uma mulher: com um pouco de provocação e um montão de carinho.

— Que tipo de adendo?

Ele desliza a mão por baixo do meu suéter e do meu pijama, encontra a minha pele e a acaricia com o polegar. É inocente, quase como se ele precisasse fazer esta conexão enquanto estamos sentados juntos, mas está me aquecendo por dentro.

— Bem, vamos dizer que estamos nessa relação casual e tal, aí fazemos sexo oral o tempo todo e você fica, tipo, *puta merda, jamais vou deixar este homem, porque ele é tão fantástico na cama.* A gente deveria poder fazer essa mudança de sem compromisso para um tipo de amizade ainda mais intensa, sabe?

— Você está dizendo algo tipo... namoro?

— Sim, é essa palavra que eu queria.

— Você já namorou antes, Knox? — pergunto, curiosa.

— Não — ele responde, indiferente, e começa a escrever o adendo à regra número três. — Mas não deve ser tão difícil. É só escutar, falar, dar e pegar e, claro...

— Muito sexo oral. — Reviro os olhos. E mesmo que eu deva ficar estressada por esse zeloso figurão esportivo, estou sorrindo. Ele é irritante... mas pode se tornar o meu irritante.

— Exato, você já entendeu, linda. — Ele me aperta e ri, me fazendo amar o quanto ele pode me deixar feliz em questão de segundos. — Certo, acho que só falta mais uma regra.

— Só quatro?

— Por que não? A gente não precisa deixar as coisas difíceis logo de cara. Vamos manter só quatro. E a última é: não importa o quanto somos casuais, seremos exclusivos. Isso significa que você vai pôr as mãos no meu pênis e só no meu pênis. Entendido?

Reviro os olhos, mesmo que ele não esteja olhando para o meu rosto.

— Sei o que significa ser exclusivo e, pode acreditar, você não precisa se preocupar comigo quanto a isso. — Minha voz sai mais sarcástica do que eu queria.

— Ei. — Ele me vira em seu colo para que possa me olhar, e tudo que vejo é como ele mudou para o Knox sério. — Você está com medo de que eu possa te trair ou algo assim?

— Não — digo, ficando cabisbaixa e brincando com os cordões do meu capuz. — Você é um cara legal e acho que não faria isso. Mas é algo que, provavelmente, vai ficar no fundo da minha mente.

— Por causa do seu ex-namorado?

— É, por causa dele.

Ele move a mão ao redor do meu pescoço, e o calor de sua palma me aquece.

— Você nunca vai ter que se preocupar com isso, Em. Prometo. Posso nunca ter namorado, mas isso não significa que não acredito em monogamia. Vou manter minha palavra.

— Obrigada — falo, envolvendo seu rosto.

Me inclino para frente, olhando para seus lábios. Estou prestes a pressionar a boca na dele quando ele diz:

— Você quer mesmo que o nosso beijo aconteça no refeitório com todos esses enxeridos?

— Eu topo, se você topar. — Sorrio.

Um brilho maligno ilumina seus olhos.

— Você sabe que sim. — Uma de suas mãos desliza pela minha coxa, enquanto a outra envolve minha nuca e baixa meus lábios para os deles.

Nervosa — porque Knox é só o segundo cara que já beijei —, tento ser o mais relaxada possível quando seus lábios tocam os meus.

Macios com a quantidade perfeita de pressão, nossos lábios se juntam. O tilintar de talheres contra os pratos e a tagarelice dos estudantes desaparece, deixando apenas as rápidas batidas do meu coração preencher meus ouvidos.

Nossos lábios se abrem ao mesmo tempo, querendo mais, explorando. Minha língua desliza para dentro de sua boca, enquanto meus dedos se entrelaçam em seu cabelo. Um gemido baixo ressoa de seu peito, e ele me aperta com mais força. Nossas línguas trabalham em conjunto, buscando mais, se estendendo para mais e sem nunca se descuidarem. Rápidas lambidas, beijinhos, nossas bocas não se abrem demais. Gentil, mas algo novo, a tensão em nossas mãos é uma contradição para os movimentos suaves de nossas bocas. *Senti falta disso. Desta suavidade. Intimidade. Honestidade.*

Eu poderia beijar este homem o dia todo. É o quanto ele é bom. O quão paciente e relaxado ele é, quase como se estivesse me deixando assumir o controle, mas sei, bem lá no fundo, que não está. Ele está me guiando com seus movimentos, com a cabeça um pouco inclinada, passando a língua sobre meus lábios, inclinando-se para mim. Ele usa seu corpo todo quando beija, e dá para sentir o movimento poderoso da sua espinha até a ponta dos dedos, me mostrando o quanto ele me quer.

É perfeito.

É...

— É isso aí, Gentry. Vai com tudo, cara — comemora algum idiota ao lado.

Com um suspiro profundo, me afasto e enfio a cabeça em seu ombro, envergonhada por ter perdido o controle no refeitório.

Mantendo a cabeça baixa, pergunto:

— Quantas pessoas estão olhando?

Ele massageia de leve as minhas costas e diz:

— Praticamente todo mundo.

— Que maravilha. — Rio.

— E eu não me importo com isso, porque agora qualquer babaca neste prédio sabe que você é minha.

— E eu acabei de me tornar a inimiga número um de todas as garotas daqui.

— Que nada, elas só vão falar pelas suas costas — ele brinca.

— Maravilha. — Levanto a cabeça e mantenho os olhos fixos nele. Passo um dedo pelo seu lábio inferior e falo: — Seu beijo é muito bom.

— Pratico com a minha mão todos os dias.

— Cala a boca. — Empurro seu ombro, fazendo-o rir ainda mais.

Quando sua risada cessa, ele diz:

— Seu beijo também é muito bom, Em. Bom demais. — Ele rouba mais um beijo. — Porra, odeio ter que ir embora agora. — Com um sorriso sexy, ele dá um tapinha na parte inferior das minhas costas. — Me acompanha até a saída?

— Claro. Não há chance de eu ficar aqui com todas essas bestas raivosas querendo pular em cima de mim.

Pegamos as coisas dele, enfiamos dentro da mochila, mas não antes de assinar as "regras" — que coisa ridícula — e então descemos as escadas e saímos.

Ali fora, ele me puxa para o seu lado, enfia a mão no bolso e me entrega seu celular.

— Já está na hora de eu conseguir o seu número, não acha?

Olho para seu celular, mas não o pego.

— Não sei, não. Se vamos deixar as coisas casuais, acho que a gente pode continuar conversando pelo chat estudantil.

— Só por cima do meu cadáver. Número, Ealson. Agora.

Cruzo os braços e inclino o quadril para o lado.

— Você acha mesmo que vai conseguir tudo o que quer falando comigo desse jeito?

Ele esfrega a nuca, claramente frustrado.

— Como a gente vai fazer todo aquele sexo oral se eu não tiver o seu número?

— Se chama elemento-surpresa. — Fico na ponta dos pés e pressiono um beijo rápido em seu queixo e então dou um tapinha na sua bochecha. — Se divirta lá na sala de estudos.

— Não vai mesmo me passar o seu número?

Balanço a cabeça e começo a me afastar.

— Você vai ter que fazer por merecer.

— Hã... tenho certeza de que já fiz isso nas últimas semanas.

— Não, você só mereceu a minha afeição. Meu número é uma coisa bem diferente. — Balanço os dedos e então me viro na direção do dormitório, mas não antes de ouvi-lo resmungar.

Sorrio para mim mesma durante todo o caminho de volta. Ainda bem que o treinamento de incêndio já acabou, então vou para o chuveiro no mesmo instante, deixando a água quente acalmar meus músculos tensos. Passo um tempo extra me depilando, fazendo questão de alcançar cada pedacinho do meu corpo, e então passo mais um bom tempo aplicando hidratante. Quando volto para o quarto para checar meu celular, vejo que recebi uma mensagem de um número desconhecido.

Com a testa franzida, eu a leio.

> **É o Knox. Já te falei o quanto gosto da sua amiga Dottie? Sou fã dela. Vejo você mais tarde, Ealson. Obs.: Mal posso esperar para brincar com os seus mamilos. Beijos.**

Balançando a cabeça, seguro o celular junto ao peito e então solto uma risadinha baixa. Não consigo ficar brava com isso, porque, sinceramente, estou feliz.

CAPÍTULO 16

KNOX

— Como vai o meu bebê?

Me sento no sofá de couro do vestiário e apoio os pés na mesa de centro, enquanto os destaques dos esportes tocam ao fundo. Temos uma hora e meia antes do treino e como já estou no campus, decido relaxar no vestiário até lá.

Carson se senta ao meu lado, mexendo no celular e comendo uvas, mastigando sem se dar conta dos ruídos que tem feito.

Nojento.

— Oi, mãe — digo ao celular, chamando a atenção de Carson. Ele me dá uma olhada com um sorriso cúmplice.

Minha mãe é bem conhecida pelo time. Não porque ela me liga o tempo todo para saber como estou, mas porque ela é AQUELA mãe nos jogos de beisebol. Sabe como é, aquela que aparece com TODOS os aparatos do time que dá para comprar, com um cooler, uma cadeira, dedão de espuma e pompons. Ela é aquela que faz os fãs se levantarem para vibrar e lidera a torcida. Ela é a primeira a gritar com o árbitro por uma falta e a primeira a dar fatias de laranja para quem está no banco. Pois é, ela ainda distribui fatias de laranja. Meu primeiro ano foi bastante humilhante, mas agora ela é a nossa mascote não oficial.

Os jogadores a adoram.

O treinador Disik a tolera, o que é surpreendente, já que ele não tolera quase ninguém.

E os outros pais contam com ela para ver se seus filhos estão bem quando não conseguem fazer um bom jogo.

Ela também é a fotógrafa não oficial e até começou um grupo nas redes sociais para pais de jogadores, aí todo mundo pode ficar por dentro do que acontece no time.

Dizer que ela está envolvida é um eufemismo.

— Como vai o meu garotão? — Ela também age como se eu tivesse dez anos, mas nem ligo, já que ela é a melhor mãe do mundo e uma das minhas melhores amigas.

Filhinho da mamãe? Provavelmente. Mas quer saber? Este filhinho da mamãe aqui ganha uma caixa de doces sempre que ela visita o loft ou vem para um jogo. Então, sem reclamações.

— Bem, estou no intervalo entre as aulas e o treino, então estou com Carson aqui no vestiário.

— Ah, então me coloque no viva-voz, quero dizer oi.

Esta não é a primeira vez. É raro ter uma conversa só com a minha mãe. Holt ou Carson costumam se intrometer na conversa. Coloco o celular no viva-voz e digo:

— Diga oi, mãe.

— Oi, Carson querido, como vai?

Carson fica animado como sempre ao falar com a minha mãe. Ele perdeu a mãe quando era muito novo. Tem sido ele e o pai por quase toda a sua vida, então ele aceitou minha mãe com muita facilidade.

— Oi, mamãe Gentry. — É assim que todos a chamam. — Estou bem e a senhora?

— Ah, estou ótima, querido. Estou decorando cuidadosamente o meu boné para a primavera. Você sabe que gosto de fazer um novo a cada ano.

— Isso aí, adoro os seus bonés. Aquele que você usou no outono foi épico como sempre.

— Obrigada. Passei um bom mês arranjando todas aquelas joias. Mas a primavera já está chegando e tudo estará prontinho. — Ela ri. — E vocês dois têm se comportado? Ficado longe de encrencas?

— Sempre, mãe — respondo.

Mas Carson se intromete e diz:

— Bem, eu tenho ficado longe de encrencas, mas o seu filho pode ter se metido em uma pequena encrenca quando se trata dos assuntos do coração.

Meu Deus do céu.

Eu o encaro e falo sem emitir som um "que porra é essa?" assim que minha mãe solta um gritinho animado.

— Ah, é verdade? Você está saindo com alguém, Knox?

Solto um suspiro pesado e então dou um soco bem no braço de Carson.

Como eu disse, amo muito a minha mãe, mas a última coisa que preciso agora é de uma inquisição texana dela quando mal posso chamar Emory de minha.

— Porra, cara — ele sussurra, esfregando o lugar atingido.

Arrasto a mão pelo rosto e digo:

— Posso estar saindo com alguém.

— Pode ou está?

— É complicado — Carson se intromete. — Eles estão deixando as coisas casuais.

— Ah, Knox. — Há decepção em sua voz. — Achei que tinha te criado bem. Por favor, não me diga que é uma amizade colorida.

— Nós chamamos de parceira de foda, mãe. E não. A gente mal se beijou.

Bem, nos beijamos uma vez. Mas pode não ter sido a melhor palavra, porque quando nos beijamos, nos beijamos *pra valer*, e foi um dos melhores beijos da minha vida. Seus lábios carnudos não tiveram problema em correr pelos meus, e suas mãos parecem ter gostado de se entrelaçar no meu cabelo... na frente de todo mundo que estava tomando café.

— Mas vocês se beijaram? — A voz da minha mãe é animada até demais.

— Sim.

— Já faz um tempinho que ele tem estado atrás dela, mamãe Gentry. Desde o primeiro dia de aula, mas ela tem sido receosa.

— Por quê? Você não está com uma má reputação, está?

— Não — respondo, odiando que Carson esteja aqui agora. — Ela teve um término bem ruim antes e está se recuperando. Ela veio da Califórnia e está com receio de entrar em outro relacionamento. Carson tem razão. Ela é meio relutante em passar tempo comigo, então tem sido difícil. Mas neste fim de semana fiz um progresso, e estamos mantendo as coisas casuais, mas exclusivas.

— Isso parece contraditório — diz minha mãe. — Sem compromisso, mas com exclusividade? Como assim?

— Estamos dando espaço um para o outro, mas não estamos saindo com mais ninguém.

— Espaço? — Ela faz uma pausa. — O que você acha dessa garota, Carson? Ela está brincando com o meu filho?

Ele nem se dá ao trabalho de olhar para os meus olhos suplicantes quando diz:

— Não. Ela é uma boa garota. Gostei dela. Ela faz uma aula com a gente, e dá para dizer que gosta do Knox. Dá para ver nos olhos dela. Mas acho que o ex-namorado aprontou bastante com ela. Knox tem razão ao ir com calma para não a assustar.

Bem, milagres acontecem, porra. Tudo o que Carson disse foi perfeito. Pode ser que eu não tenha que cortar o saco dele quando terminar de falar com a minha mãe, afinal.

— Ah, coitadinha. Lamento ouvir isso. É melhor você cuidar bem dela, Knox. — E bem assim, ela vai de ceticismo a amor pela Emory em segundos, sem nem mesmo conhecê-la. — Qual é o nome dela? Como ela é?

— Emory e ela...

— Ah, que nome lindo! — minha mãe exclama. — E ela é bonita?

— É, ela é bonita por dentro e por fora — digo, mesmo que me sinta um babaca. Esta deveria ter sido uma conversa só entre mim e minha mãe.

— Ela é — diz Carson, se aproximando e acrescentando sua opinião. — É engraçada também e dá trabalho para o seu filho. Já falei que é melhor ele não ferrar as coisas com ela.

Ouço palmas do outro lado da linha.

— Minha nossa, quando posso conhecê-la?

— Hum, vai demorar um pouco. Lembra que eu falei que as coisas estão casuais? Conhecer a mãe não é lá muito casual.

— Vou ter que concordar com isso, mamãe Gentry. Eu esperaria até o próximo semestre. Deixa que eles descubram o que querem de verdade um com o outro.

— Mas isso vai demorar muito. Posso escrever um cartão para ela? Mostrar para ela o filho maravilhoso que você é?

— Guarde os artigos de papelaria no armário. Nada de cartões, mãe.

— Mas acabei de comprar um lindo, decorado com borboletas. Acho que ela o consideraria um cartão bem elegante. Pode ajudar você a longo prazo.

— Ou assustá-la.

— É, pode acabar assustando — Carson acrescenta. — Mas eu adoraria um cartão, mamãe Gentry. Esse cartão de borboleta parece mágico.

Maldito puxa-saco.

— Não deixa ele te enganar, mãe. Ele só está querendo um pouco do seu brownie de Oreos.

— Você guardou aquela última travessa só para você, seu idiota egoísta — Carson solta. — Eu só consegui um mísero pedaço.

— Porque é o meu favorito. Com Oreos e marshmallows, seu idiota.

— Sei o que há nele, não preciso que fique descrevendo. É por isso que quero mais.

— Meninos, meninos — minha mãe diz. Ela já está acostumada com o nosso teatro. Embora deva saber que é Carson quem está sendo um babaca agora. — Que tal eu fazer uma travessa para cada um? Isso resolveria as coisas?

— Eu agradeceria muito, mamãe Gentry. E não se esqueça do cartão de borboleta.

— Jamais esqueceria. — Carson está todo feliz consigo mesmo. — Bem, meninos, preciso ir, o skee-ball já vai começar. Falo com vocês mais tarde.

— Tchau, mãe.

— Tchau, mamãe Gentry.

Desligo, jogo o celular para o lado e passo as duas mãos pelo rosto.

— Valeu por aquilo, babaca. Agora ela não vai parar de me encher o saco sobre a Emory.

— De nada. É exatamente o que eu espero — responde Carson com um sorriso enorme.

Como é que sou amigo dele?

Olho pela fresta da porta de Emory e a vejo na escrivaninha — com a cabeça debruçada sobre o livro, a mão pressionada na testa e os fones de ouvido ligados. Com as pernas cruzadas na cadeira e usando moletom, ela está adoravelmente fofa com o nariz enfiado no livro.

Recém-banhado e cansado pra caralho depois de um longo treino, entro no quarto dela e coloco a mochila no chão antes de me jogar na sua cama. O treinador acabou com a gente hoje. Ele estava em pé de guerra e fez questão de que sofrêssemos.

Para cima, para baixo, para cima, para baixo. Ainda posso ouvir sua voz entoando, enquanto fazíamos *burpee* e ele pairava sobre nós. Quando um dos novatos vomitou, juro que vi um sorriso cruzar o rosto daquele velho maldito.

Pelo canto dos olhos, ela me vê e sorri, tirando os fones.

— O que você está ouvindo? — pergunto, colocando as mãos atrás da cabeça e ficando à vontade em seu edredom.

Ela descruza as pernas, fecha o livro e se levanta para se sentar na cama ao meu lado.

— A trilha sonora de *Harry Potter*. Me deixa mais empolgada para aprender.

Passo a mão em sua coxa.

— Acho que nunca conheci alguém que se sente empolgado para aprender.

Ela pega minha mão e entrelaça nossos dedos.

— Bem, agora você conhece. — Ela aperta. — Como foi o treino? Não sabia que você viria.

— O treino foi bom. Estou tão exausto que acho que não conseguiria voltar para o loft. E não estava a fim de passar mais uma noite sem te ver. Fizemos um acordo, vi você na aula de segunda, e você recusou ir almoçar comigo... de novo, e agora já é quinta, e fiquei imaginando por que ainda não saboreei os seus lábios desde aquele beijo no refeitório. Você está me evitando, Ealson?

Ela sorri e balança a cabeça.

— Não. Estou feliz por você ter vindo.

— Ah, é? Mesmo que eu não tenha sido convidado para vir?

— Sim. Me dá uma desculpa para parar de estudar. — Ela estende o braço para o cabelo e o solta do grampo. As longas mechas castanhas caem para além de seus ombros, emoldurando seu lindo rosto.

— Você está tentando me deixar duro? — pergunto, observando seus lábios carnudos enquanto traço o dedo sobre sua coxa.

— Sério? Eu só soltei o cabelo.

— E foi sexy. — Puxo sua mão e a movo de volta para o colchão. Olho para o teto e digo: — O alarme de incêndio não vai tocar de novo, vai?

— Não, mas se você está achando que vai enfiar a mão na minha calça, vai ter que esperar.

— Por quê?

— Estou menstruada. — Ela dá de ombros, como se dividir essa informação não fosse grande coisa. E não é, mas desde que começamos a "sair", estou muito feliz por ela se sentir à vontade comigo.

— Que merda, hein? — Movo a mão para sua barriga. — Você precisa de alguma coisa? Posso correr para pegar algum doce ou algo que queira.

Ela abre um sorriso sincero e move a mão para a minha bochecha.

— Tenho um pacote de pretzel de M&M's que guardo para esta feliz ocasião. Quer dividir comigo e ver um filme?

Porra, ela é fofa. O que eu disse para a minha mãe é verdade: ela é linda por dentro e por fora. *E eu sou o sortudo que tem a chance de ficar com ela.* Minha mãe vai amar demais esta garota.

— Tem pipoca aí também?

— Acho que a Lindsay tem.

Pulo da cama.

— Então é um encontro.

CAPÍTULO 17

EMORY

Knox: Refeitório às 19h. Não se atrase.

Encaro a mensagem, então olho para as horas. Ele está dois minutos atrasado. Como ousa? Sorrio. Ele é tão ocupado, e não há dúvida de que está se esforçando ao máximo para chegar aqui.

Me recosto na mesa de tijolos, relembrando a nossa noite de filmes em que Knox devorou o meu pacote inteiro de pretzel de M&M's — mais um pote de pipoca — em uma sentada. O cara come pra caramba.

Ele também gosta muito de ficar aconchegado, mas só se estiver com a mão por baixo da minha camisa. Ele fez essa regra "honrosa" na outra noite quando deslizou a mão por baixo da minha roupa e pressionou a palma na minha barriga. De acordo com ele, não estava de gracinha, só gosta de sentir a minha pele quando me segura.

Como é que uma garota pode dizer não para isso?

Não pode.

Ele tinha razão quando disse que sua agenda era bem apertada. Acrescente isso à minha e não há muitas oportunidades para nos encontrarmos durante a semana, mas está tudo bem, porque estamos mantendo as coisas casuais. E isso me faz querê-lo mais, porque os momentos que passo com ele preenchem uma necessidade que eu não sabia existir na minha alma. O que faz o nosso tempo juntos ainda mais doce.

De cima da colina, vejo Knox vindo depressa com Carson e Holt na minha direção. Sei o instante em que Knox me vê, porque um lindo e alegre sorriso cruza seu rosto. Carson dá um tapinha na sua barriga e aponta diretamente para mim enquanto diz alguma coisa que não consigo ouvir, mas seja lá o que for, Knox parece emitir um aviso para ele.

Está um dia quente de outono, o que significa que estou usando uma saia preta, meiga e esvoaçante, com meias de malha até os joelhos e uma blusa de botões e manga longa, e deixei os primeiros botões abertos para mostrar um pouco de decote para ele.

Pela forma como está passando a mão no rosto, ele gostou do que está vendo.

Em vez de encontrá-lo no meio do caminho, espero que se aproxime, e quando o faz, ele envolve meu pescoço com os braços e traz os lábios para os meus, movendo a boca devagar sobre a minha. Beijinhos curtos no início, que vão se intensificando cada vez mais até que minha boca se abre e nossas línguas se conectam.

— Estou morrendo de fome, cara, e vai ficar por sua conta. Então dá para tirar a sua boca da Em para a gente pedir comida?

Suspirando, Knox se afasta e aperta meu quadril. Sua testa se conecta com a minha quando ele diz:

— Você está gostosa pra caramba, linda.

— Que bom, porque escolhi esta roupa para você.

— Gostei. — Ele pega minha mão e aperta nossas palmas quando nossas mãos se conectam. — Vem, o jantar é por minha conta. Devo a estes dois aqui e também vou pagar para a minha garota.

Ele não me dá tempo para protestar e me leva escada acima até o refeitório. Há cinco refeitórios no campus, incluindo um no diretório dos alunos, mas o de Lakeview é o melhor, não só porque é onde fica o meu dormitório, mas por causa do segundo andar e a vista para o lago Michigan. É também onde podemos fazer a nossa própria salada, e acabei viciada nisso.

Quando chegamos ao topo, Carson e Holt se separam e eu me viro para Knox e pergunto:

— Você está a fim de comer o quê?

Ele examina os diferentes lugares e diz:

— Acho que lasanha e uma saladinha. E um cookie.

— É claro. — Rio. — Você não consegue ficar sem doces, né?

— De jeito nenhum. — Ele beija meu rosto. — Te encontro no caixa.

Todo mundo se separa enquanto pegamos nossos jantares nas bandejas pretas. Knox paga, o que, verdade seja dita, não é muito, porque a comida do refeitório é barata. Além disso, ele tem um vale-refeição ilimitado. Escolhemos uma mesa encostada nas grandes janelas que nos oferecem a vista perfeita do lago Michigan. Knox se senta ao meu lado, enquanto Carson e Holt se sentam de frente para nós.

Antes que eu possa pegar o garfo, todos três já estão enfiando a comida na boca. Holt pegou salada e frango com algumas batatas fritas. Carson escolheu um hambúrguer, legumes assados e batatas fritas. E os três pegaram Gatorades e cookies enormes.

Apesar de estar com a boca cheia de comida, Carson diz:

— Knox contou o quanto a mãe dele está louca para te conhecer?

Ele falou para a mãe sobre mim? Quando foi isso? E eu achando que íamos manter as coisas casuais.

Me viro para Knox, que já devora sua lasanha.

— Não me contou, não. Você falou para a sua mãe sobre mim?

— Foi o Carson — Knox diz, parecendo irritado.

— E que problema há nisso?

— Você não conhece a minha mãe.

— Ah, por favor — Holt interrompe, limpando a boca. Ele se vira para mim. — Há uma coisa que você precisa saber sobre o nosso pequeno Knox Gentry. Ele é um completo filhinho da mamãe.

Como é? Eu jamais adivinharia isso.

— Sério? — pergunto, com um sorriso se espalhando pelo rosto. — É verdade?

Ele encara a lasanha e dá de ombros.

— Minha mãe pode ser uma boa amiga.

— Uma vez ele disse que ela é a melhor amiga dele — Carson acrescenta.

— Sério? — pergunto, me sentindo frustrada. Como se eu precisasse de outra razão para ficar caidinha por este homem, ele diz que a mãe é a sua melhor amiga? Como assim?

— Somos próximos. Quer dizer... não tão próximos a ponto de ela me dar conselhos sobre como satisfazer uma mulher, mas dividimos algumas coisas.

— E ela faz os melhores brownies do mundo — Carson continua. — Vocês duas se dariam muito bem.

— E é por isso que vocês precisam se manter o mais longe possível. Não preciso que se juntem para me encher o saco e ficarem falando sobre como eu arrumo o meu cabelo ou esse tipo de merda.

— Eu gosto do seu cabelo. Não vou encher o seu saco com isso. Agora, quanto àquele moletom de beisebol que você usa bastante... — Dou uma olhada nos três, porque é como o uniforme deles fora do campo.

— Acho que ela está zoando as nossas roupas — Holt diz.

— Acho que está — Carson concorda. — O que você vai fazer quanto a isso, cara?

Knox se recosta na cadeira e põe o garfo na mesa, já tendo comido o jantar. Só falta o cookie. Sério, ele desloca a mandíbula e enfia tudo goela abaixo, não há outra explicação.

— Bem, rapazes, acho que a única coisa que a gente pode fazer é ir para casa, lavar esses moletons e fazer questão de usá-los toda segunda só para tirá-la do sério.

Eles riem e eu reviro os olhos.

— Parece que todo aquele papo de "sexo oral" que você quer não vai rolar tão cedo assim. — Coloco um tomate-cereja na boca e sorrio ao mastigar. Tanto Holt quanto Carson fazem "ohhhh" pela minha ameaça.

— Qual é, vou fazer essa sua saia levantar até os seus mamilos antes mesmo que você possa gemer "ah, Knox". Não me ameace, Ealson.

— Eu consigo resistir, pode acreditar. É você que está se coçando para tirar a minha calcinha.

— É sexy quando ela diz calcinha — Holt diz, apontando o garfo.

— Concordo com a Em. Não há como você resistir mais do que ela.

— Vão se foder. Não sou um babaca tarado. Posso resistir. Já *estou* resistindo há um tempo. — Dá para ouvir a competitividade em sua voz a quilômetros de distância.

Carson e Holt zombam, o que só inflama Knox ainda mais.

— Vocês acham que não consigo, não é? — Ele ri e parte um pedaço do cookie, uma atitude arrogante incendiando seus olhos. — Tá bom, desafio aceito. — Ele se vira para mim e fala: — O primeiro a vacilar e implorar por relações sexuais perde.

— Ah, é? — digo, achando tudo isso muito divertido. Ele não faz ideia de quanto tempo fiquei sem sexo e, verdade seja dita, pelo fato do sexo que tive antes ter sido medíocre, na melhor das hipóteses, posso ser muito paciente. — E o que acontece se perdermos?

— Ah, uma aposta. — Carson esfrega as mãos. — Quero participar.

Knox cruza os braços sobre seu peito largo.

— Tá bom, se a Em perder, vou poder escolher as nossas músicas de entrada em campo. E vou desenterrar umas bem antigas da Britney Spears. — Ele se vira para mim. — E para você, mocinha, se perder primeiro, enfim vai ter que almoçar comigo depois da nossa aula de segunda.

Não consigo evitar o sorriso que passa pelos meus lábios.

— Tudo bem, mas se você perder, vai ter que pagar um bom jantar para nós quatro e terá que falar com sotaque francês o tempo todo enquanto usa uma das minhas saias.

Carson e Holt caem na gargalhada. Estou tão determinada a ver Knox tentar não mostrar qualquer senso de humor que nem percebo quem bateu palmas.

— Fechado. — Ele estende a mão para mim e eu a aperto, mas antes de soltá-la, ele diz: — Mas você vai ter que ser sincera, já que são três contra mim. Sem distorcer os resultados.

— Você acha mesmo que eu faria isso? — pergunto, chocada.

— Sim — ele responde, inexpressivo. — Acho, sim.

— Tem razão, eu faria. — Rio. — Tudo bem, concordo em ser totalmente sincera.

— Que bom. — Ele se aproxima e aperta minha bochecha entre seu polegar e indicador, e pressiona os lábios de leve nos meus antes de se afastar e dizer: — Vamos lá, linda.

— Por que vocês dois estão sentados aqui comigo? — Dottie pergunta.

Estamos na sala comum, no sofá mais desconfortável possível. Estou sentada no colo de Knox e ele faz círculos lentos nas minhas costas com dedo, me deixando louca. Estamos há uma semana nessa competição sem sexo e, na verdade, estou chocada com seu autocontrole. Mas, mais uma vez, a única razão para ele ter conquistado tanto sucesso no esporte é por causa de seu autocontrole e sua disciplina.

Me recuso a ficar em um quarto fechado com ele agora, não quando ele está com o cheiro fresco do sabonete e seu cabelo ainda está um pouco molhado do banho pós-treino. Não o vi por dois dias, e quando ele entrou no meu quarto, seus lábios imediatamente encontraram os meus, e tive que empurrá-lo para a sala comum para me salvar.

Quando o empurrei e apontei para ele ficar longe, ele riu e ficou à vontade no sofá, só para me puxar para seu colo e me torturar com seus dedos nas minhas costas. *É bênção. E uma tortura. Muito injusto.*

— Ela não quer perder a aposta — Knox responde, com os olhos fixos no jogo de beisebol que ele ligou à nossa frente. Nenhum de nós reclamou, porque, sinceramente, não poderíamos nos importar menos.

— Que aposta? — Dottie pergunta, sentando sobre as pernas cruzadas para ficar mais à vontade.

— Você não contou para elas? — As sobrancelhas de Knox se erguem em surpresa.

Ponho o cabelo atrás da orelha.

— Não é da conta delas.

— O que não é da nossa conta? — Lindsay questiona, entrando na sala chupando um picolé.

Rapidamente, Knox as atualiza sobre a aposta, incluindo como Carson e Holt acabaram envolvidos, declarando suas dúvidas sobre Knox.

— Você acha mesmo que consegue resistir ao Knox? — Lindsay ri e balança a cabeça. — Sem chance. Você nunca teve um sexo bom, e os seus orgasmos foram poucos e demoravam a rolar. Você precisa muito dar um jeito nisso.

Eu preciso muito de amigas novas. O que foi que aconteceu com o código das garotas por aqui?

— Você não teve muitos orgasmos? — Knox pergunta. — Como conseguiu ficar tanto tempo com o seu ex?

Ignorando Knox, digo:

— Ei, Lindsay, lembra do que conversamos sobre ter filtro? Agora seria uma boa hora.

— Tenha dó, Knox precisa saber sobre seu histórico sexual. — Ela se inclina sobre ele. — Não é muito longo. Pois é, Neil foi o primeiro dela, mas depois que eles fizeram pela primeira vez e então pela décima, ela não teve muitas coisas maravilhosas a dizer. Acho que o comentário dela foi: "Vou acabar gostando".

— Lindsay! Cala a boca.

— Acabar *gostando*? — Knox passa a mão pelo rosto como se estivesse sentindo dor. — Ah, merda, queria não ter ficado sabendo disso.

— Porque agora você quer transar ainda mais com ela, não é? — Lindsay pergunta, parecendo toda presunçosa.

— Exato. — Seu dedo para e sua mão desliza para a minha bunda. Ele pressiona a testa no meu ombro e então solta um longo suspiro. — Vou embora.

— Por quê? — indago, decepcionada.

— Porque não quero de jeito nenhum perder esta aposta e, sabendo disso tudo, se eu ficar, vou perder... pra valer. — Ele me tira do seu colo e vai pegar sua mochila. Quando retorna, dá um leve beijo nos meus lábios e fica ali por alguns instantes antes de sussurrar sua despedida.

Depois que ele se vai, me viro para Lindsay e digo, sarcástica:

— Muito obrigada.

Ela ri e fala sem vergonha alguma:

— Você nunca vai ganhar.

E mesmo que eu possa ver o humor da situação, porque posso mesmo ver, parte de mim está irritada. Lindsay simplesmente encurtou meu tempo com Knox. Não conseguimos passar muito tempo juntos, então quando é roubado assim, não me sinto bem. Se adoro saber que Knox me quer tanto assim a ponto de ir embora? Sim, acho que sim. Mas quem sabe quando vamos conseguir passar tempo juntos de novo? Este momento não tem a ver com a aposta, porque agora nós dois perdemos. *E isso é uma droga.*

CAPÍTULO 18

EMORY

Emory: Esta aposta é uma idiotice.

Knox: Você está dizendo que quer desistir? Se for o caso, vou para o seu quarto em dez minutos. Espero você nua, com as pernas abertas.

Emory: Já faz mais de um mês, Knox. Mais de um mês, e você nem vacilou.

Knox: É porque eu tenho uma mão boa e uma imaginação fértil de como você fica pelada. É a coisa mais sexy que já vi, caso você esteja se perguntando.

Emory: Também tenho uma mão boa, sabe...

Knox: Já entendi o que você está tentando fazer. Me deixar incomodado pelo choque de saber que você se masturba. Sinto informar, querida, mas, na minha imaginação, você já se masturba. Boa tentativa.

Emory: Droga. Você não vai mesmo vacilar?

Knox: No dia em que te conheci, eu chamei você para almoçar e você disse não. Meu orgulho levou um golpe naquele dia. Sou tão teimoso que consigo pegar isso e ficar ainda mais empolgado. A pergunta é: você é assim tão teimosa para não sair para almoçar comigo?

Emory: É o princípio da coisa.

Knox: Você que sai perdendo.

Emory: Você é um babaca.

Knox: Nossa, diz isso de novo. Me deixou com tesão.

Emory: Eu te odeio.

— *Psiu*, linda, aqui. — Olho através dos livros na estante e vejo um boné preto virado para trás, seguido por um par de olhos azuis. Meu par favorito.

É dezembro.

Dezembro. E Knox ainda não vacilou, nem um pouquinho.

Tivemos algumas sessões de amassos bem quentes e assim que começava a se tornar algo mais, ele se afastava e ligava um filme, começava a ler um livro ou olhava para os destaques esportivos. Sua resistência está no nível platinum. Está me deixando louca.

Tão louca que estou prestes a dizer: estou com tesão.

Sou a garota com mais tesão no campus — e a minha competição pelo título ficou bem atrás —, porque sempre que estou com Knox, não só encaro o cara mais gostoso que conheço, mas sou deixada com muito desejo quando nos separamos.

A qualquer hora que o vejo, tudo o que quero é arrancar as roupas dele e deixar que faça o mesmo comigo. Quero rolar nua, com nossos corpos suados batendo um no outro... pois é, batendo. Quero fazer tantos barulhos com ele... é este o nível de loucura em que estou. Chegou ao ponto vergonhoso em que sempre que vejo qualquer material de marketing com ele pelo campus, fico pulsando entre as pernas.

Folhetos esportivos estão me deixando com tesão.

Isso é tão ridículo.

Por causa de uma aposta.

Uma simples aposta. É ridículo, algo do qual já deveria ter desistido, mas juro pelo meu mamilo esquerdo, que está constantemente duro, sempre que estou prestes a perder a aposta, Holt ou Carson me mandam mensagens de encorajamento.

Não tem a ver só comigo.

Tem a ver com eles entrando em campo com as músicas da Britney Spears.

Então estou aguentando firme. Pelo menos acho que estou.

— Knox, o que você...?

— Venha aqui, Em. — Ele mexe os dedos. Dedos que ainda preciso experimentar. Dedos que quero fundo dentro de mim, girando, sacudindo, massageando.

Quem sabe eu possa conhecer esses dedos agora...

Espera, não. Não posso.

Não só perderia a aposta, mas se a sra. Flower me pegasse com a saia levantada até a cintura, esse seria o fim do meu estágio e tudo pelo que trabalhei duro neste semestre. Estar sob suas rédeas não tem sido nada fácil.

Falando nisso, olho para a esquerda, onde a sra. Flower está conversando com um aluno, bem, na verdade está repreendendo, e quando vejo que a barra está limpa, deixo a pilha de livros que estava guardando no carrinho e dou a volta pela estante até Knox, que me puxa pela mão para seu peito.

Seus lábios vão imediatamente para os meus e então sua mão vai para a parte inferior das minhas costas, onde ele agarra a minha saia, amontoando-a na mão e a puxando para cima a um nível indecente. Dou um tapa na sua mão, mas ele não faz nada além de intensificar tanto o beijo quanto o aperto.

Já tivemos uma boa quantidade de pegação nos últimos meses, nossas bocas são inseparáveis quando estamos juntos, mas nossos amassos não são nada como isto, nada tão carnal, tão necessitado. Quando me afasto, encaro seus olhos enlouquecidos.

— O que está rolando, Knox?

Ele prende minha mão sobre minha cabeça e beija a lateral do meu pescoço.

— Eu quero você, Em. Eu quero tanto você.

Jesus. Aqui? *Agora*?

Ele não poderia ter dito isso na outra noite quando sua mão ficou brincando com a cintura do meu short de seda?

— O que você está fazendo aqui?

— Tentando estudar com o time. Estamos na sala vermelha, que tem me dado a visão perfeita dessa sua bundinha nessa saia curta, andando pela biblioteca. Está me levando à loucura.

— Você está aqui? Com o time? Desde quando?

— Já faz uma hora — ele diz, com os lábios subindo para o meu queixo.

— E não veio dar um oi?

— Não quando você está vestida assim.

Suspiro enquanto seus dentes roçam minha pele.

— Estou sempre vestida assim.

— Pois é, e isso me lembra... dá para você começar a usar calça, por favor? Estamos no inverno.

— Estou de meia-calça. Funciona.

— De uma maneira muito torturante. — Seus lábios param, e ele solta um longo suspiro, enquanto sua cabeça vai para perto do meu ombro. — Caramba, Em, você está me matando.

— Você acha que é fácil para mim? Essa aposta é a coisa mais idiota que já fiz. Sabe quantas vezes já poderíamos ter feito sexo?

— Não consigo nem pensar nisso ou o meu pau vai chorar.

Ninguém gosta de um pau chorão.

— O que está acontecendo aqui? — Tanto Knox quanto eu pulamos com a voz estridente da sra. Flower. Nós nos viramos lado a lado, e juro que meu estômago vai ao chão quando vejo a desaprovação no rosto da sra. Flower.

De todas as pessoas para nos pegar nos esfregando...

— Eu... eu... — *Estou tão ferrada.*

Ai, Deus, acho que não poderia ter cometido uma ofensa maior na biblioteca. Considerando as regras, acho que a sra. Flower preferiria me ver na seção de não ficção com uma prensa a me ver de pegação com meu namorado.

Posso acabar chorando.

Como fui deixar isso acontecer? Se eu perder este estágio... *Porra*. Só na última semana me senti mal por um casal que foi pego pela sra. Flower. Jurei nunca provocar sua fúria. E aqui estou eu. *Merda. Merda. Merda.*

Não posso lidar com isso. Meus olhos estão ardendo, minha garganta fica apertada, e pelo amor de Deus, não consigo encontrar voz para negar o que estávamos fazendo.

— Sinto muito, sra. Flower — Knox diz, usando seu melhor charme sulista. Dou uma olhada na sua direção, observando enquanto ele suplica devagar para a gárgula frágil à nossa frente. — Eu estava tendo um péssimo dia. Não consigo muito tempo com a minha garota e estava procurando um pouco de conforto onde não deveria. Não é culpa da Emory. — A forma como ele usa meu nome completo faz meu coração acelerar, assim como sua defesa e o quanto ele é gentil ao entrelaçar nossas mãos como uma frente unida. — Ela me mandou ir embora, para me encontrar com ela quando o turno terminasse, mas fui irresponsável e impaciente. Por favor, não a culpe por isso.

Se eu já não quisesse pular neste homem e beijá-lo loucamente, tenho certeza de que agora quero.

A sra. Flower lança um lento olhar para Knox enquanto cruza os braços cadavéricos, com os lábios rachados projetados e um olhar questionador.

— Sr. Gentry — ela solta em sua perfeita voz disciplinadora. — Estou surpresa de encontrar você assim. Seu time sempre foi respeitoso dentro destas paredes.

— Eu sei, sra. Flower. Temos orgulho de levar os estudos a sério. Eu estava tendo um dia de merda, perdi a cabeça e cometi um erro. Me desculpa.

Braços ossudos desdobrados.

Seu rosto exibe um sorriso.

E a luz ressurge em seus olhos normalmente mortos.

Acho que estou olhando para uma mulher completamente diferente quando a sra. Flower vem até Knox e dá um tapinha em seu braço... de gentileza.

— Você está perdoado. Mas diga ao treinador Disik que mandei um oi.

Errr... como é?

— Pode deixar. — Knox dá uma piscadela para ela, que retribui o gesto.

Como... como é?

Ainda estou chocada quando ela me encara. Seu sorriso se torna uma linha fina de desgosto, como se Knox fosse a carne suculenta e eu fosse só a cebola.

— Sugiro que volte ao trabalho, Emory.

— Sim, é claro. Desculpe. — Faço uma reverência e inclino a cabeça como uma idiota, porque não faço ideia de como reagir à situação. Knox faz a mesma coisa em seguida.

Assim que a bruxa velha está longe, ele diz:

— Me desculpa por isso. — Ele pega minha cintura mais uma vez, mas o afasto.

— Você está louco? Não me toque agora.

Ele ri e diz:

— Qual é. Aquilo foi divertido.

— Aquilo não foi divertido. — Dou uma olhada em sua silhueta em retirada. — Tenho certeza de que ela tem um armário cheio de crânios dos últimos semestres. Não vou arriscar o destino outra vez.

Ele ri de novo. Que bom que ele acha isso tão divertido. Minhas mãos ainda estão suando por ter sido pega... e por ter feito uma reverência.

— Tá bom, chega de beijos na biblioteca, mas preciso conversar com você, então quando o seu turno termina?

— Às oito.

— Está bem, me encontra lá fora quando terminar, e a gente pode jantar no Bears' Den.

— Tudo bem.

Ele me dá um beijo casto e então vai embora. Quero ficar brava com ele por ter me colocado em uma posição terrível com a sra. Flower, mas, pelo visto, a sra. Flower pode ser uma grande fã de beisebol, e me relacionar com Knox pode até me favorecer.

Mas jamais diria isso para ele, é claro. O ego do cara já é inflado o suficiente. Não deveria perdoar a sua falta de pedido de desculpas, porque, e se eu perdesse meu trabalho aqui? Mas perdoo. Porque ele me defendeu quando precisei dele. Apesar da nossa aposta, e da estupidez de nos negar o que de fato queremos, ele está comprometido. Maldito seja esse homem, mas gosto disso. Gosto demais.

CAPÍTULO 19

KNOX

A garçonete coloca uma pizza de pepperoni à nossa frente, me dá uma piscadela e se vai.

— Ela realmente acabou de piscar para você? — Em pergunta, me entregando um prato.

— Acho que sim — digo, entregando-lhe um guardanapo.

— Será que ela acha que sou a sua irmã?

— Espero que não, porque isso significaria que estou olhando a minha irmã com desejo desde que sentamos aqui. Sem contar os sonhos eróticos que tenho com você o tempo todo.

Com a larga espátula, ela pega um pedaço de pizza, a muçarela se esticando sobre a mesa enquanto ela o coloca no prato, e então diz:

— Sonhos eróticos, hein? E eu estou nua neles?

Se ela está nua... *pfff*.

Ela está nua e em várias posições comprometedoras.

— Que tipo de pergunta é essa? É claro que está nua. — Pego um pedaço de pizza, mas sendo mais bárbaro, evito a espátula. — Você está sempre nua. Nua da cabeça aos pés, nua com as pernas bem abertas, nua de quatro, nua pulando para cima e para baixo... um dos meus favoritos ..., porque sonhar com esses peitos balançando é pura perfeição. — Beijo os dedos e os balanço no ar. Ela bufa e balança a cabeça. — E eu? Você me imagina pelado? Será que tenho um pau do tamanho de um canhão?

Ela me olha de soslaio enquanto come a pizza.

— Não, nos meus sonhos, você tem um pênis minúsculo, e eu passo uns dez minutos tentando encontrá-lo enquanto está ereto.

Com a pizza a meio caminho da boca, eu a encaro.

— Isso não é nada divertido.

— Achei que fosse. — Ela sorri, então mastiga. — Homens são tão previsíveis. — Com uma voz fingida de homem, ela continua: — Olha só o meu pênis, é tão grande. A maior coisa que uma mulher já viu. Meu pau imenso... eeeer, olha só para mim. Pênis.

Devo dizer que a sua imitação de homem carece de refinamento.

— Quando é verdade, não há o que dizer.

— Qual é. Todo cara acha que o pênis dele é o maior.

— Eu não acho que o meu pênis é o maior. — Faço uma pausa e, em seguida, digo: — Eu *sei* que é o maior.

Ela não está impressionada, nem um pouquinho, enquanto balança a cabeça para mim, como se estivesse decepcionada de verdade.

— Ah, Knox, achei que você fosse melhor que isso.

— Sou um cara, linda. Desculpa decepcionar, mas a gente sempre vai achar que o nosso pau é mágico e o melhor do mundo.

— Que bom saber que você é um idiota como os outros. Você parecia bom demais para ser verdade.

Que engraçada, esta garota. É por isso que não consigo tirá-la da cabeça. Ela tem esse jeito doce e inocente, mas quando abre a boca, ela me mata com essa língua afiada.

Fico imaginando o que mais essa língua pode fazer. Coisas selvagens e sexy, considerando a forma como ela toma sorvete. Porra. Ela só pode ser muito boa em boquete. Apostaria minha bola esquerda nisso. Meu Deus, a ideia de ela sacudindo a parte de baixo do meu pau me deixou mais duro que um poste agora.

Um silêncio confortável — bem desconfortável para a minha calça — se estende entre nós enquanto comemos pizza, e é quando terminamos nossa primeira fatia que trago à tona o assunto que queria falar com ela.

— Então, aquilo que eu falei lá na biblioteca...

Ela limpa as mãos no guardanapo.

— Sim, você disse que queria conversar. Foi a sua tentativa de me dizer que isto aqui acabou antes mesmo de começar? — Ela sorri, me mostrando que só está brincando, porque esse pequeno comentário quase me causa um infarto.

Acabar antes mesmo de começar? É, tá bom. Jamais terminaria o que temos, não quando só toquei a superfície dessa garota.

— Nunca. — Sorrio. — Na verdade, queria discutir a nossa aposta.

— Não vou desistir, se é o que está imaginando.

Deus permita que sim. É só a droga de um almoço. Quem liga para Holt, Carson e a música de entrada deles?

Porém, conhecendo a Em, sei que ela não está nem perto de desistir. Mas tenho algumas novas ideias para a questão.

— Que nada, sei que você é teimosa, linda, mas acho que a gente pode tirar vantagem da situação.

— Como assim? — ela pergunta, curiosa.

— Bem, já que nós dois estamos conseguindo aguentar a parte física, graças a você...

— Como pode ser graças a mim?

— Porque eu me recuso a levar a culpa pelo meu celibato.

#Fato. Nenhum cara com tesão iria querer levar a culpa pelo próprio celibato.

— É claro que você não vai querer dar o braço a torcer nisso — ela zomba.

— Devo trazer à tona o nosso contrato? — Finjo rolar pelo meu celular e então aponto para a tela. — Ah, é, bem aqui diz que você apostou que conseguia se segurar por mais tempo que eu. — Olho para ela e sorrio. — Eu não esqueço coisas assim, Ealson. A culpa é sua.

Ela toma um gole de sua bebida e se recosta na cadeira.

— Tá bom. — Ela acena com a mão. — Continue.

Pelo menos ela reconhece quando está errada.

Pego outra fatia de pizza e a ofereço antes de pegar uma para mim. É estranho ter uma conversa como essa em um restaurante universitário lotado, mas o nosso primeiro beijo também foi em um refeitório perto do dormitório dela. É fácil ignorar a barulheira e a música alta, ainda mais porque escolhemos uma mesa no canto dos fundos.

— Já que estamos aguentando a parte física, talvez a gente possa focar em outras coisas, sabe? Tipo, levar este relacionamento exclusivo e sem compromisso a uma exclusividade séria.

— Sério? — ela pergunta, com preocupação nos olhos.

Sabia que isso seria um grande passo para ela, mas preciso ter mais com esta garota do que só uns amassos. Sei que quero mais. Há muitas camadas em Emory, tantas facetas que a fazem ser do jeito que é, e quero mergulhar nisso tudo. Quero conhecer as coisas boas e as ruins sobre ela. Quero que ela se abra comigo sobre tudo. Minha mãe tinha razão quando puxou minha orelha, achando que Em era minha parceira de foda. Ela me criou bem.

— Vamos com calma — digo, estendendo o braço para segurar sua mão. — Mas quero namorar você, Em. Quero te levar para sair, chamar você de minha namorada, tornar as coisas oficiais. Já faz um tempo que estamos nessa de sem compromisso. Não acha que deveríamos levar as coisas para o próximo nível?

Seus dedos se entrelaçam nos meus... um bom sinal. Ela não está se afastando, pelo menos não ainda.

— A gente mal tem tempo para ficar um com o outro, como você espera um namoro?

Uma preocupação válida, mas quando há força de vontade, dá-se um jeito.

— A gente arruma tempo. Minha rotina está ficando mais tranquila, o recesso de Natal já está chegando...

— O que significa que eu estarei na Califórnia, enquanto você estará no Texas. Este não é o momento certo, Knox.

— Foda-se o momento. Estou louco por você, Em — admito, me sentindo um pouco desesperado. — E quero mais. — E eu achando que uma garota ficaria feliz em ouvir isso, mas parece que só a está deixando mais nervosa, então vou com um pouco mais de calma. — Não é só sexo que eu quero.

Preciso que você saiba que, quando fecho os olhos, só vejo você. É você e só você. Mas antes que surte, vamos começar com um encontro de verdade. Você se arruma, eu coloco uma gravata e te levo para sair.

— Você não precisa usar gravata, mas talvez uma coisa diferente do boné e o moletom de beisebol.

Dou uma olhada para o meu moletom e depois para ela.

— Mas você ama tanto esta coisa.

— Amo desejar jogar isso fora.

— Você age como se fosse feio e nojento. É um moletom, linda, novinho, deste ano. E tenho cinco deles.

— Sim, eu sei. Já vi todos — ela diz, em tom sarcástico.

— Bem... então espero que use um vestido, não uma saia.

— Você não gosta das minhas saias? — Ela ergue as sobrancelhas.

— Não, eu amo, só estou tentando te punir como você me pune.

— Você é um cara difícil. — Ela ri. — Tá bom. Vou usar um vestido para você.

— Então você concorda? Vai namorar sério comigo? Tipo, essa coisa toda de namorado e namorada?

Ela gira o canudo no copo algumas vezes antes de olhar para mim.

— Não é a garota que tem que perguntar coisas assim?

— Sou a favor de igualdade nas oportunidades.

Ela revira os olhos e então se endireita, inclinando-se para frente. Leva o dorso da minha mão aos lábios e dá um beijo suave no nó dos meus dedos. É algo íntimo, inesperado e eu gosto pra caralho.

— Um encontro, então.

— Sente-se. — O treinador Disik aponta para a cadeira à sua frente.

Fui chamado para o seu escritório hoje de manhã. Sua mensagem foi simples: *Meu escritório. Em dez minutos.*

Tradução: quando o treinador convoca, você vai. Não faço ideia sobre o que ele quer conversar, mas pela sua testa franzida, vou supor que não é algo bom.

Repasso o filme das merdas que fiz nas últimas duas semanas, mas nada vem à mente. Vou a esta reunião completamente às cegas.

Com as mãos cruzadas e pousadas em sua barriga, ele me encara sob a aba intimidante de seu boné.

— Nunca achei que você fosse um imbecil, Gentry.

Bem, essa é uma maneira de começar a reunião. Só me faz me mexer no assento, enquanto uma gota de suor rola pelas minhas costas.

— Que porra você está fazendo?

Err…

— Você poderia explicar? — Me mexo mais uma vez na cadeira.

— A garota.

— Emory? — pergunto, tentando esclarecer por que estou aqui.

— Sim. — Ele passa o dedo sob o nariz. — A garota da biblioteca. Dora Flower me contou que você se encontrou com a estagiária.

— Ah. — Rio e solto um suspiro de alívio. — Não foi nada de mais, treinador. Não fizemos nada além de nos beijar.

— Mas você não está saindo com essa garota?

— Espera, como é? — pergunto, confuso. — Estou. Ela é minha namorada.

— Você é um idiota. Maravilha. — Ele se inclina para frente, ergue o boné e passa a mão pela testa. — Percebe em que momento da sua vida você está agora, não é? — Ele ergue um dedo. — A um semestre de ser convocado, e você se envolve com uma garota? É a coisa mais idiota que poderia fazer. Precisa focar no seu futuro.

— Mas uma garota também não faz parte do futuro? — Não sei por que disse isso, além de que, talvez, eu seja mesmo o idiota de quem o treinador está falando.

— Então o sonho da sua vida é ser um namorado?

Bem, quando ele diz assim…

— Não — respondo, me sentindo idiota.

— Com certeza não é. É ser a droga de um jogador de beisebol profissional. Essa garota pode estar cheia de ideias tortas.

— Emory não é assim. Ela é diferente.

— Elas sempre são — o treinador zomba. — Vamos dizer que ela é diferente, como você diz. O que vai acontecer quando ela começar a reclamar que nunca vê você durante a temporada? O que vai acontecer quando brigarem, você vai estar mentalmente preparado para deixar isso de lado e fazer o seu trabalho no campo?

— Tipo... — Não tinha considerado isso antes. — Nunca tive problema em bloquear coisas em campo.

— Você também nunca teve uma namorada, mas escolheu fazer isso agora. — O treinador balança a cabeça e resmunga: — Que idiota. — Ele solta um suspiro pesado, se vira para o notebook e começa a digitar. — Não posso te forçar a terminar com ela, mas há vários outros jogadores que estão prontos para assumirem o seu lugar se a sua performance cair. Faça a escolha certa para você e o time, Gentry.

— E qual seria a escolha certa? — Isto é uma merda. Ele não pode estar falando sério sobre eu ter que escolher entre Emory e o beisebol...

Ele tira os olhos do computador e me encara.

— Acho que você já sabe a resposta. — Ele indica a porta com a cabeça. — Agora, caia fora daqui. Tenho coisas para fazer.

Saio do seu escritório e vou na direção do vestiário. Falta uma hora para a minha aula, então tenho um tempo livre. Quando entro, encontro Holt descansando em uma das poltronas de couro, debruçado sobre o celular, com os polegares batendo rápido na tela.

Me sento de frente para ele, me sentindo derrotado. Ele me dá uma olhada e pergunta:

— Como foi a reunião?

Carson e Holt sabem tudo sobre a minha vida.

— Não foi boa.

— O que foi? — Ele levanta a cabeça do celular.

— O treinador descobriu sobre a Emory e quer que eu termine com ela. — Só de dizer as palavras, sinto um nó no estômago.

— O quê? Por quê?

— Ele acha que ela será uma distração. — Aponto para o seu celular. — Parecido com seja lá com quem você fica falando o tempo todo.

— Já faz um tempinho que você tem saído com a Emory, e a sua performance não mudou. Por que a preocupação agora?

— Porque estou a um semestre das convocações. Sei que ele está preocupado comigo, mas o jeito como lida com isso é uma merda. Ele nem a conhece.

— O que ele não percebe é que alguns de nós precisam de um escape. Não um escape como drogas ou coisas assim. Mas um lugar para... se refugiar. Eu sou mais do que apenas um atleta, e não quero perder nada disso.

Não faço ideia de quanto tempo Holt tem saído com essa garota ou o quanto as coisas estão sérias, mas sei que ele tem tido uma performance ótima desde que começou a ficar com o nariz enterrado no celular. Perguntei sobre ela uma vez e ele não disse nada, então interpretei que não estava se sentindo pronto para falar sobre ela. Fico imaginando se algum dia estará.

— É o que essa garota é para você? Um escape?

— É... e mais. — Ele olha para o lado, na direção dos chuveiros e diz: — Ela é a garota para trazer aqui no vestiário, cara.

Puta merda.

Mesmo que eu não acredite nessa besteira toda de *bênção do vestiário*, os meus colegas de time acreditam, e quando alguém diz que uma garota é a certa para ser trazida aqui, isso significa muito.

— Sério?

— Sim. Ela me faz feliz. Quando a vida está uma merda, e mesmo quando não está, ela me dá mais... perspectiva, acho. Tipo, me ajuda a tirar o foco de mim mesmo. E, porra, ela é linda. — Nunca ouvi Holt se abrir assim, então sua sinceridade é bem-vinda. Surpreendente, mas bem-vinda. — Posso entender o motivo de o treinador se preocupar com a nossa distração, mas o que ele não entende é que alguns de nós precisam desse escape. A gente respira beisebol. Às vezes precisamos desligar essa parte do nosso cérebro e curtir algo além do esporte que nascemos para jogar. — Ele dá de ombros, como se o que acabou de dizer não fosse grande coisa. — Em faz você feliz, então não ferre com isso.

— Não quero ferrar.

— Então não ferre. — Holt pega o celular de novo. — Você sabe o que é melhor para você, cara. E se é a Em, então vai fundo.

— Pode deixar — respondo, determinado.

O treinador não está certo quanto a isso. Carson não parou de falar sobre a Em para a minha mãe, então sei que ele acha que ela está de boa com isso. E agora Holt. O beisebol é o meu futuro, mas estou com Holt nessa. Quero aquela garota, a que já é o meu refúgio. Meu Deus, ela com certeza me dá umas lições, e se isso não é uma perspectiva mais ampla, então o que é? Não. Emory Ealson veio para ficar.

Também pego meu celular e começo a procurar lugares para levar minha garota a um encontro. Entendo de onde o treinador está tirando isso, mas sempre fui bom em compartimentalizar dentro do campo. Estar com a Emory não vai mudar isso.

CAPÍTULO 20

EMORY

Knox: Qual é a sua agenda?

Emory: Tenho sexta, sábado e domingo de folga... Noites perfeitas para o encontro.

Knox: Será que estou vendo um pouquinho de animação na sua... mensagem?

Emory: Talvez.

Knox: Que fofa, linda.

Emory: E o que você esperava? Que eu fosse arrastada?

Knox: Sim, amo ter que arrastar minhas mulheres para saírem comigo.

Emory: Quantas mulheres?

Knox: Dez em um mês. Não consigo aguentar mais do que isso. Você é a número nove.

Emory: Só dez? Vixe, mamão com açúcar. Tente quinze. Já imaginou por que não te vejo tanto? É porque você é o número doze da minha lista.

Knox: Se eu não soubesse que somos um lance exclusivo sem compromisso que está mudando para a exclusividade séria, eu teria ficado preocupado. Essas saias atraem homens tanto quanto merda atrai moscas.

Emory: Moscas para a merda? Que coisa agradável.

Knox: Estamos falando do Texas, linda. Cresci com um monte de merda de cavalo e moscas.

Emory: Você deve ter tido uma infância tão linda.

Knox: Nada melhor do que limpar merda para ganhar um dinheiro.

Emory: Aposto que você ficava sexy fazendo isso.

Knox: O meu eu magricelo de doze anos. Bem sexy.

Emory: Eh, não, valeu. Só gosto de você por causa dos seus músculos.

Knox: Meu pau vai fazer você esquecer isso quando o conhecer.

Emory: Nunca vai acontecer a esse ritmo.

Knox: Já transamos pelo menos umas duzentas vezes na minha cabeça.

Emory: Ah, é? Me conta algumas das coisas que a gente fez.

Knox: Boa tentativa, amante do Satanás. Vá à merda. Não vou ficar duro por causa de mensagens. Não, valeu.

Emory: Qual é, vai ser divertido.

Knox: Não. Não vai rolar. Tenho que planejar um encontro.

Emory: Você não é um cara comum. Qualquer outro teria aproveitado para me mandar uma mensagem picante.

Knox: Não sou mediano, linda. De forma alguma. Pode ir planejando ser cortejada na sexta à noite. Acha que consegue aguentar?

Emory: Fácil. Só estou imaginando se você vai conseguir aguentar o vestido que planejo usar.

Knox: Pode vir com tudo, Ealson.

Emory: Prepare-se para uma viagem para a Cidade da Sedução.

Knox: Cidade da Ereção, aí vamos nós. Já agendei uma viagem só de ida.

— Ai, meu Deus, ele vai morrer.

Dou uma olhada no espelho e me viro para conseguir olhar minha bunda.

— Você acha? Este vestido não é exagerado?

— Nem um pouco — Dottie diz, sentada na minha cama. — E as luzes caramelo que você fez nos cabelos são lindas. Destacam seus olhos.

Passo os dedos pelas ondas macias. Aproveitei a chance para ajeitar o cabelo hoje, fazendo luzes caramelo e adicionando algumas camadas. Não é uma grande mudança, só o suficiente para impactar. Passei a tarde depois da aula me arrumando para o encontro. Me depilei toda, passei creme em cada pedacinho do meu corpo com o melhor hidratante de bergamota, passei pelo menos uma hora aplicando a maquiagem e por sorte minha cabeleireira cuidou do meu cabelo.

E o vestido? Amarelo com alça nadador e um decote V profundo na frente. O tecido se agarra a cada curva do meu corpo e a barra vai até metade da minha coxa. Combinei com saltos e sobretudo brancos. Estamos no inverno, afinal.

Toc. Toc.

— Ah, ele chegou — Lindsay grita, pulando no lugar.

— Se acalme. — Rio. — Você já o viu antes.

— Mas isto é diferente. Vocês vão levar as coisas para o próximo nível. E se ele te pedir em namoro hoje?

— Ai, meu Deus. — Reviro os olhos. — A gente mal se vê, como ele vai me pedir em namoro? Caia na real, Lindsay.

Ela controla a animação.

— Foi mal, posso ter ficado empolgada demais. Quer que eu atenda a porta?

— Claro. Vou passar o batom mais uma vez. — Escolhi um cor-de-rosa sutil, mas que deixa os meus lábios marcados.

Lindsay vai na direção da porta, enquanto eu reaplico o batom e ajeito o cabelo. Dottie vem ao meu lado e diz:

— Você está perfeita, Emory. Aproveita a noite e baixa a guarda. Ele é um cara legal, muito melhor do que o Neil. — Ela me dá um abraço de lado e sai na direção da sala, onde Lindsay está tagarelando no ouvido de Knox.

— Ai, meu Deus, essa camisa não poderia ser mais justa. Olha só para os seus bíceps. — Sua risada profunda flutua até meu quarto.

— Eu a encolhi de propósito. Funcionou? — Posso imaginá-lo flexionando o bíceps para Lindsay.

— Ah, sim, e esse tanquinho aí? Posso sentir?

Levo um instante para sair do quarto.

— Você não vai sentir o tanquinho do Knox.

Knox se vira e sua expressão quando me vê é de completa satisfação e algo de que vou me lembrar por *muito* tempo. Seus olhos percorrem meu corpo devagar, enquanto ele passa a mão na boca.

— Puta... merda — ele diz baixinho, dando um passo à frente. — Você está... porra... você está linda.

— Obrigada. — Ele agarra minha cintura e me puxa. Passa os dedos pelo meu cabelo, examinando meus novos cachos.

— Está sexy. Gostava do seu cabelo antes, mas gosto ainda mais assim. — Ele olha para baixo. — E os seus peitos, porra, você vai me matar com essas coisas. A nossa aposta era só sexo, né? Posso chupá-los hoje?

Dottie ri sem humor atrás de mim.

— É qualquer ato sexual. — Dou um tapinha em sua bochecha e então passo a mão sobre sua camisa preta e justa de botão. Lindsay tinha razão; dá para ver cada gominho pelo tecido. Seus bíceps estão inchados, ameaçando rasgar o material. Seu peitoral testa a firmeza dos botões, e a cintura da camisa se agarra aos seus quadris estreitos, onde ele enfiou a barra para dentro de uma calça jeans preta com um cinto posicionado baixo. Bem sexy. — Você está bem bonito. — Quero que ele saiba que não apenas brinco com ele, mas que posso apreciar tudo nele. *Por que fomos fazer a aposta? Quero pular em cima dele.*

— Obrigado. — Ele leva a mão ao meu rosto e dá um beijo leve nos meus lábios.

— Ai, meu Deus, vocês são tão fofos, não são? — Lindsay pergunta.

— Injustamente feitos um para o outro — Dottie responde.

Mesmo que eu queira afastar meu coração dessa ideia, porque estou tentando consertá-lo, é difícil não concordar com elas.

— Estou obcecada por isto — digo, observando os carrinhos que circulam pelo salão de jantar. — Estou chique demais para este lugar? — Examino as outras pessoas e noto suas roupas simples.

— Você está vestida perfeitamente… para mim. Quem liga para o que os outros pensam?

Depois que Lindsay e Dottie ficaram tagarelando por mais cinco minutos, saímos com a caminhonete de Knox e fomos pelo caminho do lago até chegar ao Sauce and Dumplings, um lindo restaurante chinês bem perto do lago. Já ouvi vários alunos falando sobre ele, mas nunca tinha ido. Os arredores são lindos com vistas panorâmicas para o lago, mas já que estamos em uma cidade universitária, os trajes não são tão chiques quanto em um restaurante à luz de velas.

Mas está tudo bem, porque Knox tem razão: isso tudo é para nós dois.

Começamos com um chá que Knox nem chegou a tocar e acabou pedindo uma Coca-Cola. Então, uma sopa de *wonton*, e agora estamos indo para a refeição principal, que foi entregue por esses carrinhos. Pedimos alguns dumplings diferentes que eu mal posso esperar para comer.

Knox pega um com o hashi, sua mão enorme usando os pauzinhos com eficiência de um profissional e, por algum motivo, isso me dá um grande tesão. Já que sou péssima usando hashi, voltei ao garfo, me sentindo meio idiota.

— Você está pronta para mergulhar nessa de ter um relacionamento sério e exclusivo? — ele pergunta, comendo o que parece ser um dumpling de carne e brócolis.

— Estou.

— Que bom. — Ele ergue o próximo dumpling e diz: — Me conta sobre o seu ex.

Eu já deveria ter previsto isso, mas perguntar tão cedo nesse encontro? Arriscado.

— Está indo direto ao ponto, hein?

— Sim, porque quero deixar isso fora do caminho. Tirar isso do seu peito para que a gente possa seguir em frente. Me conta que tipo de babaca ele foi.

Ele tem razão. Sabia que a pergunta viria hoje. Faz parte de ter um relacionamento sério com ele; ao cavarmos fundo, descobrimos coisas mais pessoais um sobre o outro. Prefiro acabar logo com isso a deixar o assunto pairando sobre o nosso encontro.

— Conheci Neil quando tinha acabado de entrar no ensino médio e logo de cara fiquei caidinha. Ele foi o primeiro garoto que olhou para mim como se eu fosse bonita, o primeiro garoto a me beijar, o primeiro que... fez sexo comigo. — O maxilar de Knox fica tenso, mas ele não diz nada. — Eu logo me apaixonei. Deixei que ele me consumisse. Tudo que o Neil fazia era perfeito, e eu queria fazer parte disso, mesmo que significasse dar bolo nas minhas amigas em várias ocasiões e deixar os meus sonhos de lado para que ele pudesse seguir os dele. No começo, ele era fofo e me apoiava e tinha uma personalidade viciante. Divertido e descontraído, desagradável às vezes, mas sempre sabia como dar a volta por cima. Eu fiquei bem atraída.

— Foi por isso que você ficou na Califórnia para fazer faculdade? Por causa dele?

Assinto.

— Me inscrevi para as universidades que ele se inscreveu, e quando ele escolheu a Califórnia, eu fui com ele, mesmo que lá não tivesse a graduação que eu queria. Mas eu queria ficar perto dele. Precisava ficar perto dele. Chegou a um ponto em que ele parecia ser o meu porto seguro. Fiquei com ele por tanto tempo. Mas assim que entramos na faculdade, as coisas começaram a ficar tensas entre a gente.

— Como assim? — Knox pergunta.

Dá para ver que ele está agitado por causa de seus ombros, mas sua voz está calma, até mesmo... interessada. Neil nunca teve esse tipo de autocontrole do Knox. É uma das muitas diferenças entre eles.

— Ele queria fazer coisas que eu não queria. Ele começou a usar drogas, dizendo que estávamos na faculdade e que não teríamos outro momento para experimentar. Mas não era para mim, então ele começou a ir a festas sem mim, enquanto eu ficava estudando em casa. Sempre que eu dizia que precisava estudar, ele saía. E aí, certa noite, quando terminei os estudos mais cedo e quis fazer uma surpresa para ele, eu o peguei na cama com outra garota.

— Que babaquice. — Knox balança a cabeça.

— No começo, não foi o que pensei. Pensei que talvez fosse minha culpa, que não estava dando a atenção de que ele precisava, mas logo me dei conta de que não era esse o caso. Ele era um babaca egoísta, e eu merecia alguém melhor. Eu mereço alguém melhor.

— Sim, você merece alguém muito melhor do que ele.

— Sim. Agora sei disso. Depois de terminar, acabei o semestre e me inscrevi em Brentwood. Consegui entrar, liguei para as minhas amigas e perguntei se eu podia ficar com elas, e aí te acertei com um mapa do campus. O resto é história.

— Você sente saudade dele?

— Do Neil? — Balanço a cabeça. — Não. Não sinto saudade dele. Mas há uma parte de mim que sente falta da amizade dele, porque, no ensino médio, ele foi o meu melhor amigo. Perder isso foi doloroso.

— E é por isso que a regra número um existe, não é?

Dou uma mordida no meu dumpling.

— É, é por isso. Assim que a gente começou a se conhecer, me dei conta do quanto gosto de passar tempo com você, me lembrou de como foram as coisas com o Neil. É por isso que sou tão receosa, Knox, é por isso que não quero perder a nossa amizade. Eu não só acho que você é o cara mais gostoso e fofo que já conheci, mas gosto muito de você como amigo também e quero passar mais tempo com você. — Encolho os ombros, sentindo-me bem vulnerável. — Me sinto bem quando estou com você e não quero perder isso.

— Não vai. Não vou a lugar algum.

— É melhor mesmo. — Mordo o meu dumpling. Mastigo. Engulo. E então pergunto: — E aí, nenhuma ex com quem preciso me preocupar?

— Não. Pode ser que você tenha que brigar com algumas fanáticas, mas não há ex na minha vida.

— Fanáticas? Sério?

— Quando chega a temporada de primavera, as coisas ficam loucas. As fanáticas pelo vestiário em busca do bilhete dourado. É ridículo.

— Ah, o vestiário. — Tomo um gole de chá. — Já considerou me levar lá? — Mexo as sobrancelhas para ele.

— Você quer ir lá? — ele pergunta, surpreso.

— Fazer sexo em uma sala fedorenta e encharcada de suor? Passo.

— É bem mais legal do que isso. É como um clube da liga profissional. Eles tratam a gente bem, porque trazemos dinheiro para a universidade. — Ele pega outro dumpling. — E aí, nenhum comentário sobre minha falta de ex?

— Na verdade, não. Devo comentar?

— As garotas não surtam quando são a primeira namorada de um cara?

— Eu não. — E é verdade. — Se você fosse um babaca, talvez, mas você é fofo. Não tem sido nada além de um cavalheiro comigo, então por que precisaria me preocupar?

Ele faz uma pausa, com o dumpling a meio caminho da boca, quando inclina a cabeça para o lado, me analisando.

— Você é legal pra caramba, Ealson.

Isso me faz sorrir. Sempre gostei de ser elogiada pela minha aparência, toda garota gosta de saber que o cara com quem está a acha bonita, mas ser chamada de legal por ele? Isso desencadeia uma onda de emoções em mim. Somos mesmo amigos, e adorei isso.

Lanço um olhar afiado a ele e digo:

— Só não me traia, ou eu posso acabar cortando o seu pau fora por pura raiva.

Ele estremece.

— Combinado. — Quando o silêncio cai sobre nós, ele fala: — Odeio que ele tenha feito isso com você, mas se serve de algum consolo, meio que fico feliz pelo Neil ter sido um babaca e, assim, ter perdido você. Porque isso significa que eu posso te ter.

— Ah, você pode me ter, é? Por acaso sou uma posse valiosa? — brinco.

Sem nem vacilar, ele abre um sorriso largo e diz:

— Isso mesmo. E você é toda minha.

Seguro nossas canecas de chocolate quente enquanto Knox estende um cobertor em nossos colos. Estamos sentados do lado de fora de uma cafeteria, em um deck que paira sobre o lago, com espreguiçadeiras espalhadas pelo local. O calor das lâmpadas aquece o lugar, enquanto a água ondula abaixo. Conseguimos uma espreguiçadeira longe da barulheira do ambiente interno, e Knox não demora em se aconchegar e me puxar para o seu lado.

O céu está completamente escuro, exceto por fracos brilhos de estrelas e algumas nuvens suaves que tentam esconder a lua. Está frio, mas as lâmpadas aquecidas, o cobertor e o corpo quente de Knox deixam tudo muito confortável.

Entrego a caneca de chocolate quente a Knox, enquanto ele envolve meus ombros com o braço e beija a lateral da minha cabeça.

— Este lugar é tão legal — digo, enquanto *covers* acústicos tocam ao fundo.

— Vim aqui com uma garota no meu primeiro ano. Não sentamos, mas pegamos um café. Lembro de ter pensado que, se algum dia eu gostasse de uma garota, eu a traria para este deck.

— E você guardou isso para mim?

— Que nada, trouxe umas três outras garotas aqui antes de você.

— Como é? — Rio e belisco sua cintura. Ele grita, mas também solta uma risadinha.

— Estou brincando… foram cinco.

— Você é tão ridículo.

Ele envolve meu rosto e me vira para que eu possa encarar seu sorriso atrevido.

— Mas você gosta.

Ele baixa os lábios até os meus e dá um beijo suave e sem pressa na minha boca. Não está querendo aprofundá-lo, só está aproveitando o momento. Passo a língua pelos seus lábios, e ele solta um gemido baixo antes de se afastar.

Knox se recosta na espreguiçadeira e diz:

— Como é o Natal na sua casa?

Descanso a cabeça em seu ombro e olho para o lago.

— Deve ser como em qualquer outra casa: eu, meus pais e minha irmã usamos pijamas combinando, uma grande árvore de Natal com enfeites malucos, cookies feitos para serem comidos durante o dia, uma quantidade adequada de presentes debaixo da árvore. Ficamos com preguiça o dia todo, comendo e assistindo a *Uma história de Natal*.

— Sério? — ele pergunta, ficando animado. — Vocês fazem uma maratona?

— Claro. É a tradição.

— Lá em casa também — ele conta, empolgado. — Mas fazemos cookies enquanto assistimos.

— Seus cookies não são feitos antes?

— Não. Minha mãe gosta de fazê-los no dia em família, depois que os presentes são abertos. Então nós decoramos cada um deles e assistimos a *Uma história de Natal*. Juro que aquela pobre mãe no filme era como a minha quando eu era pequeno. Tenho dois irmãos mais velhos, e não dávamos sossego. Minha mãe sempre ficava com a comida fria.

— Dois irmãos mais velhos? — pergunto. — E eles são gostosos? Pode ser que eu tenha que fazer uma troca.

— Um é casado e o outro está noivo. Boa tentativa, Ealson. Além disso, é claro que eu sou o mais gostoso dos três.

Ergo a mão.

— Eu vou julgar isso. Me mostra uma foto.

Ele enfia a mão no bolso e pega o celular. Leva um instante para encontrar uma foto, mas assim que encontra, me mostra a tela. No meio, uns dez centímetros mais alto, está Knox com os braços ao redor de dois caras que parecem idênticos. Em vez do cabelo meticulosamente estilizado de Knox, o cabelo deles é bagunçado e desalinhado. E em vez do peito largo e coxas grossas, eles têm o físico de corredores. São bonitos, são irmãos do Knox, afinal, mas não se comparam ao gostosão ao meu lado.

— Você tem irmãos gêmeos?

— Sim, e saber quem é quem pode ser difícil. Mesmo aos vinte e sete anos, eles vestem a mesma roupa e ficam com o cabelo igual. Eles ferram comigo o tempo todo.

Ah, dá para imaginar a cena: um Knox frustrado tentando descobrir com qual irmão está conversando.

— E o pior de tudo é que as garotas deles conseguem diferenciar. É um jogo que eles gostam de fazer comigo. Uma vez eu fiz um pontinho com uma caneta no pescoço do Jack enquanto ele estava dormindo só para eu conseguir diferenciar quem é quem. Não durou muito.

— Acho que vou gostar bastante dos seus irmãos.

— Vocês iriam se dar muito bem, é assustador. E a sua irmã? Você se dá bem com ela?

Mexo meu chocolate quente.

— É, até que sim. Ela é dez anos mais velha do que eu, então não somos tão próximas, estamos em fases diferentes da vida. Mas ela não gostava do Neil, deixou isso bem claro quando a gente estava namorando. Acho que foi uma das coisas que nos afastou. Conversamos um pouco nos últimos meses, tentando reconstruir a relação que tínhamos. Minha mãe é inflexível quanto a isso.

— Você falou sobre mim?

— Não. Não falei de você para ninguém.

— Ai — diz ele, rindo. — E só na semana passada eu mandei uma atualização para a minha família com o seu rosto na frente e o seu nome embaixo, informando para todo mundo que você é a minha garota.

— Espero que tenha sido uma foto boa.

— Nada disso, mandei uma foto horrível para todo mundo.

— É justo, sabe, já que não falei para ninguém da minha família sobre você.

— E por que mesmo? — Ele cruza a perna na altura dos tornozelos, ficando mais à vontade.

— Autopreservação. Não estou pronta para a invasão de privacidade. Não se preocupa, eles vão descobrir no Natal, quando eu não conseguir largar o celular, esperando por mensagens suas.

E tenho um pouco de medo de compartilhar esta verdade. Ele deve me achar indiferente às vezes, uma garota com um exterior durão. Mas, na verdade, não sou. Estou oferecendo a ele algo que me deixa vulnerável. É ótimo zoar com Knox, e com certeza amo implicar com ele, mas posso confiar nele com isso.

— Você está dizendo que vai sentir saudades de mim durante o recesso de inverno?

— Sim, vou. Bastante. — Me viro para ele e passo o dedo em sua mandíbula, puxando sua barba por fazer com minhas unhas recém-pintadas. — Gosto muito de você, Knox, e meio que me tornei viciada nas suas aparições aleatórias e nas mensagens de cantada. Você me faz sentir especial, algo que não sei se algum dia Neil me fez sentir.

— Droga, Ealson. Por essa eu não estava esperando. — Ele coça a lateral da cabeça. — Você meio que me fez sentir um friozinho na barriga.

— No bom sentido?

Ele assente e traz os lábios aos meus, onde pressiona um beijo bem suave.

— No melhor sentido. Também gosto muito de você. Então mesmo que a gente esteja quebrando a regra número dois e não fazendo todo sexo oral possível — ele dá uma piscadela —, estou feliz pra caramba só por te conhecer melhor.

— Acho que você é o primeiro cara que me disse uma coisa assim.

— Tenho certeza de que você tem razão. — Ele ri e dá outro beijo nos meus lábios. — Mas você vale a pena.

Lindsay olha por cima do meu ombro, para o meu quarto, e então franze a testa.

— Cadê o Knox?

— Como assim? — pergunto, esfregando o olho com a palma da mão. — Ele me deixou aqui ontem à noite e voltou para o loft.

— Como é? — Os olhos de Lindsay quase saem para fora das órbitas. — Tipo, ele não tentou arrancar aquele vestido do seu corpo?

— Não. — Afundo em uma das poltronas da sala. — A gente se pegou na caminhonete dele, mas aí ele me trouxe para o dormitório e me deu um beijo de boa-noite. Quando voltou para o loft, me mandou uma mensagem fofa, e aí eu fui para a cama.

— Como é que vocês dois não fizeram nada na noite passada? Fala sério, estou começando a ficar sexualmente frustrada por vocês dois não estarem transando.

Dou de ombros e recosto a cabeça nas costas da poltrona com um ar sonhador.

— É mais do que atração sexual entre a gente. Gostamos um do outro além da parte física. Gosto muito de ficar perto dele e de conhecê-lo melhor.

— Mesmo assim, como é que vocês conseguem manter as mãos quietas?

— É difícil. — Relembro o momento em que estivemos na caminhonete, quando eu estava sentada no colo dele, com a barra do vestido quase ao redor da cintura enquanto o montava. Suas mãos vagando pelas minhas costas, as minhas correndo por seu peito musculoso. Mantivemos as coisas rolando só na nossa boca, mas, meu Deus, fiquei tentada a implorar por mais. Só pela força e a exigência de suas mãos, sei que ele vai ser incrível na cama, mas agora me sinto determinada a continuar trabalhando na nossa amizade. O cara que estou conhecendo é um dos mais legais, e com frequência o mais convencido, que já conheci. Na verdade, acho que a nossa relação sexual ficará ainda melhor quanto mais soubermos um do outro. Estou com tesão? Sim. Bastante. Mas somos amigos acima de tudo. Para sempre.

— Bem, parabéns por ser tão determinada. Eu já teria sentado na cara dele na primeira vez que ele me notasse.

— Você não é lá muito elegante — brinco. — Como estão as coisas com o calouro?

— Aff. — Ela se vira de lado. — Ele é tão imaturo.

— Bem, ele acabou de sair da escola. Tenho certeza de que demora pelo menos um ano para amadurecer. O que ele tem feito?

— Não posso contar. — Ela passa o braço sobre os olhos.

— Bem, agora você vai ter que me contar.

— Contar o quê? — Dottie pergunta, entrando na sala, com o café na mão e o cabelo arrepiado, como se tivesse enfiado o dedo na tomada durante a noite. Ela levanta a perna de Lindsay e se senta, então coloca as pernas de Lindsay sobre as suas.

— Parece que o calouro da Lindsay é imaturo — revelo.

— Você não contou para ela sobre aquela coisa toda do peito? — Dottie indaga, incrédula. — Ai, meu Deus, você precisa contar para ela.

— O que foi? — Me mexo na poltrona, pronta para uma história, porque, com a Lindsay, as histórias são sempre boas.

— Não consigo. Você conta.

— Com prazer. — Com um sorriso enorme, Dottie diz: — O cara gosta de peitos.

— Tudo bem… ele é homem, faz sentido.

— Não. — Dottie levanta a mão. — Tipo, gosta muito mesmo de peitos.

— Tuu-do bem — falo arrastado, sem saber aonde isso vai dar.

— Duas semanas atrás, Lindsay o convidou aqui para o dormitório depois da aula quando nós duas não estávamos. Eles começaram a se pegar, e ele perguntou se podia ver os peitos dela. É claro que a nossa amiga aqui bem provocadora disse sim e tirou a camisa e o sutiã.

— Nada novo até então — provoco.

— Mas aí o nosso bom e velho calouro ficou sentado ali, olhando… por cinco minutos.

Como é que é?

— Sem se tocarem?

— É — ela resmunga por baixo do braço.

— É — Dottie continua. — E aí, quando ela tentou avançar, ele a impediu e fez um círculo devagar com o dedo ao redor da aréola, mas sem tocar.

— Tipo, como se estivesse usando alguma força espiritual — Lindsay acrescenta.

— Mas sem tocar de fato.

— Pois é. — Lindsay se levanta do sofá. — E ele estava com a maior ereção que já vi enquanto fazia isso.

— Conta para ela a melhor parte — Dottie incita.

Ela resmunga outra vez.

— Depois de ficar olhando por cinco minutos, ele foi embora. E aí, no dia seguinte — ela respira fundo —, ele me deu um desenho dos meus peitos. Era tão realístico, até fico com tesão por isso.

— E ela acabou fazendo sexo três vezes com ele naquele dia.

— Estou tão envergonhada — ela resmunga.

— Como é? — Rio, mais alto do que esperava. — Mas você acha que ele é imaturo?

— Sim — ela grita. — Porque agora, sempre que ele me vê, me dá um desenho de peitos. Acho isso cada vez mais sexy e acabo transando com ele de novo. Quem tem tempo para ficar desenhando peitos? Isso é tão imaturo. E nem vamos falar sobre o que há de errado comigo e por que gosto disso.

— Você gosta porque ele está venerando o seu corpo. Qualquer garota gosta disso, mesmo se é de um jeito meio estranho.

— Você não acha isso imaturo?

— É diferente — respondo. — Mas o diferente pode ser bom. Olha só para mim e para o Knox, o nosso relacionamento é todo maluco, mas funciona para a gente. Cada um é cada um.

— Que irritante — Dottie diz, olhando para nós duas. — Preciso achar alguém para fazer essas esquisitices. — *Ah, Dottie. Nossa doce, diabólica e carismática amiga.* O esquisitão dela vai superar o da Lindsay e o meu nesse quesito. Ele terá que ser um homem de ferro para receber a força e a paixão dela.

— Vai rolar, dê tempo ao tempo.

Capítulo 21

Knox

— Olha só para essa calça de moletom. Como é que você pode se negar? — Carson pergunta, olhando Emory de cima a baixo. — Buracos, cara, há buracos. Essa coisa é sexy.

— Tão sexy — Emory concorda, arrastando o dedo pela perna, ao redor dos tais buracos, e então no meu queixo, inclinando a minha cabeça para me dar um beijo desajeitado.

Estamos descansando no loft, escapando de uma festa neste fim de semana, mesmo tendo que ir embora para o recesso de Natal na próxima semana. As provas finais estão terminando. Tenho só mais uma, assim como Emory, mas quando perguntei se ela queria estudar, ela disse que estava tudo bem, já que está confiante no material que usou para estudar. Deve ser porque depois do nosso encontro na sexta-feira, só conversamos mesmo por telefone, em vez de pessoalmente. É estranho, mas estou bem com isso, porque toda noite converso com ela por mais de uma hora.

— Para de tentar me fazer perder a aposta — digo entre beijos.

— Você é um idiota. — Carson dá uma risadinha e joga um travesseiro em mim. — Se eu estivesse namorando a Emory, já teria desistido dessa aposta no primeiro dia.

— É porque você não tem autocontrole nenhum.

Ele pega um Oreo do meu pacote e o coloca na boca.

— É verdade.

Mudando de assunto, Em diz:

— Então, Garrett, o seu calouro, gosta de desenhar peitos.

Carson solta uma risada alta, jogando a cabeça para trás. Assim como Holt, que abaixa o celular por um instante.

— Caramba, Garrett. O cara ama peitos.

— Pois é, os peitos da minha amiga.

— São os peitos da sua amiga que ele tem desenhado? — Carson se endireita, parecendo chocado. — Caramba, Ealson, como é que você nunca me apresentou?

— Porque ela está com o Garrett. — Em revira os olhos.

— E eles estão ficando?

Holt dá um tapa na barriga de Carson.

— Não seja um idiota de roubar a garota do seu colega de time que fica desenhando peitos. Ele conquistou o direito de desenhar essas coisas.

— Como? Ele é a droga de um calouro com mãos desajeitadas. Você deveria ter visto ele em campo. Juro que é um caso de caridade do treinador. Não sei como ele conseguiu entrar no time.

— Deve ter desenhado peitos para o treinador — digo, fazendo meus dois amigos rirem.

— O treinador deve ter uma gaveta cheia dos desenhos do Garrett. Aquele cara é solitário pra caralho.

— Ah, sério? — Emory pergunta. — E a sra. Flower? Parecia haver algo entre eles. O marido dela faleceu, então talvez possa haver uma nova conexão amorosa.

Balanço a cabeça.

— O treinador nunca vai tentar algo. Ele é velho e tem as convicções dele. Ele vive e respira beisebol, então não há como arrumar espaço para uma mulher na vida dele quando passa o tempo todo em cima da gente.

— Mas é isso o que faz dele o melhor — Holt fala, checando o celular. — Ei, tenho que ir. O turno da minha garota terminou.

— Será que um dia vamos chegar a conhecer essa sua garota? — pergunto.

— Não tão cedo. — Sem outra palavra, Holt se levanta do sofá, vai até a porta da frente e sai do loft. Isso foi rápido.

— O que foi isso? — Carson indaga, com os olhos fixos no corredor. — Não gosto de que ele fique escondendo coisas da gente.

— Não faço ideia, mas ele vai falar quando estiver pronto. — Aperto Emory e digo: — Quer ir para o meu quarto?

— Por favor, vá — Carson pede, sem deixar Emory responder. — Seduza ele, Em. Faça com que ele desista.

Levantando-se, ela responde:

— Vou dar o meu melhor.

Não perdemos tempo. Tranco a porta do quarto, me certificando de que nenhum babaca possa entrar, e me viro para a minha garota, que está à vontade na minha cama. Me recosto na porta amarela e falo:

— O que você pensa que está fazendo?

— Ficando à vontade. — Ela coloca a mão para dentro da camiseta e faz alguns movimentos extravagantes, até que tira o braço da manga junto com seu sutiã. Ela o joga para o lado e solta o cabelo, os cachos longos esvoaçando ao redor de seus ombros. O tecido fino e branco de sua camiseta não deixa nada para a imaginação, enquanto seus mamilos duros pressionam o tecido.

Meu Deus.

Ela veio para matar, e sinto meu controle escapando.

— Você está tentando me matar?

Ela balança a cabeça.

— Não, só ficando à vontade.

— Essa sua tentativa de ficar à vontade está me deixando com a droga de uma ereção.

Seus olhos se focam na minha calça de moletom, que agora está inchada com o meu pênis.

Ela se senta nos joelhos e balança os dedos.

— Então vem aqui e me deixa cuidar disso para você.

— Você vai quebrar a aposta? — pergunto, com as sobrancelhas erguidas e minha empolgação a mil por hora.

— Não.

Minhas esperanças chegam a um impasse. E deve estar por todo o meu rosto, porque ela ri e estende a mão.

— Vem cá, gostoso.

Como um cachorrinho abatido, vou para a minha garota, com a ereção me levando a esse caminho. Ela me puxa para a cama e me empurra para a cabeceira para que eu possa me encostar nela.

Ela monta no meu colo e se senta... bem na minha ereção. Sibilo por entre os dentes cerrados e aperto as mãos ao redor de sua cintura.

— Que porra você está fazendo?

— Conversando com você. — Ela sorri e se mexe. — Humm, isso é bom.

— Para — censuro. — Sei o que você está tentando fazer, e a menos que queira que o meu pênis caia, eu pararia agora.

— Você está assim tão determinado a ganhar que deixaria o seu pênis cair?

— Sim — respondo, olhando para os seus peitos. Porra, eles são tão perfeitos, e a julgar por eles, ela está com tanto tesão quanto eu. *Meu Deus, como eu a quero.*

Não faço ideia de como não estou arrancando sua camiseta neste exato momento, fechando a boca ao redor de seus peitos lindos pra caralho. Minha pele está esquentando, e só consigo pensar nela. Em suas costas. No meu pau. Agarrar esse cabelo enquanto a fodo por trás. *Dá para sentir o calor dela no meu pau através das nossas roupas. Merda.* E aposto que ela sabe o quanto estou perto de puxar essa calça de moletom sexy pra caramba para baixo e chupar sua boceta até ela gritar. *Merda. Por que fui fazer esta aposta estúpida com a garota mais sexy do mundo?*

Preciso me recompor. Pense nas estatísticas. Pense nas estatísticas idiotas de beisebol. *Qualquer coisa.*

Me recosto na cabeceira e tento desesperadamente ignorar o calor dela enquanto me movo. *Droga.* Pego uma caixinha com embrulho natalino vermelho e a estendo para ela. Finalmente encontrando minha voz, digo:

— Feliz Natal, linda. — E de alguma forma, *de alguma forma*, encontro autocontrole só para observar sua expressão em vez de olhar para seus peitos.

E valeu a pena.

Seus olhos vão para a caixa e de volta para mim.

— Você comprou um presente para mim?

— É claro. — Aperto sua bunda. — Você é a minha garota e quero fazer questão de que você seja a minha garota quando eu voltar do recesso de Natal.

— Pode acreditar, vou contar os dias. — Ela pega a caixa e pergunta: — Posso abrir?

— Claro.

Com um sorriso enorme, ela não tem vergonha alguma de rasgar o papel e abrir a caixinha de veludo. Ela fica boquiaberta e seus olhos suavizam.

— Ai, meu Deus, Knox, é lindo.

Pego a caixinha e ergo o colar bastante delicado. Uma corrente de ouro branco com um coração delicado. Soube no instante em que o vi que tinha que comprar para ela. É sutil, quase não dá para ver, mas é uma recordação de que esta garota tem o meu coração.

— Posso colocar?

— Claro.

Ela levanta o cabelo, então eu passo a corrente ao redor de seu pescoço, e quando ela se inclina para que eu possa ver o que estou fazendo, aperto o fecho. O colar cai sobre sua clavícula, o coração tão pequeno que se mistura perfeitamente com sua linda pele. Não é nada ostensivo ou luxuoso. *Preciso que ela saiba que mesmo a quilômetros de distância, ela não estará longe dos meus pensamentos. Quero estar perto do seu coração.* Mas devo dizer isso a ela? Será que ela se sentiria pressionada com isso?

Seus dedos vão para o colar, sentindo-o junto à pele.

— Muito obrigada, Knox. Eu amei.

Trago o seu queixo para perto e dou um beijinho em seus lábios.

— Só um lembrete de a quem você pertence.

— Como se eu precisasse de um lembrete — ela responde, envolvendo o meu pescoço com os braços. Ela morte o lábio e diz: — Então, sobre esta aposta...

Isso. Desista, por favor.

— É só sexo físico, não é? Ou inclui me esfregar em você?

Engulo em seco e balanço a cabeça.

— Acho que não há nada nas regras sobre a gente se esfregar.

— Então vamos supor que... — Ela desliza para fora do meu corpo e puxa minha calça de moletom para baixo. Eu me levanto da cama para ajudá-la. — Eu tire esta calça, isso seria quebrar as regras?

Balanço a cabeça com força.

— Não. De forma alguma. Na verdade, é uma ótima ideia.

Ela passa o polegar ao redor do cós da calça.

— E se eu a tirasse, estaria tudo bem?

— Tudo ótimo. Sim, pode tirar.

Com um sorriso diabólico, ela vai aos poucos tirando a calça até ficar só de calcinha fio-dental, o minúsculo triângulo de tecido entre suas pernas mal cobrindo alguma coisa.

Puta.

Merda.

Ela passa a mão pelo cabelo e inclina a cabeça para o lado.

— E a minha blusa? Se eu tirá-la, quais seriam as regras?

Minha boca fica seca e minha voz falha quando respondo:

— Isso... sim... tudo bem.

— Foi o que achei. — Ela se senta sobre os joelhos e vai movendo a mão devagar para a barra da camiseta, mas para. Meu pau pulsa na minha cueca boxer, implorando por qualquer tipo de alívio. Com um movimento suave, ela tira a camiseta e a joga para o lado, deixando seu peito completamente nu e lindo.

Meu. Deus.

Seus peitos.

Não são enormes, mas empinados pra caramba, com mamilos pequenos que estão muito duros. E quando ela se move, eles balançam um pouquinho, me mostrando que há peso neles. Porra, preciso colocar as mãos neles, agora.

— Sua vez. — Ela aponta para minha camiseta.

Quero ser uma besta selvagem e rasgar a blusa pela gola para continuar com isso, mas sei muito bem o que tenho escondido aqui e quero fazer questão de observar seu olhar de satisfação. Pela nuca, puxo a camiseta para cima, então passo os braços pelas mangas e a jogo de lado. Eu me sento ereto e observo os olhos de Emory vagarem pelo meu peito, enquanto um suspiro sai de seus lábios.

— Por que você tem que ser tão gostoso?

Solto uma risada.

— Não faço ideia, linda, mas não quero ficar pensando nisso. Vem cá.

Ela balança a cabeça.

— Fica deitado, quero montar no seu pau.

— Porra, Em.

Me deito e ela monta no meu colo, a ponta do meu pau se movendo para fora do cós da minha cueca. Ela estende o braço para trás e move seu fio-dental para o lado para que sua boceta quente... molhada... fique bem na minha ereção pulsante — ainda que coberta.

Ávido por querer senti-la, deslizo as mãos pela lateral de seu corpo até seus peitos e seguro os dois. Perfeitos pra caralho, como se o paraíso estivesse nas minhas mãos, enquanto aperto e esfrego os polegares sobre seus mamilos. Ela fica sem fôlego e se move junto ao meu comprimento, espalhando sua excitação enquanto trabalho em seus peitos.

— Meu Deus, Knox, é só nisso que tenho pensado quando estou com você: em sentir o seu pau entre as minhas pernas.

Me fale sobre como fazer um cara gozar sob demanda.

Ela se senta e começa a mover os quadris devagar.

— Eu fantasiei com você em cima de mim, deslizando seu pau enorme para dentro e para fora de mim. — Seus olhos estão fechados, seu cabelo dança às suas costas e minhas mãos descansam em suas coxas, enquanto ela assume o controle.

Devagar.

Quero tanto entrar nela.

Ela começa devagar, me sentindo e testando o quanto consigo aguentar.

Resposta: não por muito tempo.

Quero a Em desde o instante em que pousei os olhos nela. Tenho sido paciente. Me tornei seu amigo, conquistei sua confiança, e mesmo que esteja desesperado para me enterrar fundo nela, isso já é bom o suficiente, se é o que ela está disposta a dar.

Um passo de cada vez. Tem sido o meu lema com ela. *E ela merece isso e mais.*

A única proteção entre nós é o tecido fino da minha cueca boxer, que já está ensopado com nosso tesão, mas ela não parece se importar, enquanto me encoraja com seus quadris.

Com as mãos deslizando pelo meu abdômen, sua boca se abre e sua cabeça cai para o lado, com uma expressão de pura luxúria. É sexy pra caramba vê-la se libertar, observar o prazer tomar conta e assisti-la se entregar a ele. Quero ver o quanto consigo fazê-la perder o controle. Quero saber exatamente como ela fica quando sua boceta se aperta e ver nada além de pura euforia se desencadear.

Respirando fundo, passo os dentes sobre o lábio inferior e começo a mover os quadris para combinar com seus movimentos ávidos, gerando atrito entre nós.

— Isso — ela murmura, deslizando as mãos para os lados, seus polegares pressionando a minha pele enquanto ela firma o aperto. — Isso... Knox.

Para cima e para baixo. *Para cima e para baixo.* Ela esfrega seu clitóris sobre meu pau duro e pulsante. Seus lindos peitos se movem ao seu ritmo, balançando juntos, me deixando com água na boca. Estendo a mão e ergo meu torso, enquanto levo um para dentro da boca e chupo com força. Ela suspira, e uma de suas mãos agarra o outro seio e belisca o mamilo. Gostoso pra caramba. Tiro sua mão dali e assumo o controle, mandando seus quadris em um frenesi, enquanto um longo e sexy gemido escapa de seus lábios.

Seu gosto é tão doce. Há uma pitada de baunilha e algo que não consigo identificar. Seja lá o que for, é tudo Emory. *Incrível. Gostoso. Delicioso.*

Estou ficando cada vez mais viciado em tudo relacionado a esta garota.

— Mais — ela pede, levando minha cabeça para perto de seu seio.

Aceito o convite e chupo com ainda mais força, acrescentando um mamilo, o que faz sua pélvis investir contra o meu pau. Merda, em questão de segundos, minhas pernas formigam e meu estômago fica apertado.

Meu Deus, meu orgasmo está se formando, e só faz cinco segundos que ela está sobre mim.

— Porra, você é tão grande — ela diz. — Adoro o quanto está duro abaixo de mim. Adoro o quanto os seus músculos ficam tensos e se movem a cada investida dos seus quadris.

Ela pode dizer isso mais vezes.

Acelero o ritmo, lançando os meus quadris para os dela, observando sua boca se abrir a cada investida. Quando seus dedos se conectam com os meus mamilos, solto um longo gemido excitado. Isso… porra. Ela os arranha com as unhas, fazendo meus quadris saltarem com ainda mais força.

— Ai, Deus — ela grita. — Não faça isso. Quero aguentar mais.

— Então não brinca com os meus mamilos — gemo, enquanto esta garota diabólica pega um entre os dedos e o polegar. — Porra, Emory. Não faça isso. — Minhas mãos vão para suas coxas, e começo a mover mais rápido de propósito.

Ela belisca de novo.

— Puta merda — gemo. Meus olhos se fecham com força, enquanto meu pau fica ainda mais duro de necessidade. E quando ela faz isso mais uma vez, solto um rosnado gutural e tento virá-la de costas, mas ela me impede.

— Não. Quero montar em você.

— E eu quero foder você — admito, com minha força de vontade estalando.

— Nada de foder — ela declara, sem fôlego.

— Emory.

— Não. É isso ou nada. Não vou vencer esta aposta no calor do momento.

— Puta merda — digo em agonia. Puxo, desesperado, os fios curtos do meu cabelo, tentando me recompor.

Ela aproveita o momento para se inclinar e coloca as mãos para trás para se apoiar nas minhas coxas. Meu olhar vai para a nossa conexão, onde pego um vislumbre da sua boceta molhada e excitada.

Merda.

Porra.

Quero tanto essa boceta.

Passo a língua nos lábios, com os olhos saltando para os dela por um breve segundo antes de caírem de novo para a nossa conexão. *Sexy pra caramba.* Me apoio nos cotovelos, enquanto ela se inclina ainda mais e seus quadris balançam febrilmente, criando um ângulo escaldante para nós dois. *Ela está tão molhada. Gostosa. Porra.*

— Isso — ela geme, com a cabeça caindo para trás. — Ai, meu Deus, isso. Bem aí — ela diz, movendo os quadris ainda mais rápido.

Merda, ouvi-la, senti-la... minhas bolas ficam apertadas.

— Ahh, Knox, bem aí. — Empurro os quadris para cima, seus peitos pulam e sua boca se abre enquanto um som indistinto sai dela. Ela se joga para frente, com as mãos caindo no meu peito, enquanto monta no meu pau com ainda mais força do que antes, e é tudo de que preciso. Meu corpo todo se incendeia e então fica dormente, enquanto as primeiras ondas do meu orgasmo me atingem como um trem.

Faíscas ricocheteiam pelo meu corpo no instante em que ela geme meu nome, o som tão desesperado. *Puta merda.* Meus quadris voam para os dela, meu controle me escapa, e nós dois gozamos, soltando cada onda de prazer até que nossos quadris finalmente desaceleram.

Ela se inclina para frente e pressiona o peito no meu. Seu corpo suado e grudento desliza pelo meu, enquanto seus mamilos duros roçam minha pele.

É sexy pra caralho.

Seus dedos acariciam preguiçosamente o meu braço, enquanto passo a mão em sua bunda debaixo do fino tecido e a agarro inteira.

— Você é tão gostosa — digo, sem soltar o aperto, enquanto minha outra mão faz círculos ao longo de suas costas.

Ela se endireita alguns centímetros e me olha. *Deslumbrante.* O sorriso em seu rosto. Seus olhos, entreabertos pela luxúria. *Fui eu que fiz isso. Fui eu que fiz a minha garota ficar assim.*

— Mal posso esperar para te sentir inteiro entre as minhas pernas, Knox — ela sussurra.

— Nem eu, linda. — *Que tal agora? Vou estar pronto em uns trinta segundos.* — Quando?

E então vejo a srta. Atrevida reaparecer, e já sei o que está por vir.

— Quando você quebrar a aposta.

Olho para os nossos corpos praticamente nus e então de volta para ela.

— Hum, tenho certeza de que o seu jeito selvagem acabou de fazer isso.

— Ah, não mesmo. — Ela balança a cabeça. — Não foi isso que apostamos.

— Acho que a gente apostou em sexo oral, né?

Ela assente.

— Exato. — Faz uma pausa e olha para o teto em dúvida. — Espera, já não consigo lembrar em que apostamos. Foi sexo em geral ou só oral?

— Também não consigo lembrar, o que significa que se só foi oral, eu poderia arrancar esse pedaço de pano minúsculo de você, enterrar meu pau entre as suas pernas e não estaria quebrando a posta, né?

— Si... — Ela faz outra pausa e então pensa sobre isso. — Bem, acho que não, se for só oral. Mas é essa a nossa aposta? A gente deveria ligar para o Carson?

— Não. Não vamos ligar para o Carson. Vamos fingir que é só oral. — Eu a viro de costas e pairo sobre ela, mas antes que possa me mover para beijá-la, ela me impede com a mão na minha cara.

— Nem pense nisso. Se você vai colocar esse seu pau dentro de mim, vai ter que cair de boca primeiro.

Um arrepio percorre a minha espinha com seu impedimento.

— Sabia que é sexy pra caralho quando você fala assim? — Ergo suas mãos sobre sua cabeça, prendendo-as com força. — Mas saiba de uma coisa: quando se trata de transar, estou sempre no comando.

CAPÍTULO 22

EMORY

Se sexo com roupas fosse um esporte, Knox e eu já seríamos medalhistas olímpicos.

Pelas últimas três noites, ficamos nos esfregando sem vergonha alguma, como adolescentes com tesão, grunhindo e gemendo, esfregando e batendo nossas pélvis até que nós dois gozávamos com tanta força que acabávamos desmaiando depois. Duas vezes no loft e uma vez no dormitório.

Queria poder dizer que estou envergonhada por não ter tido pudor nenhum ao expressar a plenos pulmões meu prazer, enquanto transava com roupas no colo do meu namorado, mas não é como me sinto.

Sou barulhenta, é verdade, mas, ai, meu DEUS, o pênis do Knox é a melhor coisa que já deslizou pelo meu clitóris. Tão grosso, tão duro, tão comprido.

Simplesmente... perfeito.

Da última vez, fiquei completamente nua, e a única coisa entre a gente foi a cueca boxer dele, que é feita de um tecido liso, então não há muito impedimento, só o seu pau duro abaixo de mim.

Gozei tão rápido que contornei um pouquinho nossas regras e fiz um trabalho com as mãos em Knox para fazê-lo gozar. Acho que ele não se importou, considerando a forma como suas mãos agarraram os cobertores abaixo de nós.

Fiquei tão tentada a colocar a boca no seu pau, chupá-lo fundo para a minha garganta, mas aguentei firme, apesar da necessidade ardente de fazer seus olhos se revirarem de prazer com um toque leve da minha língua ao longo de seu comprimento. Falando sério, não sei como estou aguentando, esperando, porque sempre que o vejo, uma onda ardente de necessidade atravessa meus ossos e quase me deixa de joelhos.

Minhas provas finais terminaram. Vou para a Califórnia hoje e tenho duas horas até ter que estar no aeroporto, no máximo.

Dou uma olhada no celular, checando as horas. Cadê ele?

Com a mala ao lado, balanço nos calcanhares e tento acalmar o nervosismo. Ele queria me levar ao aeroporto, e eu não ia brigar por causa disso, porque também quero que ele me leve. Lindsay e Dottie foram embora na segunda-feira, mas como eu tinha mais uma prova, não pude pegar o mesmo voo que elas, o que significa que estou com o dormitório só para mim.

A porta se abre — dei a chave de Dottie para que ele pudesse entrar no prédio — e eu faço pose na beirada da cama.

— Está aí, linda? — sua voz profunda chama.

— No quarto.

Ouço o som de sua mochila caindo no sofá e então a porta se abre. Ele entra parecendo um modelo da GQ em sua calça jeans preta e suéter azul-claro com as mangas dobradas nos cotovelos. Seu cabelo está arrumado, e seus mamilos estão pressionando o tecido azul que cobre seu peito.

Ele está tão lindo. *Vou sentir saudade disso. Dele. De nós dois.*

E quando seus olhos pousam na minha roupa, vejo a forma como sua expressão muda para pura luxúria e não consigo me impedir de ficar empolgada com o que está por vir.

Vestida com sutiã amarelo de renda e uma calcinha combinando, não me movo enquanto ele vem devagar para mim com um olhar ardente. Seu olhar envia arrepios pela minha espinha, ainda mais quando ele tira os sapatos, arranca o suéter e vem na minha direção, sem que seus olhos se afastem dos meus.

Seu braço musculoso envolve minha cintura primeiro antes de ele passar o outro pela minha nuca e levar minha boca a meros centímetros da sua.

— O que é isso? — ele pergunta, com a mão caindo para a minha bunda nua.

— Feliz Natal — digo, tirando o sutiã.

Ele rosna quando o tecido atinge o chão e meus mamilos já duros roçam seu peito nu.

O peito de Knox é grosso. É a única forma como consigo descrevê-lo, como se três peitos estivessem empilhados um em cima do outro. Seus ombros e braços são entalhados feito pedra, cada entalhe de músculo visível perfeitamente esculpido. E então seu abdômen. Apesar da quantidade de comida que já o vi consumir em uma refeição, seu abdômen é firme e delineado, e o V em sua cintura é profundo. Estou tentada a passar a língua sobre cada centímetro.

— Você é o meu presente de Natal? — ele pergunta, roçando a mão mais baixo do meu traseiro, puxando minha calcinha até que cai das minhas pernas. Seus lábios experimentam meu pescoço, devagar, provocando arrepios na minha pele.

— Sou.

— E do que se trata este presente de Natal? Uma quebra de aposta? — ele pergunta, com a voz quase desesperada e tensa. *É exatamente como me sinto.*

— Não, claro que não.

Ele solta um suspiro pesado e ri.

— Você vai me matar, Em.

— Espero que sim. Eu quero muito aquele bife no jantar.

— Posso arrumar um bife para o jantar a qualquer momento que você quiser. — Seus lábios sobem pelo meu pescoço até minha mandíbula. — Só você falar quando e onde.

— Não é a mesma coisa. Não seria um bife conquistado pela minha capacidade de resistir a você.

— Você não está resistindo a mim agora — ele diz enquanto me deita na cama. Olhando para o meu corpo nu, ele abre sua calça e a tira junto com as meias. Parado, só de cueca, com sua ereção pressionando o tecido, ele se posiciona entre as minhas pernas, e meu coração fica acelerado.

Ai, meu Deus, será que ele vai cair de boca em mim?

Ele lambe os lábios, com um olhar inebriante enquanto ergue uma das minhas pernas à sua boca. Começando pelo meu tornozelo, ele vai pressionando beijos demorados e lânguidos ao longo da minha panturrilha até os joelhos — *fico sem fôlego* —, até minha coxa — *meu coração bate forte*

— e a linha do biquíni, então ofego alto quando afasta os lábios da minha pele.

Uma onda de excitação se acumula no meu centro, enquanto ele pega a outra perna e continua com seus beijos torturantes e envolventes, repetindo os beijinhos que deu na minha perna direita, parando no meu joelho, e roçando a mandíbula ao longo da parte interna da minha coxa até que alcança a linha do biquíni.

Sem vergonha alguma, minhas pernas se abrem. Seus olhos escurecem e se estreitam, com o foco no meu clitóris. Sei que ele pode ver o quanto estou excitada; não é difícil ficar assim quando já estou incrivelmente molhada. Quero seu dedo dentro de mim. Quero que ele me prove assim, mas já sabemos. Um gostinho. É só o que levaria... para qualquer um de nós. *Um. Gostinho.*

Avançando, ele beija a região acima da minha pelve, vai da minha barriga para meus seios, onde chupa um mamilo com avidez, enquanto a mão que não está prendendo as minhas rola meu outro mamilo entre os dedos. Quando ele chupa meu seio, é tudo com o que sonhei. Chupadas suaves seguidas de mordidas fortes e de tirar o fôlego.

— Ai, Deus — gemo alto, com meus quadris investindo na direção dos dele. Tento puxar as mãos, mas ele não se move. — Me deixa te tocar.

— Não — ele murmura junto ao meu peito antes de se mover para o outro, engolindo meu mamilo com uma chupada. Ele mordisca, lambe, chupa e beija, até que fico me contorcendo abaixo dele.

Estou prestes a explodir. Nunca experimentei nada assim — os toques provocantes, os beijos preguiçosos, a apreciação pelo meu corpo. É *isto* que tenho perdido. Ainda bem que deixei...

Knox me faz sentir linda, como uma mulher desejável, algo que nunca senti antes. Seu olhar quando ele me deu aquele belo colar de coração me inebriou. E as suas palavras: "*Só um lembrete de a quem você pertence*". *Tudo o que ele diz e faz... Pois é, me deixa com tesão, mas também me faz sentir valiosa. Venerada. Dele.*

— Por favor, Knox...

— Por favor o quê? — Ele sorri junto ao meu seio.

Pois é... *por favor o quê*? Não sei nem pelo que estou implorando, só sei que estou implorando por algo.

— Não posso... Ai, Deus, isso, me morda de novo. — Ele morde a lateral do meu peito, chupando com força e então roçando os dentes. Sem dúvida está deixando sua marca. Ele vai subindo até minha clavícula, pelo meu pescoço, então para os meus lábios, onde passa a língua pela minha boca. Quando abro, ele me deixa esperando e vai descendo com os lábios para meu pescoço, queimando minha pele aquecida a cada passada de sua boca.

Ele beija minha clavícula.

Entre meus seios.

Minhas costelas.

Respiro fundo.

Minha barriga.

Acima da minha pelve.

Minhas pernas abertas.

Minha coxa esquerda.

Minha direita.

Solto um gemido.

E então ele paira, bem na junção entre as minhas pernas. O ar fica parado ao nosso redor, minha pulsação martela minha garganta, meu clitóris dolorido implora por alívio, enquanto vibra, desesperado de desejo.

Só uma lufada de ar e vou gozar, e quando ele se abaixa para mais perto, quase explodo. Então ele beija o local bem acima da minha abertura.

— Meu Deus, isso — digo. Mas em vez de ele se mover mais um pouquinho, seus lábios vão para cima. E eu gemo minha frustração, com lágrimas se acumulando nos meus olhos. — Não, ai, meu Deus, Knox. Por favor.

— Por favor o quê?

— Por favor, me lambe.

Sua língua gira ao redor do meu umbigo enquanto ele olha para mim.

— Assim?

— Não, seu idiota — falo, incapaz de me controlar. Ele solta uma risadinha que só me deixa com mais tesão. — Lambe a minha boceta.

— Porra — ele murmura enquanto continua a mover a boca pelo meu corpo. — Mesmo que ouvir você dizer isso quase tenha me feito gozar na cueca, não há como. — Ele vai subindo pelo meu corpo, solta minhas mãos e abaixa a cueca para que seu pau saia. Uma expressão séria toma conta de seu rosto quando ele diz: — Estou saudável. Fiz exames alguns meses atrás, e não estive com ninguém desde então.

Engulo em seco. Isso está mesmo acontecendo?

— Eu também não.

Com um grunhido primitivo, ele abaixa seus quadris para os meus, onde seu pau se conecta com o meu clitóris. Um sibilo baixo escapa dos meus lábios, enquanto ele firma minha pélvis com a mão.

— Só roçadas, Em, ouviu? — Ele olha para mim, completamente sério. — Nada além disso.

— Tudo bem. — Assinto, sabendo o enorme passo que estamos dando.

Um sexo com roupas meio úmido e sem roupa nenhuma, tudo bem para mim. *Estou muito bem com isso.*

Ainda pressionando meus quadris no colchão, ele começa a mover seu comprimento para cima e para baixo na minha abertura. Estou molhada e pronta, e ele desliza com facilidade por mim, a sensação tão crua, tão carnal, com nada entre nós, que meu orgasmo já começa a disparar na boca do meu estômago.

— Meu Deus, Knox, você é tão gostoso. Amo o seu pau. Tão grande.

— Você pode dizer... isso mais vezes — ele grunhe, com os olhos fechados com força, enquanto seu ritmo aumenta. — Porra, linda, isso é tão...

— Incrível, incrível pra caramba. — Ergo a mão sobre a cabeça e agarro o edredom abaixo. — Mais rápido, Knox, ai, Deus, mais rápido. Isso — solto quando ele acelera o ritmo.

Ele geme antes de sua boca cair para a minha. Abro para ele e sua língua mergulha, entrelaçando, puxando, cada grama de autocontrole que havia. Aperto as pernas ao redor de sua cintura e impulsiono meus quadris para seu pau quando ele desliza para cima e para baixo, gerando a mais linda e extraordinária fricção que já senti.

Uma estocada.

Duas.

Ai, porra, cada terminação nervosa está em chamas, enquanto meu clitóris latejante tem espasmos ao longo de seu comprimento.

— Porra, ahh. Isso, Knox, isso — grito, com o orgasmo me atingindo com tanta força que minha boca se abre, mas as palavras não saem.

Parece que dura uma eternidade, me enviando onda atrás de onda de prazer pela minha espinha.

— Cacete — Knox geme e para, enquanto jorros quentes e úmidos atingem minha barriga. Seu orgasmo é sexy, a forma como sua voz retumba fundo no seu peito e seu corpo treme sobre o meu. *Sexy pra caramba*. Com o peito cheio de ar, ele suspira e desaba em cima de mim. O peso de seu corpo é reconfortante, como um cobertor em um dia frio de inverno.

Minha mão percorre suas costas, enquanto seus lábios se pressionam suavemente em meu pescoço. Ele respira fundo e suspira.

— Porra, linda, não quero que você vá.

— Pois é. — Sua cabeça se ergue e ele põe uma mecha de cabelo atrás da minha orelha. Odeio o fato de que não vamos nos ver por um mês. — O que vai acontecer se você acabar encontrando um antigo caso lá no Texas? — *Odeio o quanto estou insegura, mas não consigo evitar.* Estou à beira das lágrimas. Não sei se quero deixá-lo. *Não quero perdê-lo.*

— Com certeza vou transar com ela. — Seu sorriso brincalhão não faz nada para acalmar minha preocupação. — Qual é. — Ele aperta minha lateral. — Você sabe que estou brincando.

— Odeio ser esse tipo de garota, mas não acho essas brincadeiras idiotas engraçadas. Você sabe o que aconteceu com...

— Droga, Em, não foi isso o que eu quis dizer. — Na mesma hora, seu rosto suaviza com compreensão. — Desculpa. — Ele se inclina para baixo e passa os lábios nos meus antes de pressionar a palma no meu coração. — Este coração bem aqui pertence a mim. — Ele pega minha mão e a pressiona em seu peito. — E este aqui pertence a você. Não há nada com que se preocupar, está bem?

Sei que tem razão. Ele não tem feito nada além de me mostrar compromisso verdadeiro durante a nossa fase de pegação. Ele tem sido paciente, disposto a esperar, mesmo agora, quando me mostrou um autocontrole incrível. *Respeito*. Ele quer me conhecer, não apenas o meu corpo, e amo isso de verdade nele.

— Está bem. — Lágrimas começam a se acumular nos meus olhos. Isso é tão ridículo. Não era para eu ter me envolvido com alguém logo depois de Neil, mas, de alguma forma, Knox Gentry conseguiu dar o seu jeitinho de entrar no meu mundo, e não consigo afastá-lo... não que eu queira. A escuridão que nublou meu coração depois do término com Neil se foi, e minha alma está começando a sentir outra vez.

Knox é tudo o que esperava em um homem. Ele me faz rir, me desafia, me mantém focada e... se preocupa comigo. Nos últimos meses, ele me mostrou o tipo de homem que é: genuíno.

— Ei, não fique chateada. — Uma lágrima rola pelo meu rosto e eu pisco depressa para segurar as outras.

— Desculpa. — Enxugo os olhos, me repreendendo por ter demonstrado emoção dessa forma. — Isso é ridículo, não sei por que estou ficando tão chateada.

— Porque você gosta de mim... muito, e vai sentir saudades. — Quando não respondo, ele continua: — Não precisa dizer nada, Em. Dá para ver. Dá para sentir. E quer saber? Também vou sentir saudade pra caramba de você.

Com as duas mãos, envolvo seu rosto e trago sua boca à minha, onde selo nossos lábios, querendo capturar o máximo possível dele antes de partir.

Um mês sem Knox.

Um mês sem seu sorriso, sua risada, sua provocação.

Um mês sem seu carinho e suas surpresas insanas.

Um mês sem suas mãos, sua boca, seu pau.

Um mês sem... nós *dois*.

Não sei se vou aguentar.

Só espero que depois de um mês longe, ele ainda queira ficar comigo, porque mesmo que eu não estivesse procurando algo assim, ele roubou meu coração. *E não quero que devolva.*

Talvez nunca.

CAPÍTULO 23

KNOX

— Me fale sobre ela — minha mãe diz, sentando-se de frente para mim, com um chá na mão e um prato de caramelo da minha avó Sue entre nós.

— Por onde começar? — pergunto, olhando para o teto do nosso humilde rancho de pouco mais de um hectare. É pequeno comparado à maioria das propriedades da nossa cidade rural, mas já faz quase vinte anos que moramos aqui, temos dois cavalos e algumas galinhas, e não requer tanta manutenção, então é o suficiente para a nossa família.

— Você tem uma foto aí?

Desde que voltei para casa, minha mãe tem ficado no meu pé para falar sobre Emory, mas continuo me esquivando, querendo tirar todo o atraso do sono do semestre. Quando acordei pela manhã, disse que contaria tudo o que ela quisesse saber depois que eu malhasse, treinasse e fizesse alguns serviços de casa.

Assim que saí do chuveiro e me vesti, ela já estava me esperando à porta do meu quarto, com uma lata de caramelo na mão e uma expressão alegre. Tudo o que ela disse foi: "Está na hora".

Enfiando a mão no bolso, tiro o celular e mostro a tela para ela. Algumas semanas atrás, mudei o meu bloqueio de tela e papel de parede para uma foto da Emory sorrindo para mim. Seu cabelo cor de mel cai abaixo dos ombros em ondas, ela está usando uma daquelas saias sexy dela, e seus lábios carnudos estão com batom cor-de-rosa. Às vezes, fico admirando essa foto, o que só mostra o quanto estou caidinho.

Animada, minha mãe diz:

— Ah, Knox, ela é linda. Que fofo você ter uma foto dela no seu celular. — Ela examina a foto com mais atenção. — Esses lábios dela são reais?

— Sim. — Seguro um suspiro. São bem reais; ah, se eu soubesse como eles devem ficar ao redor do meu pau...

— Bem, ela é deslumbrante, mas a personalidade dela combina com a aparência?

— Combina — respondo, pegando o celular de volta. — Ela é bem fofa, tímida às vezes, e acho que não percebe o quanto é linda. E, porra, mãe, como ela é engraçada. Ama pegar no meu pé.

— Está aí o meu tipo de garota. — Ela beberica o chá. — Você a ama?

Dou de ombros, sem saber de verdade.

— Estou obcecado, mas não tenho certeza quanto ao amor. Nunca amei ninguém, então não sei mesmo. Mas posso dizer que estou com saudades dela pra caralho.

Há um brilho nos olhos da minha mãe, e acho que ela sabe de algo que não sei — algo que talvez eu possa estar com um pouco de receio de admitir a esta altura do nosso relacionamento —, então deixo que ela tenha as suas suspeitas.

— Você comprou um presente de Natal para ela?

— Comprei. — Pego um pedaço do caramelo e o coloco na boca, deixando-o derreter na língua antes de mastigar. A vovó Sue sabe mesmo como fazer caramelo. — Comprei para ela um colar com um coraçãozinho, só algo para que ela se lembre de que estou sempre com ela.

Minha mãe leva as mãos ao coração.

— Ah, que fofo da sua parte. Eu criei um menino adorável.

— Pois é, até que você acertou em algumas coisas — brinco.

— Em algumas coisas? Acertei em várias coisas com vocês, garotos. Todos tão sensíveis e educados, não poderia estar mais orgulhosa. — Seus lábios pairam sobre a borda da caneca antes de ela continuar: — Vocês estão usando proteção?

Reviro os olhos, já prevendo isso.

— Não se preocupa, mãe, a gente ainda não fez sexo. — Com roupas, sim. Nos esfregamos sem roupas, também, mas sexo de verdade... definitivamente não.

E, para minha surpresa, não sinto raiva disso.

Quero entrar nela? Me conectar de verdade com a minha garota? Com certeza. Mas quase chego a gostar destas preliminares loucas que estamos tendo, a expectativa é intensa, e sei que assim que finalmente acontecer, será explosivo.

Atordoada, minha mãe se senta de frente para mim, boquiaberta. Não escondo nada da minha mãe, então ela sabe que já fiz sexo, várias vezes, com várias garotas. Não entro em detalhes, porque não sou tão babaca assim, mas ela sabe, e não tento esconder. É isso que amo na minha mãe, ela é a minha melhor amiga de verdade.

— Você não transou com ela?

— Não. — Coloco outro caramelo na boca. — Tipo, já fizemos algumas coisas, mas sexo ainda não.

— Isso é... nossa, por essa eu não estava esperando.

— Você está me chamando de safado, mãe?

— Não. — Ela dá uma risadinha. — Só estou surpresa, considerando o seu histórico com as garotas. Você deve mesmo gostar dela.

— Gosto. E muito. — Me recosto na cadeira, apoiando-me nas costas de madeira. — Ela se machucou muito por causa de um relacionamento de seis anos. Era bem arisca no começo, não queria nada comigo, mas eu sabia que ela era especial. Fui com calma e fomos aos poucos construindo a nossa base... uma amizade.

— Ah, cuidado com meu coraçãozinho, acho que não consigo aguentar isso. Meu bebê está todo crescido e encontrou a garota perfeita.

— Pois é, ela é perfeita, isso com certeza.

— Será que vou poder conhecê-la nesta primavera?

— Espero que sim. Ainda não passei a minha agenda para ela, mas o nosso primeiro jogo amistoso é logo depois de voltarmos do recesso. Meio que estou esperando que ela vá. Ela ainda não me viu jogando.

Brentwood é o único time de beisebol universitário com estádio interno/externo graças às pesadas mensalidades e aos patrocinadores dedicados — ou seja, jogadores profissionais de beisebol —, fazendo com que os nossos campos sejam o destino durante os primeiros meses do semestre. Hospedamos muitos amistosos antes de irmos para o sul para os torneios externos logo antes de a temporada começar. Também facilita o treino durante o ano, já que não somos impedidos pelo clima. É isso o que faz nossos times serem de outro nível, e por isso somos uma força a ser reconhecida.

— Bem, então acho que ela pode estar a fim de uma diversão. É tão maravilhoso ver você jogar.

— Valeu, mãe. — E sei que está falando sério. Ela tem sido minha fã número um desde sempre, meus irmãos logo depois dela. O apoio deles é uma das razões por eu estar tendo sucesso no meu esporte.

Ela dá um tapinha na mesa.

— Quer saber? Preciso começar a fazer um boné para ela. Não podemos deixar que ela fique parecendo uma boba sem nada para apoiar o time.

E esses bonés enfeitados não são nada bobos...

Mas jamais diria isso. Minha mãe ama esses bonés. Ela os leva bem a sério e jamais estragaria isso para ela.

— Acho que é uma ótima ideia, mãe. Ela vai adorar.

— Ah, querido, já gosto demais dessa garota e ainda nem a conheci. Dá para dizer que vamos ser muito amigas, Knox.

Espero mesmo que sim. A garota que roubou meu coração também vai roubar o da minha mãe. É inevitável. Já a vi dar as boas-vindas a duas mulheres à nossa família com uma gentileza genuína e sincera, e quero isso para a minha garota também. É o que a minha mãe merece. E é o que a minha garota merece.

— Feliz Natal, linda — digo, recostado na cabeceira e segurando o celular à minha frente.

O rosto sorridente de Emory preenche a tela, com um gorro natalino na cabeça e um batom vermelho brilhante nos lábios deliciosos.

— Feliz Natal, Knox. — Acho que ela está no quarto dela, mas não dá para ter certeza, porque parece estar sentada em uma cadeira.

— Ganhou algum presente legal?

Ela passa os dedos ao longo do colar que lhe dei e então diz:

— Algumas roupas e cartões de presente. Também ganhei um porta-retrato com um cara bem gostoso e sem camisa nele.

Mexo as sobrancelhas.

— Dottie enfiou esse presente debaixo da sua árvore para mim.

— Pois é, e eu o abri na frente dos meus pais, avós e do tio Zeke. Foi bem divertido, ainda mais quando o tio Zeke perguntou por que havia um cara pelado ali.

— Ah, merda. — Rio. — Nem pensei nisso. E eu não estava pelado.

— Bem, a luva de beisebol cobrindo o seu pacote não pode ser considerada uma roupa.

— Você ficaria surpresa com quanto tempo levei para tirar essa foto.

— Dottie tirou uma foto do porta-retrato e está usando como tela de bloqueio do celular.

É claro. Jogo a cabeça para trás e rio.

— Não esperaria nada menos dela. Mas você gostou?

— Fiquei olhando tempo demais para ela, mas você poderia ter feito alguma coisa com as suas pernas branquelas.

— Pensei em bronzeamento, mas acabei descartando a ideia. Queria que você me visse do jeito natural.

— Um pouquinho cegante, mas ainda assim sexy.

— Sexy mesmo. Falei para minha mãe sobre a foto e ela pegou no meu pé por um instante antes de começar a rir. Quando mostrei, ela cobriu os olhos, mas depois deu uma olhada. Ela gostou da luva... cobrindo o meu saco.

Ela balança a cabeça, divertindo-se.

— Há algo bem errado com você, mas obrigada, é o meu presente favorito de hoje. Você recebeu meu presentinho? Não se compara ao que você me deu, mas já é alguma coisa.

— Recebi. Adorei os cookies, bons demais. Meio que estava esperando que você fosse me mandar umas calcinhas junto, algo que eu pudesse abraçar para dormir à noite.

— Jamais faria isso.

— Nem uma tanguinha?

— Não.

— Ah, qual é. — Sorrio para ela. — Se solta, linda.

— Sem chance de eu algum dia enviar uma calcinha para você por correio. E se o pacote for extraviado e algum pervertido acabar com a minha calcinha pendurada na parede dele e ele ficar olhando toda noite, enquanto agarra seu pau torto? Não, valeu.

— Há tantas coisas erradas com o que você acabou de falar, muitas coisas a perguntar, mas preciso saber uma coisa.

— O quê? — Seu sorriso é tão contagioso.

— A calcinha, como está pendurada na parede? Por fita adesiva? Pino? Prego?

Ela não responde de imediato, apenas pisca algumas vezes. Por fim, diz:

— O que há de errado com você?

— Vou interpretar isso como fita adesiva.

Knox: LIIIIINNNNDDDDAAAAA!!!!!!

Emory: Me deixa adiuinhar, você recebeu o pacote?

Knox: Calcinha!! Estou usando agora.

Emory: Para. Não está, não.

Knox: Que nada, não deu para passá-la pelas minhas coxas.

Emory: Você é ridículo. Suas coxas não são tão grossas assim.

Knox: Já faz duas semanas que você não me vê. Elas estão enormes, linda.

Emory: Elas ainda devem ser aquelas coxas de frango branquelas que conheço muito bem.

Knox: Ei, cuidado. Elas não são coxas de frango. São coxas grossas de homem.

Emory: Tá bom...

Knox: Continua duvidando de mim, quando você me vir de novo, vou te segurar com elas.

Emory: Que romântico.

Knox: Quer saber o que é romântico?

Knox: [Foto]

Emory: O que há de errado com você? Por que pendurou minha calcinha com uma fita adesiva?

Knox: Pareceu a coisa certa a fazer. Pelo menos o cara agarrando o pau enquanto olha para ela não tem um pênis torto.

Emory: Ou é o que você acha.

Emory: O que é isto?

Emory: [Foto]

Knox: O que você acha?

Emory: Parece um jockstrap, mas não consigo entender por que você me mandou isso junto com um pouco de caramelo da vovó Sue.

Knox: NA VERDADE, é o meu jockstrap.

Emory: E por que raios você achou que eu ia querer isso? (Obs.:. obrigada por ter colocado em uma bolsa à parte para não contaminar o caramelo.)

Knox: Você me mandou uma calcinha, eu te mandei o meu jockstrap. Não se preocupa, linda, eu lavei, mas o coloquei no meu pênis logo antes de enviar para você, caso queira se sentir perto de mim.

Emory: Você não se dá conta de que isso é pior do que mandar uma foto do seu pau?

Knox: De jeito nenhum, é muito melhor. Considere esse o seu novo travesseiro.

Emory: Nossa, a gente não vai mesmo conseguir aguentar um mês. Nunca imaginei que a gente fosse terminar por causa de um jockstrap.

Knox: Não tenha raiva do protetor de pênis, linda. É bem romântico.

Emory: Desculpa informar, mas isso não é romântico.

Knox: É um pouco.

Emory: É o oposto de romântico.

Knox: Só um pouquinho romântico.

Emory: Quase vomitei quando abri.

Knox: Agora você está sendo dramática.

Emory: Com licença, preciso ir ao banheiro de novo.

Knox: O QUE É ISTO???

Emory: Adivinha.

Knox: Por que você me mandou um enchimento para sutiã?

Emory: Já que a gente tem mandado coisas um para o outro...

Knox: Linda, isto é... por favor, me diga que isto tocou os seus seios.

Emory: Várias vezes.

Knox: Eu poderia chorar agora. Vou usar como máscara de dormir.

Emory: Se você fizer isso, quero que tire uma foto.

Knox: Ouuu posso pendurar na parede com a calcinha. Vou ter um santuário seu na minha parede para que eu possa olhar antes de ir para a cama. Caramba, estou tão indeciso.

Emory: As possibilidades são tantas.

Knox: Ou posso pedir para a minha mãe costurar a calcinha e o enchimento no travesseiro. Mal posso esperar para embarcar nessa ideia.

Emory: NÃO FAÇA ISSO!

Knox: Já fiz.

Emory: Não estou brincando, Knox.

Knox: Ela gostou da cor da sua calcinha, combina bem com o seu tom de pele, foi o que ela disse. Tenho mostrado fotos suas para ela.

Emory: Se você não estiver brincando, eu vou te matar.

Knox: Ela também elogiou o tamanho do seu busto e quer saber se você dorme com o meu jockstrap.

Emory: Não, uso na minha cabeça. Estou usando como máscara de dormir para que meus pais achem que eu enlouqueci de vez.

Knox: É isso aí.

Emory: Você mostrou mesmo para a sua mãe?

Knox: Que nada, sua boceta e seus peitos são particulares, só para mim.

Emory: Boa resposta, o que significa que vou fazer uma chamada de vídeo de topless para você hoje à noite.

Knox: Aí sim!

Emory: Estou com medo de abrir este pacote.

Emory: [Foto]

Emory: Você me mandou um jockstrap da última vez, quem sabe o que isto pode ser?

Knox: Que bom que você recebeu! O atendente lá no correio me deixou todo confuso, aí nem sabia por qual pacote estava pagando.

Emory: Se eu abrir isto, vai ser alguma coisa que vai saltar em mim?

Knox: Que nada, linda. É uma coisa boa. Nada de jockstrap. Nem cobra.

O celular toca na minha mão e eu atendo de imediato, abrindo o FaceTime para que possa ver a minha linda namorada.

— Oi — digo, me recostando na cabeceira. Terminei a minha sessão vigorosa de levantamento de peso, então meus músculos estão feito geleia. Mas quando Emory olha para o celular, lágrimas escorrem dos seus olhos, e quase salto da cama. — O que foi, Em?

Ela segura a camisa que mandei para ela e a leva ao nariz. Tentei pensar outra coisa para enviar, algo mais significativo e então me veio a ideia um dia desses. Peguei uma das minhas camisetas de beisebol de Brentwood, borrifei um pouco de perfume — por que não? — e então a embrulhei para a minha garota com um pacote de Oreos. Porque nunca é demais.

A tensão nos meus ombros diminui ao perceber que ela está chorando de alegria, não de tristeza.

— Está tudo bem? — pergunto, só para ter certeza. Quando ela balança a cabeça, a tensão reaparece. — O que foi?

Ela enxuga uma lágrima, uma que eu mesmo poderia ter enxugado.

— Estou com saudades.

Não sorria; ela não vai gostar disso.

Sei que ela gosta de mim, mas fico imaginando se meus sentimentos por ela encobrem o que ela sente por mim. Talvez seja verdade, mas neste instante, quase parece que gostamos um do outro na mesma proporção. Droga, sua confissão me faz querer estufar o peito como a droga de um pavão orgulhoso. E é compreensível, já que Em era reservada e cuidadosa, mas agora está se abrindo comigo.

— Também estou com saudades, Em.

— Aff, isso é ridículo. Eu não deveria estar chorando. — Ela enxuga os olhos de novo e segura minha camiseta junto a ela. — Mas isto significa muito para mim, Knox. Obrigada.

— Por nada. Se eu soubesse que teria esse tipo de reação, já teria enviado uma camiseta. Só mais uma semana e meia, linda.

— Eu sei. Tenho contado os dias. Tenho curtido meu tempo com a família, mas passar o Ano-Novo sem você vai ser uma droga. Minha mãe está animada para jogar e comer aperitivos, e só o que quero é ficar nos seus braços e te beijar a noite toda.

— Droga. — Esfrego a nuca. — Seria ótimo. Acha que eu conseguiria brincar um pouco com os seus peitos também?

— Com certeza. E provavelmente te daria Oreos na boca.

Aponto para o celular.

— Não ouse me provocar. Essa é uma fantasia minha.

— Ah, é? — Ela ri, aquela bela curva retornando aos seus lábios.

— Você de topless, usando um fio-dental preto, com o cabelo caindo em cachos sobre os ombros, um pacote de Oreos na mão, esperando para colocá-los na minha boca.

— Você tem umas fantasias bem estranhas.

— E como pode ser estranho? Acho que são bem comuns. Estranho seria se eu dissesse que queria que você usasse uma máscara de alienígena enquanto empunhasse uma espada e colocasse Oreos na boca.

— Acho que sim. — Ela suspira e se recosta no travesseiro, rolando de lado e levantando o celular. Faço a mesma coisa, como se estivéssemos deitados lado a lado na cama.

— Você tem alguma fantasia? — Mexo as sobrancelhas.

Um sorriso malicioso cruza seus lábios.

— Transar no vestiário.

— Sério? — Torço o nariz e franzo a testa. Sem chance. Ela mostrou seu desprezo pelo vestiário desde que a conheci. — Mentirosa.

— Sou mesmo. Além disso, se a gente transasse lá, não significaria que ficaríamos preso um ao outro para o resto da vida?

— É a regra geral. Faça no vestiário e se case.

Ela balança a cabeça.

— Acho que não consigo ter esse tipo de compromisso. Não quando venho em segundo lugar, depois de Oreos.

Isso me faz rir.

— Foi mal, linda, mas fatos são fatos. Oreos vão estar sempre em primeiro lugar.

CAPÍTULO 24

EMORY

— Muito obrigada. De verdade — digo para Dottie, enquanto me olho no espelho uma última vez. — Sério, te devo uma.

Ela dispensa com a mão.

— Você não me deve nada. É para isso que servem as amigas.

Voltei para Brentwood alguns dias mais cedo. Falei para os meus pais que era porque meu estágio estava requisitando a minha ajuda antes que os alunos voltassem, mas quando eles se entreolharam com aquele brilho cúmplice no olhar, soube que fui pega. Queria ver o meu namorado e já não conseguia esperar mais.

Mas como cheguei cedo, os dormitórios não estão abertos, então o pai de Dottie conseguiu um quarto de hotel para nós. Ela ficou mais do que feliz em me ajudar quando liguei para ela e voltamos juntas, nos dando um tempinho só para as garotas.

— Você vai mesmo fazer isso? — Dottie pergunta, esfregando as mãos, sentada de pernas cruzadas na cama king-size que dividimos na noite passada.

— Não. Tipo... acho que não, a menos que ele comece a vacilar e perca a aposta.

— Aff. — Ela se joga nos travesseiros brancos e fofos. — Você e essa aposta idiota. Sério, termina logo com isso.

— Não tem a ver só com a aposta. Tem meio que se tornado uma forma maluca de preliminares. Já fiz coisas com Knox. Coisas que nunca fiz antes. Conseguimos gozar de maneiras que não imaginei que fossem possíveis.

— Tipo quais? — Dottie pergunta, duvidosa.

Meu rosto fica quente só de pensar nas coisas que fizemos por telefone, nas coisas que ele me disse em sua voz profunda e baixa para que sua mãe não escutasse. Ou no que fizemos antes de viajar para o recesso de Natal. Meu Deus, só de lembrar em como ele deslizou para cima e para baixo no meu clitóris me faz remexer com uma dor distante.

— Apenas... coisas.

— Tipo... com a mão? Você já fez isso antes.

— Não quero entrar em detalhes, Dottie. É constrangedor falar sobre isso. — Me inclino para frente e reaplico o brilho labial.

— Ora, só porque vocês dois têm feito isso como dois adolescentes com tesão e com medo de engravidar?

— Bem isso. — Estalo os lábios e então afofo o cabelo mais uma vez. — Você acha que ele vai ficar empolgado?

— Você só pode estar brincando, né? — Ela gesticula para mim. — Acho que assim que ele te ver, vai gozar na calça. Ainda mais depois da conversa que ouvi ontem à noite. Ele te fala sacanagem.

— Eu sei. — Sorrio, me sentindo incrivelmente sortuda. — Tudo bem, estou pronta.

— E ele não faz ideia de que você está aqui?

Coloco a bolsa que guarda um pacote de Oreos no ombro.

— Não. Ele acha que ainda estou na Califórnia.

— Sem dúvida ele vai ficar louco. Queria ser uma mosca para observar quando ele te vir.

— Que bom que não é, porque você iria acabar vendo muita nudez.

Jogo um beijo de despedida para ela e então encontro com o motorista do Uber à entrada do hotel. Só estou a alguns quarteirões de distância, mas com o frio, não estou a fim de andar até o loft. Carson se encontrou comigo na noite passada e me deu uma chave para o loft. Os caras voltaram para a universidade alguns dias mais cedo, então estão treinando neste momento, me dando a oportunidade perfeita de fazer uma surpresa para Knox.

Checo a hora no celular. Vou ter tempo só para entrar em seu quarto e me preparar antes que ele apareça.

Carson tem me mandado mensagens de atualização, e eles acabaram de tomar banho e estão retornando com pizza.

Uma fatia de pizza cairia bem agora, depois que eu atacar meu namorado.

Em questão de minutos, sou deixada no loft e vou até o terceiro andar. A porta emperra um pouco quando tento abri-la — é uma daquelas portas corrediças gigantes —, mas consigo entrar e vou direto para o quarto com a porta amarela.

Por um instante, faço uma pausa, e uma onda de ansiedade me atinge com lembranças de quando peguei Neil com outra garota. Ele entrava nela por trás, na cama que dividíamos. Meu estômago fica embrulhado e em vez de passar pela porta, encosto o ouvido na madeira, tentando escutar, notar se ouço alguma coisa.

O que estou fazendo?

É vergonhoso pensar algo assim.

Aquele foi Neil. *Babaca*. Este é Knox. *Dedicado*. Ele é diferente em todos os aspectos. É atencioso, carinhoso, cuidadoso e comprometido. *Comigo*.

Ele jamais me trairia.

Respirando fundo, abro a porta e logo sou atingida por uma onda de conforto. O quarto tem um tamanho decente, a cama está desfeita, as roupas no chão, uma tigela vazia de cereal na sua escrivaninha e seu perfume habitual envolve o quarto. Não consigo impedir um sorriso. Este é o meu namorado. *Meu Deus, como senti saudade*.

Por ser uma namorada legal, jogo suas roupas no cesto — não faço ideia de por que ele não fez isso —, ajeito os lençóis na cama e levo a tigela vazia para a pia da cozinha assim que ouço vozes dos caras por perto.

Epa!

Saio correndo para o seu quarto, fecho a porta e tiro a roupa para sua fantasia.

Cachos, ok.

Topless, ok.

Fio-dental preto, ok.

Pacote de Oreos... *estranhamente* ok.

Risos se aproximam da porta e me mantenho firme. Ajoelhada na cama alta, seguro o pacote com uma das mãos e coloco a outra no quadril, enquanto estufo o peito.

Por Deus, espero que Knox seja o único a entrar pela porta.

— Só vou deixar a mochila no quarto — Knox diz, abrindo a porta.

Sinto um friozinho na barriga, meu nervosismo me afetando tanto que posso até vomitar. E é quando o vejo passar pela porta. Com a cabeça virada para baixo a princípio, posso observá-lo em sua calça de moletom preta, camiseta justa de manga comprida e o boné de beisebol virado para trás.

Senti tanta saudade dele.

Ele coloca a mochila no chão e está prestes a sair do quarto, o que me deixa em pânico, então pigarreio, fazendo-o levantar a cabeça às pressas. Por um instante, ele pisca algumas vezes, como se não estivesse acreditando no que está vendo.

— Puta. Merda.

Estou prestes a dizer *surpresa* quando uma voz feminina chega por trás de Knox.

— Knox, querido, vou colocar as minhas coisas no seu quarto também.

Em câmera lenta, a porta se abre mais e uma mulher bem atraente entra no quarto. Cabelo longo e loiro, corpo pequeno...

Porra. Não. Não.

Cubro os peitos às pressas com os braços e me afundo no colchão assim que Knox diz:

— Saia, mãe.

Mãe?

Ai.

Meu.

Deus.

E então, claro como o dia, vejo os mesmos olhos nos quais amei mergulhar no último mês por chamada de vídeo.

— Hein? — ela indaga, olhando para mim. Chocada, ela tropeça para trás, batendo na parede e cobrindo os olhos. — Ai, meu Deus, me desculpe. Com licença. — Ela se arrasta para fora do quarto e fecha a porta, me deixando tão humilhada.

À beira das lágrimas pela montanha-russa de emoções que atingiram meu coração, me viro na cama e enterro a cabeça no travesseiro, mal sendo capaz de entender o que acabou de acontecer.

A mãe de Knox, supostamente a melhor amiga dele, acabou de me ver apenas de fio-dental na cama de seu filho... segurando a droga de um pacote de Oreos.

Ai.

Meu.

Deus.

Só me mate.

Meu rosto queima de vergonha, e as lágrimas fazem meus olhos arderem, enquanto tento apagar toda a cena da cabeça.

E a pior parte? Achei que ele estava me traindo... Naquele *meio segundo*, meu coração afundou até o chão de madeira, me deixando sem fôlego com uma rachadura no meu coração que mal se recuperou.

Lágrimas caem e seguro um soluço que quer escapar. *Ele não estava me traindo, ele não estava...*

Mas a voz dela, meu Deus, foram os piores segundos da minha vida. *Knox, querido...*

O colchão afunda e a mão de Knox desliza pela minha coxa até meu traseiro nu. Ele deixa a palma na minha bunda e se debruça para pressionar um beijo onde sua mão está roçando. Dali, seus lábios vão deixando um rastro quente e sedutor nas minhas costas, nos ombros, e então no meu pescoço, onde ele afasta o cabelo para o lado, para ter um acesso melhor.

— Linda. — Ele me vira, revelando meus seios e minhas lágrimas. Seus olhos suavizam enquanto ele enxuga meu rosto. — Está tudo bem, Em.

— Estou tão humilhada. — Cubro os olhos com o braço, enquanto minhas lágrimas fluem. Sou incapaz de me impedir de chorar agora. *Isto não é... isto com certeza não era o que eu queria.*

Seu corpo quente se deita ao meu lado, enquanto ele passa os braços ao meu redor, me puxando para o seu peito. Ele tira o braço do meu rosto e vira o meu queixo, então sou forçada a olhar em seus lindos olhos. Isso só me faz chorar ainda mais.

— Linda. — Ele dá uma risadinha, dando um beijo entre meus olhos e bochechas. — Não chore, está tudo bem. Minha mãe não liga.

— Não é só isso. — Respiro fundo. — Por um segundo, quando ouvi a voz da sua mãe, achei que você estava trazendo outra pessoa aqui para o seu quarto.

— Em. — Ele suspira e me aperta com mais força. — Você sabe que é a única que eu quero.

— Eu sei, e foi só por meio segundo, mas me atingiu com mais força do que eu estava esperando. Foi como se tudo o que estivesse certo no meu mundo fosse roubado de mim.

— Dá para ver como isso pode ser perturbador, mas, Em, você é tudo o que eu quero... sempre. — Ele beija minha testa e então meus olhos de novo e leva os lábios aos meus, onde dá beijos suaves e doces, comunicando sem palavras o quanto gosta de mim de verdade.

A cada pressão de seus lábios nos meus, a nuvem escura que estava roubando a minha felicidade começa a desaparecer, até que minha cabeça parece clarear outra vez, e minha mão vai para dentro da sua camiseta. Os músculos se contraem sob meu toque e ele geme junto à minha boca.

— Linda — ele sussurra. — Você não pode me tocar assim, não quando minha mãe está do outro lado daquela porta.

— Senti saudade, Knox.

— Porra, também senti saudade. — Sua língua roça na minha antes de ele se afastar e segurar meu rosto. — Senti tanta saudade, e nem consigo acreditar que você está aqui... assim. Você está tão gostosa.

Olho para baixo, ainda um pouquinho envergonhada.

— Queria fazer uma surpresa.

— Bem, você conseguiu. Porra, fiquei duro pra caralho assim que vi você. Caramba, linda, tive uma ereção na frente da minha mãe.

Abafo uma risada em seu ombro.

— Por que você não me disse que ela estava aqui?

— Ela me fez uma surpresa no último minuto e voltou comigo. Vai ficar por duas semanas. Alugou um Airbnb no prédio em frente ao nosso. Ela ama assistir aos amistosos.

— Parece que todo mundo quer te fazer uma surpresa.

— Gostei muito mais da sua surpresa. — Sua mão fica entre nossos corpos, onde ele envolve meu peito, e seu polegar pressiona meu mamilo, endurecendo-o a um pico rígido com os calos de sua mão áspera.

— Meu Deus, Knox. — Minha cabeça cai para trás. — Quero tanto você que chega a ser ridículo.

— E você decide me dizer isso com todos os caras e a minha mãe lá na sala, esperando para comermos pizza?

— Eu sei, desculpa. — Levanto o corpo e seus olhos se fixam nos meus seios no mesmo instante.

— Merda — ele murmura logo antes de me puxar de volta para a cama, onde abre minhas pernas e enfia a mão dentro do fio-dental para me encontrar já molhada. — Porra, linda. Você está tão molhada.

— Quero você, Knox.

Encorajada a retribuir o favor, enfio a mão pelo seu cós e agarro a base de seu pau. Ele sibila com força por entre os dentes cerrados, enquanto sua cabeça cai para frente. Ele se senta e abaixa a calça e a cueca até a bunda, me dando um acesso melhor e então volta a mão para o meu clitóris, onde seu polegar faz círculos na pequena protuberância.

— Você não pode fazer barulho, Em. Amo quando geme meu nome, mas não pode fazer barulho nenhum.

Assinto.

— Posso... ai, Deus.

— Emory — ele repreende, parando a mão. — Estou falando sério pra caralho. Quieta.

Aperto os lábios e assinto outra vez. Mas, meu Deus, o que ele está fazendo é tão bom, e quando ele enfia dois dedos em mim, quase ofego alto o suficiente para todos os vizinhos ouvirem.

— Caramba, Em. Vou parar.

Balanço a cabeça e passo a mão pelo seu pau até a cabeça, onde meu polegar passa pela ponta.

— Não, por favor — sussurro. — Vou ficar quietinha. Prometo.

— Tuu-do bem — ele solta quando meu polegar esfrega a parte de baixo da cabeça de seu pau. — Ah, porra — ele geme baixinho no meu ouvido. — Caramba, linda. Não vou durar muito.

— Nem eu — ofego, enquanto ele faz pequenos círculos no meu clitóris. — Ah, bem aí. Isso, Knox. — Mal consigo ouvir minha voz, e espero que seja por estar falando tão baixinho, e não pelo martelar do meu coração.

— Estou chegando lá, Em — ele diz com um grunhido, e sua libertação é letal para os meus ouvidos, me deixando louca.

Minhas costas arqueiam, meu clitóris pulsa em seu polegar e meus quadris giram com a pressão de sua mão.

— Porra — sussurro, puxando sua nuca enquanto sinto o prazer, flutuando aos poucos, até que fico completamente exausta.

Respirando com dificuldade, nós dois nos entreolhamos, casualmente tocando um ao outro, passando um dedo numa bochecha, um polegar pelas costas. Nossos sorrisos se alargam, enquanto uma troca silenciosa passa entre nós; estamos juntos de novo.

— Estou tão feliz que você está de volta. — Ele dá um beijo no meu nariz. — Obrigado pela melhor surpresa de todas.

— Por nada. Agora, seria ótimo se você pudesse me ajudar a sair do seu quarto pela janela para que eu não tenha que encarar a sua mãe.

— Ah, para! Ela vai adorar você. Vista-se, está na hora de conhecê-la.

— Espero que ela não tenha visto nada do meu corpo.

— Que nada, você se cobriu depressa.

Com um último beijo, ele se levanta da cama e nós dois nos limpamos e nos vestimos. Parece que estou prestes a dar mais um passo no nosso relacionamento: conhecer a mãe dele.

Capítulo 25

Knox

Puta merda, minha garota está aqui. Entrar no quarto e vê-la na minha cama… bem, praticamente não usando nada, não há palavras para descrever esse sentimento. *Além de inegavelmente gostosa. Deslumbrante. Com tesão.* Mas ver o colar ao redor de seu pescoço, o que dei a ela, pendurado perto do seu coração… minha garota. Ela disse que não iria tirá-lo, e pode ser que eu seja um babaca orgulhoso, mas gostei. Seu peito despido, exceto pelo coração que dei a ela.

E quando vamos para a sala, com os dedos entrelaçados, ainda não consigo acreditar que ela fez isto. Aproveitou a oportunidade de esperar por mim. Emprestei algumas roupas para Emory, uma calça de moletom e uma camiseta que está grande até demais para ela, para ficar mais vestida do que com a roupa que veio. Por mim, teria sido tudo bem ela ter ficado só de fio-dental, mas considerando que ela vai comer pizza com a minha mãe e meus colegas de time, prefiro que fique coberta, apesar de quão perfeita é sua bunda.

Quando entramos na sala, todos os olhos se voltam para nós, e posso sentir Emory se encolher atrás de mim. Mantendo o aperto firme em sua mão, indago:

— Sobrou algum pedaço pizza aí?

— Bastante — Carson diz, empurrando a caixa na nossa direção. — Vocês devem estar famintos.

Porra, sabia que Emory tinha sido barulhenta demais.

Me encolhendo um pouco, me viro para minha mãe, que está comendo uma fatia de pizza, sentada de pernas cruzadas no sofá. Ela parece… feliz.

— Hum, mãe.

— Ah, sim, querido, venha comer. — Ela dá um tapinha no lugar ao seu lado e faz um gesto para nos sentarmos.

Obedeço e puxo Emory para o meu colo.

— Essa deve ser a Emory. — Minha mãe limpa a mão no guardanapo e a estende.

Ainda tímida e corada, Emory fala:

— É um prazer conhecê-la, sra. Gentry. Me desculpa por aquilo. Estou me sentindo totalmente humilhada pela senhora ter me visto daquele jeito.

Minha mãe a dispensa com a mão.

— Ah, não precisa se sentir mal. Na verdade, deveria estar orgulhosa. Você tem seios muito bonitos.

Engasgo com a minha própria saliva, enquanto a sala cai na gargalhada. E todos os caras do time pretendem ouvir nossa conversa.

— Mãe! — tento dar uma reprimenda entre a crise de risos, enquanto as mãos de Emory cobrem o rosto envergonhado.

Sem saber o que disse de errado, minha mãe olha ao redor.

— O que foi? É verdade. Tão empinados e com aréolas maravilhosas. Eu queria ter seios assim.

Meu.

Deus.

Tipo... sim, Emory tem peitos de dar água na boca, os melhores que já vi, porra, mas não preciso que minha mãe os aprecie ou que me deixe duro enquanto os descreve em detalhes para toda a sala.

Pego alguns olhares dos meus colegas de time indo para o peito coberto de Emory.

— Ei! — Faço gestos para a sala. — Parem de olhar, babacas.

Eles riem e voltam para a pizza.

Ainda alheia, minha mãe continua:

— E o seu corpo é bem bonito, mas vou te dizer duas coisas.

— Talvez seja melhor deixar pra lá, mãe.

Ela balança a cabeça enquanto mastiga um pedaço de pizza e engole.

— Isto precisa ser dito. — Ficamos em silêncio, e aperto Emory com um pouco mais de força, tentando transmitir a ela o quanto lamento pelo que minha mãe está prestes a dizer. — Comer Oreos na cama não é uma boa ideia, querida. Pense nas migalhas.

Emory assente.

— Tem razão, sra. Gentry. Fui descuidada. — Há uma nota de humor em sua voz, e dá para ver um sorrisinho curvar o canto esquerdo da sua boca. Porra, isso envia um raio de alegria pela minha espinha.

Minha garota é tão legal.

— E apesar de ser bem atraente, a roupa de baixo que você escolheu não é muito sensata. Mal cobre as suas partes.

Desta vez, ela fica pálida. E não a culpo.

— Que tipo de roupa de baixo? — Carson pergunta.

— Aqueles fios de calcinha.

— O quê?

— Um fio-dental, mãe. — Por que acabei de corrigi-la?

Ela assente, percebendo o erro.

— Isso, fio-dental. Ah, fica lindo em você, srta. Ealson, mas é bem insensato. Você não usa isso o tempo todo, certo?

Quase todo santo dia, mas não digo isso.

— Não. — Emory balança a cabeça. — Só enquanto estou com Oreos na cama e de... topless.

Sua resposta choca minha mãe, mas antes que eu possa vir em seu socorro, todo mundo na sala, incluindo a mulher que me criou, caem na gargalhada. É quando olho ao redor e me dou conta de algo importante: Emory se encaixa no meu mundo. *E* minha mãe acabou de aprovar os peitos da minha namorada e conheceu seu par em atrevimento... Parece que esta garota veio para ficar, para sempre.

Meus colegas de time se retiraram para seus respectivos quartos, dando a Emory, a minha mãe e a mim um tempo sozinhos na pequena sala perto dos quartos. Temos várias salas no loft e já que a maior está ocupada por cinco dos meus colegas, incluindo Carson e Holt, que estão jogando beisebol no PlayStation do time, saímos de lá.

Pensei em levar minha mãe para o meu quarto, mas a cama está bagunçada, e considerando o maravilhoso trabalho de Emory com as mãos uma hora atrás, achei que seria estranho minha mãe se sentar na minha cama. Só dá para imaginar o que ela diria se encontrasse evidências de mais cedo.

Com Emory no colo, porque me recuso a deixá-la se sentar em outro lugar, mantenho o braço firme ao redor de sua cintura e descanso a mão em seu quadril. Ela se inclina para mim, graças a Deus sentindo-se mais à vontade.

Minha mãe cruza as pernas e leva a xícara de chá à boca. Ela carrega saquinhos de chá na bolsa, então aonde quer que vá, pode desfrutar de uma xícara de sua bebida favorita. Ela até tem uma maleta só para chá, onde carrega três tipos diferentes o tempo todo. Chá inglês, chá verde e um de hortelã e pimenta. Eles são para momentos específicos do dia ou humor.

Neste momento, ela está bebendo o de hortelã e pimenta. Dá para sentir o cheiro fresco de menta daqui.

Ela inclina a cabeça para o lado depois de tomar um gole do chá, examinando-nos.

— Não consigo aguentar o quanto vocês dois ficam lindos juntos. Parece um daqueles casais de Instagram, sabe, os bem fofos que se amam muito. Sou louca por eles.

Que jeito de jogar a bomba do amor, mãe.

Jesus.

Ainda bem que Emory não demonstra nenhum tipo de ódio pelo termo, em vez disso, apenas diz:

— Tipo Jennifer Lopez e A-Rod?

— Isso — minha mãe responde, animada. — Ai, meu Deus, estou tão obcecada pelos stories deles. Sou louca pelos vídeos que eles fazem juntos. J-Rod — minha mãe diz, sonhadora. — Ai, meu Deus, qual seria o nome de casal de vocês? — Ela pensa nisso por um instante. — Emox... ou Knemory. Ah, amo Knemory. Parece tão poético.

— Knemory soa bem — acrescento.

— Não sei não, que tal Emorox?

— Ahhh, parece um nome tirado de *Game of Thrones*. — Fazendo uma voz mais grossa, minha mãe diz: — Cuidado, Jon, Emorox está vindo pelas colinas, com seus dragões cuspidores de fogo, Knemory e George.

— George? — Emory ri alto, cobrindo a boca. — Por que George?

— Bem, você já viu os nomes que eles usam na série? São todos exóticos que nunca se ouviu antes... Cersei, Gregor, Arya... e aí no meio disso tudo, temos o bom e velho Jon Snow. É justo que os dragões também façam parte disso aí.

— Mas o Jon está longe de ser igual a eles — defendo. — Ele foi trazido de volta dos mortos.

Minha mãe fica boquiaberta, com o choque puro e absoluto no rosto.

— Jon Snow morre?

Merda.

Emory dá uma cotovelada na minha barriga.

— Onde foram parar os seus modos de GoT? Você nunca deve falar sobre os fatos da série até que saiba quais episódios alguém já assistiu. Você é uma daquelas pessoas que contam tudo para alguém que acabou de começar a assistir.

Aham

— Quer dizer... hã... ele não morre.

— Você acabou de dizer que ele foi trazido de volta dos mortos — fala minha mãe.

— Bem, pelo menos ele está vivo, não é? — respondo, me sentindo culpado.

Ela bate na almofada do sofá e murmura:

— Inacreditável.

— Desculpa, sra. Gentry, que o seu filho seja um bárbaro e que tenha quebrado a sua confiança em GoT.

Pressionando a mão na testa, minha mãe diz:

— Quer saber? Eu me culpo. Pensei que o tinha ensinado um pouco de decoro. Mas acho que não.

— Não se culpe — Emory responde. — Você fez tudo certo. É culpa é dos bobões com quem ele sai. Não dá para controlar depois que eles vão embora do ninho.

— Tem razão — minha mãe concorda e se inclina no sofá para dar um tapa na parte de trás da minha cabeça.

— Ei! — reclamo, enquanto esfrego o local dolorido. Olho para as mulheres da minha vida e digo: — Não gosto que vocês se juntem contra os meus defeitos.

— Você queria que a gente se desse bem, não é? — Emory pergunta. — Bom, acontece que gostei da sua mãe, ainda mais depois que ela elogiou os meus seios.

— Ah, já entendi. — Continuo olhando para as duas. — Tudo bem para você se a minha mãe te pegar sem blusa, agora que já passamos pelo constrangimento?

Os olhos de Emory se estreitam.

— Com esse tipo de atitude, pode ser a última vez que você viu meus seios.

Minha mãe ergue o punho no ar, como se dissesse "Girl Power". E então ela diz:

— Mostre para ele, Emory. Não deixe que te trate com grosseria.

— Eu não estava tratando com grosseria...

— Mantenha esses lindos seios cobertos, e se você ficar tentada a mostrá-los para alguém, mostre apenas para mim.

— Você se dá conta do quanto isso é errado, mãe?

— Quer ir ao banheiro agora, sra. Gentry?

— Eu adoraria.

As duas se levantam, mas antes de se moverem, puxo a mão de Emory, trazendo-a de volta para o meu colo.

— Isso jamais vai acontecer. Meu Deus, o que há de errado com vocês?

As duas riem, com bastante alegria de sua recém-descoberta conexão. Não consigo ficar bravo, porque não é sempre que uma mãe aceita uma garota, e pelo brilho nos olhos da minha mãe, ela gosta muito de Emory. *Isso faz eu me sentir incrível.*

Capítulo 26

Emory

— O que devo esperar amanhã?

Curvada junto ao peito de Knox, descanso a mão em sua pele nua, fazendo círculos com o dedo, enquanto ele passa a mão sem pressa pelos meus longos cachos.

— Como é um amistoso, nada especial quando se trata de ostentação, já que eles guardam isso para o nosso primeiro jogo em casa da temporada, mas você precisa se preparar para a minha mãe.

— Como assim? Passei as duas últimas semanas conhecendo-a, ela é fantástica.

— Ela é maluca quando se trata de beisebol, ainda mais nos meus jogos. Ela disse que tinha que voltar para casa mais cedo, porque estava cansada, mas é mentira. Sei exatamente o que ela está fazendo.

— E o que seria? — Não consigo imaginar a mamãe Gentry... pois é, é assim que a estou chamando agora... fazendo qualquer coisa fora do comum. Ela é um pouco sem rodeios, e adoro isso, e ela é divertida demais, então imagino que tenha essa personalidade exultante no jogo. A menos que vire alguém completamente diferente.

— Se preparando. Ela tem a sua própria caravana para os jogos. Estou falando de bandeiras, dedões de espuma, lanchinhos para a torcida e o time. Ela tem várias roupas que experimenta na véspera, com tempo para decidir o que quer usar no jogo, e nem estou falando das suas roupas extravagantes. Ela enfeita seus próprios bonés de beisebol. Certa vez, pediram que ela tirasse seu colete jeans de Brentwood, porque o brilho estava distraindo os jogadores, refletindo as luzes.

— Mentira.

— Queria que fosse. Ela é demais, linda.

Mamãe Gentry é mesmo demais, dá para ver de onde vem a personalidade engraçada e descontraída de Knox. Ver os dois interagindo alegra o meu coração.

— Se é esse o caso, espero que ela tenha um dedão de espuma para mim, porque mal posso esperar para torcer por você.

— Ah, é? — Ele dá um beijo suave na minha testa, seus lábios pairando ali. — Mal posso esperar para te mostrar as minhas habilidades.

— Acha que pode me impressionar?

— Ah, eu sei que posso, linda. Você nunca viu ninguém como eu no campo. Visto calça apertada, então não vai ser só o meu talento à mostra. Já sou um show à parte.

Dou uma risadinha.

— E bem modesto também.

— Só estou te preparando. Você pode acabar com tesão. Não quero que tenha um orgasmo na torcida amanhã, ainda mais ao lado da minha mãe. Ela já viu os seus peitos, mas ver a sua cara enquanto goza é passar dos limites.

— Vou tentar me conter — falo, inexpressiva.

Mudando de assunto, ele pergunta:

— O que você está planejando usar amanhã.

— Hã... roupas?

— É melhor mesmo você usar roupas, mas está planejando usar alguma coisa de Brentwood?

— A única coisa que tenho é uma camiseta simples com o logotipo da universidade. Acho que não vai me esquentar o suficiente. Você disse que é frio lá no estádio.

— Durante o inverno, sim. A universidade não paga para aquecer o estádio para os amistosos. Que tal você usar um dos meus moletons?

— Aquelas coisas que eu odeio?

— É, ficaria sexy.

— Ficaria enorme em mim. Você veste GG, Knox.

Ele enrola uma mecha do meu cabelo no dedo.

— Faça um daqueles truques que as garotas fazem o tempo todo.

— Com um moletom enorme?

Ele suspira junto à minha cabeça, e mechas de cabelo flutuam com a expiração.

— Por favor.

É o pedido que quebra a muralha que ergui. O tom de sua voz, a forma como ele me pede, não consigo negar nada a este homem.

Me sentando, com a mão em seu peito, olho para ele. Seus olhos examinam os meus por alguns instantes antes de eu dizer:

— Será uma honra usar o seu moletom.

— Sério? — Seus olhos se iluminam de esperança. *É fácil agradá-lo.*

— Sério. Você é o meu melhor amigo, afinal.

Os cantos de seus lábios se erguem.

— Gostei disso.

— E o meu namorado — acrescento antes de fechar o espaço entre nós e pressionar os lábios nos seus.

Ele murmura junto à minha boca e me vira de costas.

— Gostei mais ainda disso.

* * *

Puta.

Merda.

Knox não estava brincando quando disse que a mamãe Gentry tinha sua própria caravana. Estou em um assento acolchoado portátil da Universidade Brentwood, usando um boné de beisebol enfeitado e com um cobertor do time de beisebol de Brentwood no colo, enquanto como um sanduíche de geleia de amendoim em forma de B.

Não consigo dar conta de sua roupa com todo este fuzuê acontecendo, nem consigo descrever a empolgação transbordante desta mulher. É como se ela nunca tivesse celebrado o Natal antes e essa fosse a primeira vez. E tal descrição não faz jus ao seu estado.

Ela está radiante.

— Olha só para o nosso garoto lá. — Ela enlaça o braço no meu, trazendo-me para perto. — Tão alto, tão lindo.

E aquela calça.

Nossa, Knox não estava brincando. Ele é um show à parte lá.

Calça branca justa, camisa perfeitamente justa, que molda seu corpo largo, um boné de beisebol que sombreia seus olhos, e uma faixa preta na mesma mão que ele usa a luva. É sexy.

Sexy pra caramba.

Tão sexy que estou pensando em todas as sacanagens sobre as quais não deveria estar pensando enquanto estou sentada ao lado da mãe dele.

E não sou a única garota que nota o quanto Knox está sexy naquele uniforme. Na seção dos alunos do estádio, há várias faixas e mulheres desesperadas disputando sua atenção.

Quero ser a mãe do seu filho, Knox.

Volta para casa comigo, Knox.

Festa, lá na minha casa, você e eu, Knox.

É vergonhoso, constrangedor e, francamente, patético. Jamais poderia me imaginar agindo como uma dessas garotas, exibindo-se só por um mero olhar. Quer saber, desesperadas? A única coisa em que Knox está prestando atenção é ao jogo rolando.

E é a verdade completa; sua concentração é impecável, enquanto o primeiro tempo está em andamento. Ele bloqueia o resto do estádio e foca no jogo, movendo-se sem parar na interbase, comandando, e é outra razão pela qual mal posso esperar para voltar ao loft com ele e ver que outras situações ele consegue comandar.

— Não ligue para essas garotas — diz a mamãe Gentry. Ela deve ter notado o meu olhar. — Elas estão em todos os jogos, se exibindo para os jogadores, mas Knox nunca dá atenção para elas. Eu o criei bem o suficiente para distinguir entre qualidade — ela me olha de cima a baixo — e porcaria. — Ela dá uma olhada para a seção dos alunos.

— Obrigada, mamãe Gentry. Muito obrigada mesmo.

Ela me dá um abraço de lado e diz:

— Gosto muito de você. Você é a primeira namorada dele, ele já te falou isso?

Assinto assim que o estalo do bastão soa. Uma bola é atingida no meio e antes que passe pelo campo interno, Knox mergulha, se levanta depressa e elimina o cara de primeira. A jogada não dura mais do que alguns segundos; ele é tão rápido. Tanto eu quanto mamãe Gentry aplaudimos com força, torcendo pelo nosso cara.

Ele ergue e levanta dois dedos para seus colegas de time, enquanto passam a bola pelo campo interno, e finalmente a joga de volta para o arremessador. Observo Knox com atenção, a forma como ele se porta em campo com uma abundância de confiança, quase como se desafiasse os rebatedores a tentar fazer a bola passar por ele.

Nunca fui uma grande fã de beisebol, mas acho que aquela jogada e a forma como a bunda de Knox fica naquela calça acabaram de me tornar a maior fã de todas.

— Aquilo foi incrível — digo, ainda impressionada. — Ele é tão rápido.

Mamãe Gentry leva a mão ao peito.

— Ele está cada vez melhor, é mesmo impressionante de assistir. Estar sob a tutela do treinador Disik melhorou bastante as habilidades dele desde o ensino médio. Tem sido difícil ficar tão longe dele, mas vir a Brentwood vale cada quilômetro entre nós.

É encantador ver o quanto a mãe de Knox o ama, um amor puro, genuíno e incondicional. Reflito sobre meus próprios sentimentos enquanto o vejo se posicionar para cada arremesso.

Será que *eu* o amo?

Penso nele a cada instante que posso. Desejo seu toque, sua voz, suas mãos entrelaçadas no meu cabelo. Desejo seu calor e seu charme, sua provocação e seus beijos doces. Há momentos em que só de vê-lo entrar no dormitório fico sem fôlego, e quando nos separamos, parece que uma parte de mim vai embora com ele.

Foi isso o que senti pelo Neil? Odiando a sua ausência, mas amando cada minuto com ele? Não. Este sentimento é diferente do que senti pelo Neil.

Uso o colar que Knox me deu todos os dias, e me lembro todos os dias do que ele disse quando o me deu. *Sei que sou dele.* E é daí que vem a pergunta: *Será que amo Knox Gentry?*

Acho que posso estar com medo demais para admitir para ele, mas, sim... acho que...

— Ter você aqui no estádio para os jogos vai deixar a temporada bem divertida. Os pais são legais e tudo, mas adoro uma companhia mais jovem. — Mamãe Gentry cutuca meu ombro, me tirando dos meus pensamentos. — Você não fica falando coisas como prótese no quadril ou hemorroida.

— Hemorroida? — Estremeço. — Alguns pais falam mesmo sobre isso?

— Ah, sim, é péssimo. — Ela estremece. — Mas agora tenho uma amiga com quem assistir aos jogos.

Hannigan acerta o rebatedor, ganhando vários aplausos dos fãs, enquanto os caras saem do campo. Knox vai para o banco e logo reaparece com seu bastão, luvas de batedura e capacete. A cada movimento de suas mãos ao usar as luvas, seus antebraços ondulam, e sua camisa enfatiza seus ombros largos e repuxa na frente, revelando seu peitoral proeminente.

É isso aí, uma grande fã de beisebol.

— Vamos lá, Knox! — grita mamãe Gentry, me assustando na cadeira. Ela ri e pega minha mão. — Desculpe, querida, eu tenho um megafone no lugar da boca. Você vai se acostumar.

— Está tudo bem, estou pronta para tudo agora.

O apanhador joga a bola para o segunda-base, enquanto Knox se aproxima da área de rebatedor. Ele encara o bastão por alguns segundos, então olha para o treinador Disik, que está fazendo gestos extravagantes com as mãos e por fim batendo palma. Dando um tapinha no topo de seu capacete,

Knox dá um passo para a área de rebatedor, gira o bastão ao redor e então se posiciona para o arremesso.

— Ele sempre tem que ser o primeiro a rebater? — pergunto.

— Sim. No ensino médio, ele era escalado como segundo, mas já que é um rebatedor de contato e tem uma velocidade incrível, ele costuma ser o primeiro.

O primeiro arremesso é lançado e vai alto. Knox se detém.

— É isso aí, Knox, deixe que ele arremesse para você. Não acerte aquela merda.

Seguro o riso que quer sair. Ela é tão séria. Adoro.

Knox se reposiciona e espera o próximo arremesso. Estou segurando a mão da mamãe Gentry. É um jogo que não conta, mas como Knox disse, para a mamãe Gentry, tudo tem significado.

O arremessador levanta o braço, faz o lançamento, e Knox gira, conectando o bastão com a bola e a mandando bem para o centro. Como um raio de luz, ele está fora da área e já indo para a primeira base. Mamãe Gentry pula e comemora, enquanto o resto da torcida irrompe também. Ele alcança a segunda base, mas não para, em vez disso, voa para a terceira, enquanto a bola está sendo jogada para o campo interno. Prendo a respiração. A jogada termina quando Knox desliza para a terceira base e o terceira-base entrega a bandeira.

Curvado, o árbitro balança os braços ao lado, dizendo que está dentro. Pulo no assento, gritando e batendo palmas com a mamãe Gentry.

— Esse é o meu garoto — ela grita.

— Bom trabalho, Knox — digo, me sentindo um pouquinho constrangida, mas querendo comemorar. Ou ele não me ouve ou é muito bom em se manter focado, porque não reconhece a minha comemoração. Não importa. Vê-lo jogar, ver o quanto ele se insere no jogo me deixa maravilhada.

Holt vai para a base e em vez de dar um tapinha no capacete enquanto vai para a área de rebatedor, ele o ergue para o árbitro, enquanto leva devagar o bastão ao ombro, depois de o treinador Disik fazer sua dança com as mãos.

— Ah, acho que eles vão espremer.

— Espremer? Como assim?

— É quando Knox corre para o arremesso e Holt dá uma batidinha na bola, espremendo Knox na base.

— E se ele não der uma batidinha na bola? Seja lá o que isso signifique...

— Aí Knox será pego no *home plate*. É por isso que é importante que Holt dê a batidinha.

Endireitando-se na cadeira e um pouquinho curvada, ela observa, prendendo a respiração, enquanto o arremessador levanta o braço, e assim que começa a lançar a bola, Knox sai da terceira base e corre na direção do *home plate*.

— Ah, é o que ele vai fazer.

O time adversário grita "espreme" assim que Holt se posiciona e dá uma batidinha na bola na direção do primeira-base. O outro time não tem chance de conseguir uma eliminação, já que Holt e Knox correm na velocidade da luz. Knox baixa a cabeça primeiro para o *home plate* só para se levantar e sair correndo para o banco... mas não antes de olhar para mim na arquibancada e me dar uma piscadela.

Juro por Deus que quase desmaiei.

Me sentindo bamba, me sento, incapaz de acreditar no quanto esse esporte pode ser sexy. Homens mergulhando, músculos ondulando, o elemento-surpresa. Como nunca passei um tempo assistindo ao beisebol antes?

Talvez seja porque eu não estava pessoalmente investida até pouco tempo atrás. Agora que namoro um jogador, já estou pensando em maneiras de limpar a minha agenda para que eu possa estar presente em todos os jogos.

— Ah, bendito seja o meu coração romântico — mamãe Gentry cantarola. — Ele piscou para você.

— Ele piscou, não foi?

— Piscou, sim. — Mamãe Gentry se aproxima, e sinto uma sensação de euforia me inundar. Amo tudo nisto: a sensação de ver meu namorado jogar, mamãe Gentry ao meu lado, a calça justa... é tudo perfeito. — Dá para sentir, esta vai ser a melhor temporada. A melhor maneira de terminar sua carreira na faculdade e ir para a liga profissional.

Errr... o quê?

Terminar sua carreira na faculdade? Tipo... não neste ano, não é?

— Você quer dizer ano que vem — digo. Fico surpresa com a sua confusão. Minha mente fica acelerada agora.

— Não, este ano.

O quê? Sem querer desconcertar a mamãe Gentry, mas precisando de um esclarecimento, insisto:

— Ah, sim, este ano...

O que será que Knox *não* me contou?

— Quando Knox me falou que ia entrar para a convocação em seu terceiro ano, fiquei um pouco receosa, porque queria muito que ele terminasse a graduação. Mas depois de conversar com o treinador Disik, dá para ver que é o melhor para ele.

Do que ela está falando?

Fui atingida por um soco no estômago pela mamãe Gentry — como em um lance do jogo, quando atingem e saem correndo —, mas o culpado está sentado no banco, a seis metros de distância.

Knox vai entrar para a convocação depois deste semestre? Ele estava planejando me contar em algum momento? *E o que significaria a convocação*? Significa que qualquer time pode selecioná-lo? O que isso significará para nós? Tenho pelo menos mais três anos em Brentwood até conseguir meu mestrado em Biblioteconomia, então não há como me mudar para onde ele for.

Sem querer fazer a mamãe Gentry se sentir mal por jogar a bomba em mim, me mantenho calma, precisando de um pouco mais de informação.

— Pois é, é uma grande oportunidade para ele. Você sabe quais times estão interessados nele no momento?

— Bem, o treinador disse que o Arizona, o Miami e os Bobcats, é claro, mas este último é um tiro no escuro.

Arizona?

Miami?

Esses ficam distantes. Uma viagem de avião de distância. Distantes demais para compreender no momento.

— Nossa, que incrível. — Engulo em seco, com a garganta ficando apertada.

Ele vai embora? Ele me perseguiu... mas agora vai embora? Devo ter entendido errado, só pode ser, mas a mamãe Gentry acabou de tirar o ar e a esperança dos meus pulmões, me deixando com o estômago embrulhado e o coração machucado.

O que raios devo fazer com isso? *O homem que acho que amo vai embora...*

Capítulo 27

Knox

— Nada mal, rapazes, nada mal — digo, com a toalha presa ao redor da cintura, enquanto me seco às pressas e visto a cueca. — Foi um ótimo começo para a pré-temporada.

Aniquilamos Riverbend por onze a um. Depois da sexta entrada, o treinador chamou todos os titulares e deu aos reservas um tempo de jogo. Sentado no banco, assistir aos calouros jogarem tão bem quanto nós, me deixou empolgado para a temporada. Temos um grupo bom de caras com muito talento. Até mesmo Farkle foi bem. Riverbend não é um time fácil, então eu não poderia estar mais animado com a nossa vitória, apesar de não significar nada.

Carson se senta ao meu lado, vestindo a calça, e diz:

— Tenho planos para hoje à noite, e eles consistem em descansar na cama, com uma travessa de brownies da sua mãe no peito, enquanto assisto a *Downton Abbey*.

Eu o encaro, inexpressivo.

— Que foi? — Ele dá de ombros. — Não tenho uma garota para levar para casa depois do jogo como você e Holt, então vou me contentar com os brownies, a menos... — ele mexe as sobrancelhas — ... que a sua mãe esteja à procura de um jovem garanhão para mantê-la aquecida à noite.

Não é a primeira vez que Carson faz piada sobre querer ficar com a minha mãe. Ele faz essa piada desde o primeiro ano, mas a cada ano que passa, é quase como se ele estivesse ficando cada vez mais sério quanto a isso.

Sei que ele jamais faria alguma coisa, mas se alguma vez já tentou, eu arrancaria seu pênis. E enfiaria em um moedor de carne, e ele nem saberia que eu estaria servindo seu próprio pau como salsicha, até que já tivesse enfiado por sua goela abaixo.

— Fique longe da minha mãe.

Ele ri, sabendo que essa merda me deixa puto.

— Você vai encontrar a Em? — Holt pergunta, amarrando o tênis.

— Vou, acho que vamos ao The Hot Spot com a minha mãe.

— Ei. — Carson dá uma batidinha na minha perna. — Que tal transformar isso em um encontro duplo?

— Sai fora, cara.

— Qual é. — Ele se levanta e pega a camiseta do cabide do armário. — Eu seria um papai bem legal para você.

— Eu pagaria bem para ver isso — Holt murmura.

— Eu também — Turbo, nosso campista central, se intromete.

— E eu também — Brock diz de seu armário.

Gesticulo pelo cômodo, apontando para todos eles.

— Saiam fora, todos vocês.

Eles riem, e não consigo ficar com tanta raiva se me deixar desconfortável… une o time.

— Ei, capitão — Brock grita, deixando a conversa morrer antes de fazer sua pergunta.

— O que foi? — De calça, visto depressa a camisa e os sapatos.

— Sobre as regras do vestiário, como calouro, é permitido que eu traga alguém aqui?

Ai, meu Deus, essa palhaçada de novo.

— Não — Carson responde por mim. — Só os veteranos. Vocês são a droga de uns bebês, como é que sabem o que é uma vagina?

— Sei mais do que você neste ano.

— Ohhh. — O time ri e entoa.

— Porque eu tenho padrões, seu filho da puta. Não saio por aí enfiando meu pênis em qualquer boceta que aparece. E o vestiário não é lugar de pegação. É sagrado. — Carson sobe em seu "pedestal" e dá um aviso a todos os caras no vestiário. — Só há dois veteranos neste time que estão em um relacionamento sério: Holt e Knox. Eles são os únicos que podem trazer garotas para cá.

— Não tenho interesse — digo, vestindo minha jaqueta.

— Como é? — Brock grita. — Pensei que você e Ealson estavam firmes.

— E estamos — respondo enquanto o time todo ouve. — Só que não preciso de alguma lenda idiota para confirmar o que já sei: ela é a garota certa para mim.

Guardo o restante dos meus itens e cumprimento Holt e Carson antes de sair. Falei para minha mãe e Emory que as encontraria fora do vestiário para que a gente pudesse ir jantar. Em geral, fico completamente focado durante o jogo, mas, meu Deus, saber que Emory estava na arquibancada com a minha mãe... não consegui evitar de ficar olhando na direção delas de vez em quando durante o começo do jogo. Amei encontrar o sorriso mais lindo que já vi brilhar de volta para mim.

Tive um dos melhores jogos da minha carreira, indo de três para três com duas corridas impulsionadas, uma base roubada e um mergulho na interbases. Ter Emory lá pareceu certo, exatamente como era para ser. Sua confiança em mim. Sua comemoração. Não foram uma distração, mas algo que me deu força.

Quando saio do vestiário, logo examino o corredor — ainda bem que só atletas e parentes são permitidos nesta parte do estádio — e vejo minha mãe em sua glória reluzente, mas nada de Emory. Hum, que estranho.

Talvez ela esteja no banheiro.

— Aí está ele, o sr. Triplo. — Minha mãe me puxa para um abraço e me aperta com força. — Você foi incrível hoje.

— Valeu, mãe. — Me afastou e olho ao redor. — Cadê a Em? Ela foi ao banheiro?

— Ah, não, ela foi embora na quarta entrada.

— O quê? Sério? — Como não notei? Talvez seja porque, a essa altura, eu tenha me repreendido por ficar olhando demais para a arquibancada, focando outra vez no jogo. — Por quê?

— Ela sentiu que a enxaqueca estava chegando. Disse que costuma ter de vez em quando.

— É verdade. — Começo a me preocupar, me lembrando do quanto foi ruim da última vez. — Ela estava se sentindo mal? Você sabe se ela voltou bem para o dormitório?

Minha mãe assente.

— Sim, a amiga dela, Dottie, veio buscá-la. Que garota encantadora.

— Tá bom. — Mordo a parte interna da bochecha, imaginando o que devo fazer.

Minha mãe pressiona a mão no meu braço, chamando minha atenção de volta para ela.

— Tudo bem se você quiser ir ver como ela está, Knox.

— Mas a gente tinha planejado jantar — digo, começando a ir na direção do estacionamento.

— Podemos remarcar. Está tudo bem. Estou bastante cansada de toda a comemoração, de qualquer forma. Vá ver se a Emory está bem.

Me inclino para beijar a testa da minha mãe.

— Valeu, mãe. Muito obrigado mesmo e, ei, valeu por se sentar perto da Em, foi ótimo ver vocês duas juntas na arquibancada.

— Gosto muito dela. — Ela põe a mão no coração e então algo passa por seus olhos, mudando sua expressão de alegria para um pouquinho preocupada. — Antes que vá, acho que você deveria saber que a gente conversou hoje sobre a convocação. Ela pareceu meio que…

— Você o quê? — Meu estômago embrulha.

— Mencionei que este é o seu último ano.

— Mãe — gemo, pressionando as mãos na cabeça. — Porra, por que você disse isso?

— Bem, sei lá. Achei que era de conhecimento público, já que há notícias para todo lado, especulando quem vai te convocar. Você não falou para ela?

— Não. Não falei. Eu estava… Droga, mãe. Estava tentando encontrar o momento certo para dizer para ela. Tem sido um lento processo para convencê-la a namorar comigo e confiar em mim, e eu ia dizer para ela nesta semana, depois que você fosse embora.

Ela se encolhe.

— Me desculpe, querido. Achei mesmo que ela soubesse.

— O que ela disse? Ficou com raiva? Por isso ela foi embora na quarta entrada?

Ela balança a cabeça.

— Não, ela disse que estava ficando com enxaqueca. Ela mentiria quanto a isso?

— Não sei — digo, sarcástico. — Pode ser que sim, se a mãe do seu namorado te disse que ele vai embora, sabe-se lá para onde, depois deste semestre. Meu Deus, mãe.

— Minha nossa. Me sinto uma idiota. Não foi minha intenção soltar isso.

Suspiro, odiando estar fazendo minha mãe se sentir mal. Deixando de lado a frustração, puxo minha mãe para um abraço.

— Eu sei, me desculpa por ficar com raiva, mas estive preocupado que a Em estivesse com um pé já na porta, pronta para sair correndo a qualquer instante. Falei para você sobre o antigo relacionamento dela, que ele a traiu, e levou um tempo para eu convencê-la de que não sou ele. Que ela merece coisa muito melhor que aquilo. Que eu jamais faria nada além de ser sincero com ela. E isso… — *Porra. Em. Não faço ideia de como ela vai reagir a isso.* Passo a mão pelo meu cabelo ainda úmido. — Você não se importa de eu ir até lá para ver se ela está bem?

— Não, insisto que você vá, por favor.

— Valeu, mãe.

Dou mais um abraço de despedida e vou na direção da minha caminhonete, indo até o dormitório de Em. Graças à amizade de Dottie com o diretor de residência, ela me descolou uma chave para o dormitório, então vou direto até o quarto delas. Sem querer invadir, caso as garotas estejam se trocando, bato à porta e enfio as mãos nos bolsos, desejando que meu nervosismo melhore.

Tudo vai ficar bem. Primeiro, vou me certificar de que Em não esteja sentindo muita dor, e então vou conversar com ela sobre isso. Ajudá-la a entender que este é o meu último semestre em Brentwood, mas que tenho um compromisso com ela, e mesmo que eu me mude para o outro lado do país, ela sempre será minha. *E eu sempre serei dela.*

Enquanto espero que alguém atenda a porta, tento pensar no que vou dizer a Em. Me esforcei tanto para convencê-la de que temos algo firme, e espero mesmo que ela só esteja se escondendo para processar o que minha mãe lhe disse. Só pode ser isso. Ela sempre pondera bastante, precisa de tempo, e estarei ao seu lado para que possamos ver o caminho juntos.

CAPÍTULO 28

EMORY

— Tudo bem, manda ver — Dottie diz, sentando-se ao meu lado na cama, enquanto Lindsay puxa uma cadeira e pega uma bandeja de cookies.

As duas se servem, mas meu estômago está embrulhado demais para sequer considerar comer alguma coisa a esta altura.

— Deixamos você chorar por mais de uma hora, já está na hora de começar a contar para a gente o que houve. — Lindsay parte um pedaço de seu cookie e o coloca na boca. — Foi a mãe dele? Ela disse alguma coisa maldosa para você?

— Não. — Balanço a cabeça. — A mãe dele é incrível, e acho que ela jamais poderia dizer algo para magoar alguém.

— Tudo bem — Dottie fala. — Então por que eu tive que ir te buscar no estádio e ouvir seu choro por todo o caminho até aqui?

— E como é que você não está comendo os nossos cookies sagrados?

— Pois é, como?

Minhas duas amigas me encaram. Eu já deveria saber que é isso o que aconteceria ao ligar para Dottie, mas não tive escolha com tudo o que estava se passando, com meu coração ficando cada vez mais pesado. Na quarta entrada, eu estava à beira das lágrimas, fingi uma enxaqueca e implorei para Dottie me buscar na mesma hora.

Assim que fechei a porta do carro dela, não aguentei, e estive chorando desde então, não tanto mais, mas lágrimas ainda estão caindo.

Olhando pela janela, digo um pouco mais alto que um sussurro:

— Ele vai embora.

— Knox vai embora? — Dottie pergunta.

— Sim, depois deste semestre, ele vai ser convocado. — Enxugo uma lágrima. — Não fazia ideia, e a mãe dele deixou isso escapar hoje.

— Ah, merda — Lindsay reage, com o cookie meio mastigado na boca.

— Tipo, ele não vai voltar para a faculdade?

— Não. — Me viro para elas. — Dei uma pesquisada no meu celular. Ou você é convocado depois de se formar do ensino médio ou espera até seu terceiro ou último ano de faculdade. Ele vai se candidatar depois deste semestre e, adivinha? Um milhão de times de todas as partes do país estão de olho nele. Eu pesquisei. Ele é considerado um dos melhores jogadores.

— E você só descobriu isso agora?

Ai. Essa doeu.

— Eu sei que é bobagem, mas, falando sério, a gente nunca conversou sobre isso. Ele já me falou sobre o treino e os caras do time, mas nunca falamos sobre o futuro, porque estamos indo com muita calma. Passos pequenos que me levaram a uma das melhores coisas na minha vida... e isso vai ser tirado de mim.

— E como você sabe que...?

Toc. Toc.

Nós todas viramos a cabeça na direção do corredor que leva à porta de entrada.

— Quem é? — pergunto, enxugando as lágrimas o melhor que posso.

— Falei para a Julianne, que mora do outro lado do corredor, que ela pode pegar a minha chapinha emprestada. — Lindsay se levanta e vai na direção do corredor, e a ouvimos abrir a porta. — Me deixa... Ah, oi.

Não há um cumprimento em resposta, em vez disso, passos pesados soam ao final do corredor. *Droga.* Conheço esses passos em qualquer lugar, e antes que eu possa pedir para Dottie sair do meu quarto, Knox aparece à porta, parecendo perturbado e com o cabelo úmido, e parece que passou muito a mão por ele.

— Knox. — Me sento, tentando esconder a emoção borbulhante dentro de mim, mas ele pode ver escrito no meu rosto.

Mantendo os olhos fixos em mim, ele diz:

— Você poderia nos dar licença, Dottie?

— Sim, é uma ótima ideia.

Ela se levanta da minha cama e dá um tapinha no ombro de Knox antes de fechar a porta ao passar. Ainda me encarando, ele fala:

— Você não está com enxaqueca.

É inútil mentir para ele, então balanço a cabeça.

— Não, não estou.

— Então você mentiu para ir embora do jogo. Por quê?

— Eu estava me sentindo... sobrecarregada.

— O que fez você se sentir assim? — Ele dá um passo à frente, diminuindo a distância entre nós até se sentar na minha cama.

Contorço as mãos no meu colo, imaginando se devo ir em frente com isso. Desde que conheço Knox, ele tem sido sempre muito franco com tudo — bem, fora não ter dito que este era o seu último semestre —, então decido fazer mesmo.

— Quando você ia me contar que este é o seu último semestre aqui?

Um arrependimento visível inunda seu rosto, ele se vira para mim na cama e pega minha mão. Só pelo olhar triste, já não consigo ficar brava com ele, ainda mais que a razão para ele ir embora é para seguir seu sonho, algo pelo qual ele tem trabalhado por tanto tempo.

— Eu ia te contar nesta semana. Estava esperando reunir coragem.

Nossos dedos se entrelaçam.

— Então, me conta agora.

Ele passa a mão pelo cabelo e esfrega a nuca antes de inclinar a cabeça na minha direção. Seus lindos olhos azuis encontram os meus, olhos que me fizeram mergulhar nos momentos mais felizes que já tive. Mas agora, ao olhar para esses olhos, sinto como se um golpe estivesse prestes a me atingir, e não sei se vou conseguir me reerguer.

— No começo deste ano, achei que seria convocado depois de me formar, mas falei com o treinador, e ele disse que eu estaria destruindo a minha carreira antes mesmo de começar se não entrasse para as convocações este ano. Há times prontos para fazerem uma oferta, e eles só estão esperando.

Ele sabe disso desde o começo do ano?

Isso deveria ser empolgante para ele, conversar sobre sua carreira logo antes de se transformar em algo incrível, mas, em vez disso, sua voz está sombria. Odeio isso.

Ergo seu queixo e sorrio para ele.

— Isso é incrível, Knox. Você deveria se orgulhar.

— E estou orgulhoso. — Ele suspira. — Mas sei que isso vai colocar pressão no que nós dois temos.

Seguro seu rosto.

— Você não tem que se preocupar comigo, Knox. Foque na sua temporada e no que está por vir.

E estou dizendo isso de todo o coração. Não há dúvida de que amo este cara; ele trouxe o meu coração de volta das ruínas que Neil deixou para trás, e por causa disso, quero que ele seja feliz, que faça o que está destinado a fazer: jogar beisebol.

Mesmo que isso signifique que eu fique de fora.

— Mas eu me preocupo com você, Em. Isso... Droga. — Ele se levanta da cama e começa a andar pelo quarto. Seus passos estão quase frenéticos, sem saber para qual lado ir. — Eu não estava planejando me envolver com alguém. O treinador Disik disse que eu seria um idiota por começar algo com você, mas não consegui evitar. — Ele ergue a cabeça, e seus olhos encontram os meus como uma flecha apontada para o meu coração. — Naquele primeiro dia, quando você me acertou com um mapa e o pegou de volta, revelando suas lindas feições, meu coração deu um pulo no peito, Em. — Lágrimas começam a brotar em seus olhos. — E aí você abriu a boca. A sua sagacidade me derrubou, e eu soube que precisava ter você, fazer com que fosse parte da minha vida. Foi idiotice ir atrás de você, sabendo que eu ia embora depois que este semestre terminasse, mas não mudaria nada disso. Nem uma coisinha sequer.

— Nem eu — admito, mesmo que meu coração esteja desabando aos poucos no peito, o medo do que está por vir pairando sobre nós.

— Então vamos fazer dar certo, Em. — A animação cresce dentro dele quando volta para a cama. — Sei que vai ser difícil, mas...

— Acho que você deveria focar no seu futuro, Knox.

Sua expressão fica desanimada.

— Isso inclui você, Em.

Balanço a cabeça, uma lágrima rola pela minha bochecha e ele logo a enxuga.

— Nós dois sabemos o quanto vai ser difícil. Tenho pelo menos mais três anos aqui até terminar o meu mestrado. Quem sabe para onde você vai? A temporada é longa e não dá muita folga.

— Mas você tem as férias de verão. Pode ir me visitar.

— Tenho que trabalhar durante o verão, Knox. E não tenho dinheiro para ficar voando para onde você estiver.

— Eu pago.

Lanço um olhar de *cai na real* para ele.

— Se você acha que vai conseguir ficar viajando com a sua namorada pelo país com o salário de um jogador da liga menor, então está delirando.

Com raiva, ele segura a parte de trás da cabeça e se levanta outra vez, com os dois cotovelos projetados e sua camisa sobe alto por seu abdômen.

— Então o que está querendo dizer, Emory?

Magoado e frustrado, meu nome não soa bem ao sair de seus lábios, não desta vez. Parece que ele está usando como uma punição em vez de um termo carinhoso.

Sabendo que este será um dos momentos mais dolorosos da minha vida, engulo em seco e exponho o meu coração, pronto para ser partido.

— Estou dizendo que vai ser difícil demais. Você vai ralar dentro e fora do campo para se preparar para o próximo capítulo da sua vida. Os nossos momentos juntos vão se tornar raros e distantes, e aí você vai ter que ir embora. Nem sabemos para onde.

— Poderia ser Chicago.

— *Poderia*, mas os times estão espalhados por vários estados, então mesmo assim não adianta. Não quero nada além de ficar com você, Knox, de voltar para casa, para os seus braços todas as noites, mas, na realidade, isso não vai acontecer. Nós dois tomamos caminhos diferentes na vida, e não quero me esforçar para fazer isso dar certo quando nós dois sabemos, lá no fundo, que não vai.

— Você não sabe. — Sua voz se eleva. — Por que sou o único que está comprometido com o nosso relacionamento?

— Eu estou comprometida — respondo, me sentindo como se tivesse acabado de levar um tapa na cara.

— Não está, Em. Você está jogando a toalha ao primeiro sinal de dificuldade. Será que o recesso de Natal não significou nada para você? Ficamos separados por um mês, mas conseguimos dar um jeito. Como isso aqui pode ser diferente?

— Porque havia um prazo. Eu sabia que ia te ver de novo em janeiro, quando as aulas voltassem. E que bom que você achou que o recesso de Natal foi fácil, porque não foi para mim. Senti saudade. Muita saudade. A ponto de chorar à noite, desejando que estivesse nos seus braços em vez de estar na minha cama fria e solitária. — Sua expressão suaviza. — Não foi fácil para mim. Nada disso tem sido fácil para mim. Você é... você. Incrível, ridículo e envolvente. Me perco em você, Knox. Você se tornou um dos meus melhores amigos, e adoro dividir os dias bons e ruins com você. Adoro pegar no seu pé, porque você pega no meu também. Quando você está por perto... — *Tudo o que quero é enterrar a cabeça no seu peito e deixar que me segure por horas a fio.* — Quando você está por perto, eu sei quem eu sou. Eu gosto de quem eu sou.

— Então por que você está tentando terminar? — ele grita, jogando os braços para o lado. — Fica comigo, Em. — Ele bate a mão no peito. — Faça isso dar certo.

— Estou comprometida com você. — Enxugo outra lágrima, minha respiração ficando cada vez mais pesada quando minha garganta começa a se apertar. — Estou compromissada em ver você feliz.

— Você quer me ver feliz? Adivinha, Em, você é quem me faz feliz. Você. E você está me tirando isso.

Ai, Deus. Respiro fundo e acalmo meus membros trêmulos. Não quero nada além de apagar este dia e voltar às coisas como eram antes — sem saber que Knox irá embora —, mas não consigo nem impedi-lo.

— Isso é porque você não confia em mim longe? Não confia que não vou me envolver com outra pessoa? Já te falei, não sou a porra do seu ex-namorado. Jamais trataria você da mesma forma que ele. Nunca.

— Não é isso. Eu confio em você, como pode estar me perguntando isso?

— Sei lá — ele responde, com raiva, ainda andando. — Porra, não sei nem por que estamos tendo esta conversa. A gente deveria estar jantando com a minha mãe, comemorando a vitória, mas, em vez disso, a minha namorada está terminando comigo. — Ele se afunda na cadeira da minha escrivaninha e descansa os antebraços nos joelhos, completamente derrotado.

Não sei o que fazer. Como dar um jeito nisso, como fazê-lo enxergar o que eu enxergo. Depois de vê-lo jogar hoje, seu futuro será incrível, e me recuso a ser a razão para ele não dar o seu máximo. É tudo por ele. Sim, estou dilacerando o meu próprio coração. Sim, me sinto como se estivesse estilhaçada em um milhão de pedaços. Mal tenho força para aguentar perdê-lo agora, então sei que nunca me recuperaria se ficássemos ainda mais próximos ao experimentar mais momentos maravilhosos com este homem incrível. Simplesmente não conseguiria. E não quero que ele se sinta dividido e indeciso por minha causa. Não é justo com ele.

— Como poderia ser diferente, Knox? Se estivéssemos no mundo ideal, como você trataria o nosso relacionamento? Você vê um futuro comigo além do namoro?

Sua cabeça se levanta, mas ele permanece curvado.

— Você só pode estar brincando comigo, né? — Os músculos de sua mandíbula latejam enquanto ele me olha. — Eu vejo mais que um futuro, Em. Porra, eu… eu…

— Não diga. Por favor, não diga essas palavras, não agora. — Balanço a cabeça, com as lágrimas em um fluxo constante. — Não neste momento.

Ele deve ter sentido o tipo de impacto que essas três palavras teriam, como ficariam revestidas de negatividade em vez de positividade, e é um momento de alegria que elas devem ser compartilhadas, então ele fecha a boca e junta as mãos.

Ele passa os dentes sobre o lábio antes de dizer:

— Se eu tivesse escolha, é assim que teria acontecido. Nós passaríamos por esse momento, você iria para o loft e dormiria nos meus braços. Ficaríamos juntos pelo resto do semestre, fortalecendo o nosso relacionamento, até o momento que eu tivesse que ir embora. Então, prometeríamos que nos esforçaríamos para nos ver. Conversaríamos todas as noites, mandaríamos presentes um para outro, como fizemos no recesso de fim de ano. Só que por um período mais longo. Vai ser difícil, vamos brigar, mas, a longo prazo, sempre voltaríamos um para o outro, porque — ele gesticula entre nós — fomos feitos um para o outro.

Trago os joelhos para o peito e apoio a cabeça nas mãos, tentando visualizar como isso funcionaria. Ele faz parecer tão simples, só que três anos é muito tempo, três dos anos mais importantes da carreira dele, em que ele vai precisar dar duro no processo de seleção. Ele não pode ficar se preocupando comigo e com onde estarei. Vai precisar se preocupar consigo mesmo, e isso é algo em que não vou ceder. Esse é o sonho dele, e eu me sentiria péssima se o distraísse de dar o melhor de si.

— Eu me importo com você, Knox, e não quero nada além de seguir o que você acabou de dizer, mas a gente precisa ser realista quanto a isso. Você vai ser consumido pelo beisebol, e quero que seja consumido por isso, quero que essa seja a sua vida, sua obsessão. E isso não vai acontecer se você ficar se preocupando comigo e em como estou, com o meu estado mental, porque, vou ser bem sincera, ele ficará bem errático longe de você. Não é justo. — Deslizo para fora da cama e vou até ele, com seu grande moletom batendo no meio da minha coxa. Faço com que ele se recoste na cadeira e me sento em seu colo. Seus braços me envolvem na mesma hora, enquanto ergo seu queixo para que ele possa me olhar nos olhos. — Regra número um. — Pressiono um leve beijo em seus lábios, absorvendo a doçura uma última vez. Quando me afasto, digo: — Amigos para sempre.

— Merda — ele murmura, com seu peito subindo e descendo mais rápido que o normal. — Por favor, não faça isso, linda, podemos dar um jeito.

— Poderíamos nos esforçar para dar um jeito nisso e aí, depois de um ano, iríamos acabar terminando, porque não conseguimos suportar a distância, a imprevisibilidade, e então ficaríamos ainda pior do que terminar agora. Você sabe que tenho razão.

Ele pressiona a cabeça no meu ombro.

— Mas sempre poderemos contar um com o outro; foi o que prometemos. Amizade em primeiro lugar, Knox.

— Não quero ser seu amigo. Quero ser o seu namorado, a droga do seu para sempre. — Suas mãos sobem pelas minhas laterais, segurando minhas costelas, me segurando com força. — Quero ficar para sempre com você, Em.

Quando ele se afasta, lágrimas rolam de seus olhos e, neste momento, cada terminação nervosa do meu corpo fica dormente, enquanto observo o homem que amo chorar — chorar pelo que tínhamos e pelo que estamos perdendo. Causar esse tipo de dor em Knox é a última coisa que quero fazer, mas não tenho escolha. Ele precisa estar livre, focar, ser o homem, *o jogador de beisebol excepcional* que ele merece ser.

Juntando cada grama de coragem que restou em mim, enxugo suas lágrimas e digo:

— Quero ficar para sempre com você também, mas sei quando o para sempre precisa mudar. — Envolvo seu rosto e olho em seus olhos. — Você está destinado às coisas mais maravilhosas e épicas, e mal posso esperar para ver você conquistar tudo o que merece. E eu estarei lá, Knox. Serei a garota torcendo por você nos bastidores, mas de uma forma diferente, como sua amiga. Do jeito que começamos.

— Eu quero mais. Eu quero você.

Pressiono um beijo suave em seus lábios uma última vez, incapaz de me impedir.

— Eu também quero você, mas sei o que é se perder em alguém e esquecer tudo pelo que você trabalhou. Não vou deixar isso acontecer com você. Me recuso. — Lágrimas rolam pelo nosso rosto. — Você vai ser incrível, Knox Gentry, absolutamente incrível. E mais tarde, lá pelas tantas, quando tivermos trinta e tantos, sem conseguir aguentar uma ressaca, espero que ainda sejamos amigos, que ainda torçamos um pelo outro, que ainda estejamos na vida um do outro, porque você é muito importante para mim.

Eu amo você. Eu amo você. Eu amo você.

Amigos para sempre.

É o que prometemos um para o outro.

Mas algumas promessas foram feitas para serem quebradas...

CAPÍTULO 29

KNOX

— No meu escritório, agora, Gentry — o treinador Disik grita no vestiário e logo desaparece.

Resmungo e visto a camiseta, meu cabelo ainda úmido do banho, e meus músculos doem das cem flexões que fomos forçados a fazer durante o treino... por minha culpa.

Minha mente não está no jogo, porque está na Emory, junto com o meu coração. Dois dias atrás, ela me dilacerou. Entendo o que ela disse, seus motivos, mas o que não entendo é por que ela nem ao menos tentou. *Só quero que ela tente.*

Ela não quer que eu me perca nela, mas já é tarde demais. Tenho certeza de que me perdi nela no instante em que estava bêbado, segurei seu peito e desmaiei.

— O treinador vai acabar com você — Carson diz. — Parecia que ele queria enfiar o bastão dele pela sua goela.

— Dá um tempo — Holt pede do meu lado. — Ele está magoado.

— Por causa de uma garota, e é por isso que o treinador vai matá-lo.

Voltei para o loft naquela noite, sem Emory, e fui direto para o meu quarto. Graças ao fato de Carson ser um enxerido filho da puta... e porque minha mãe pediu para ele ver se eu estava bem, acabei tendo uma conversa franca com ele e Holt sobre o que aconteceu. Carson, o babaca, concordou com a Emory, dizendo que ela argumentou muito bem, mas Holt ficou do meu lado, dizendo que se a garota dele fizesse isso, ele não saberia mais o que fazer da vida, ainda mais porque ele a levou para o vestiário depois do jogo e selou a droga de um compromisso.

Talvez eu tivesse que ter feito isso, mesmo que não acredite nessa lenda.

Talvez eu devesse ter dado uma chance. Se tivesse feito isso, Emory e eu poderíamos estar juntos ainda.

Que porra é essa que estou pensando? Nada dessa palhaçada de vestiário vai fazer a Emory mudar de ideia. Assim que ela põe uma coisa na cabeça, não há nada que eu possa dizer para fazê-la mudar de ideia.

E ela quer a droga da amizade.

Pois é, seria cômico, se não fosse trágico. Eu lá quero ser amigo da garota que amo em vez de ser o homem que pode beijá-la quando ela está triste ou abraçá-la quando está feliz. Claro, amizade, que ideia brilhante, porra, muito melhor do que ser capaz de tê-la nua debaixo de mim e observar enquanto a faço gozar repetidas vezes.

É isso aí, amizade é muito melhor.

Me levanto e coloco o boné na cabeça.

— Minha mãe vai fazer o jantar para todo mundo antes de ir embora amanhã. Será servido às sete, então se preparem para comer muito.

Vou em direção ao escritório do treinador, sabendo que estou prestes a ter o couro arrancado como mereço. Os caras vão voltar para o loft, para a festa de despedida da minha mãe. Quando falei com ela na noite passada e contei o que aconteceu, ela se culpou. Falei que não importava como a Emory descobrisse, ela ainda teria tido a mesma reação. Emory acha que está me *salvando*, me *ajudando*, mas, a longo prazo, ela está me *machucando*, porque preciso dela. Ela leva embora todo o estresse. Ela quer que o beisebol seja a minha obsessão, já entendi, mas o beisebol é a minha obsessão desde que me lembro. Mas agora entendo de verdade o que Holt quis dizer sobre sua garota. Emory tem sido o *meu* refúgio, o lugar para onde posso recuar e recarregar. Sei que o meu desempenho estava melhor, porque eu *não* estava comendo, respirando e bebendo beisebol. *Ela me deu uma perspectiva mais ampla*. Ela me deu a chance de respirar, mas agora está abrindo mão e isso está sendo tomado de mim.

Nem me dou ao trabalho de bater à porta entreaberta do escritório, só entro e me sento à sua frente, sabendo exatamente o que ele vai dizer.

— É a garota, não é? — ele pergunta, sem rodeios.

— É. — Enfio as mãos nos bolsos do moletom e relaxo na cadeira.

— Vou querer saber?

— Não precisa se preocupar com nada, porque ela terminou comigo para que eu possa focar no beisebol.

— Garota esperta. — Ele se recosta na cadeira, segurando a caneta, de vez em quando a clicando, e o som está me dando nos nervos. — Você precisa focar, Gentry. Chegou longe demais para simplesmente jogar tudo fora.

— Não vou jogar nada fora — digo, sendo assertivo pela primeira vez na frente do treinador.

Ele se mantém calmo.

— Não? Então me diga o que aconteceu no treino hoje, porque você não conseguia pegar nenhuma bola atirada por um cara, nem se a sua vida dependesse disso.

— Todo mundo tem um dia ruim.

— Você não. — Ele balança a cabeça. — Você é imperturbável. Foi por isso que te recrutei. É por isso que será convocado como um dos melhores candidatos neste verão. Você nunca deixou um fator externo prejudicar o seu desempenho, e foi por isso que te nomeei capitão e coloquei você no comando daqueles imbecis. — Ele gesticula na direção do vestiário. — Você é um dos grandes, então não perca isso de vista logo antes do seu grande momento.

Olho para minha calça de moletom, odiando o que estou prestes a dizer, mas o treinador precisa saber.

— Eu a amo. Foi a primeira garota que me fez sentir algo. Ela me fez viver além do beisebol. Fez meu desempenho melhorar, não piorar.

— Mas está piorando agora.

— Porque ela terminou comigo. Porra. — Me endireito, ficando irritado. — Também tenho permissão para ser um humano com sentimentos.

O treinador Disik me analisa por alguns instantes antes de jogar a caneta na mesa e cruzar as mãos sobre a barriga.

— Tem razão, você tem permissão de ser humano, e é por isso que vou te dar o dia de folga amanhã. Tire um tempo para pensar nas suas merdas, e não tenha outro dia em campo como o de hoje, entendido?

— Como é? Você está me dando um dia de folga? — pergunto, completamente confuso.

— Sim. Chore, coma besteira, faça qualquer coisa de que precisa fazer para voltar novo e pronto para cá. E só estou fazendo isso porque, desde que te conheço, você nunca faltou a um treino e nunca negou ficar até mais tarde ou chegar cedo. Preciso da sua mente no jogo, Gentry. Encontre isso amanhã e então volte para cá como o homem que sei que você é. — Ele indica a porta. — Agora, saia já daqui, antes que você comece a chorar feito um bebê. Essa merda me deixa sem jeito.

— Não vou chorar — digo, me levantando da cadeira. — Valeu, treinador.

— É, eu também já perdi alguém de quem gostava muito, então sei como é. — Uma rara confissão de um homem implacável e intransigente.

— Lamento ouvir isso. — Mordo o lábio e tento acrescentar uma piada para acalmar a tensão que está se formando no escritório. — Mas não se preocupa, treinador, ela ainda quer ser minha amiga.

Isso me garante uma gargalhada genuína do velho, com a cabeça jogada para trás e os ombros tremendo.

— Porra, elas sempre querem amizade. As mulheres não sabem que isso é impossível?

— Bem, ela é decidida e determinada.

— Boa sorte com isso. Não deixe que ela te dê falsas esperanças.

— Pode deixar.

Mesmo que a última coisa que eu queira seja uma amizade com a mulher que amo, jamais quebraria a promessa que fiz a ela.

Amigos para sempre.

Pelo menos, é isso que acho, mas promessas desaparecem, e, com o tempo… até as amizades.

A porta do meu quarto se escancara, e Holt e Carson estão parados do outro lado, com uma expressão determinada enquanto me observam.

Já tive dias melhores.

Nem preciso olhar para o espelho para saber que há farelos de Oreo e uma camada de leite nos meus lábios, nem preciso cheirar a axila para saber que as coisas estão meio passadas no momento.

— Tentei impedi-lo — Holt fala antes de Carson se sentar na minha cama e tirar o pacote vazio de Oreos da minha barriga.

— Você precisa levá-la ao vestiário.

— Meu Deus do céu — murmuro, passando a mão pelo rosto. — Não acredito nessa merda.

— Comece a acreditar, porque isso vai dar um jeito em tudo.

Me sento e apoio as costas na cabeceira.

— Uma crença fictícia de que os poderes mágicos escondidos nas paredes do nosso vestiário não vão dar um jeito nas coisas. Emory já se decidiu, ela não quer ficar comigo.

— Mentira, ela quer. Todo mundo sabe que ela quer. Mas você precisa polvilhar um pouco da mágica nela para convencê-la. Bolei um plano completo.

— Falei para ele te deixar em paz — diz Holt, com os braços cruzados, recostando-se na porta aberta do quarto. — Está na cara que ele não me escuta.

Sem dar qualquer atenção a Holt, Carson continua:

— Pode acreditar ou não na lenda, mas toda garota que foi levada ao vestiário acabou com uma aliança no dedo, dada pelo jogador que a levou lá. Se você conseguir que a Emory te dê mais uma chance, que se encontre com você, a gente pode levá-la lá e deixar que as paredes façam a mágica.

Encaro Carson, inexpressivo. *O que ele tem na cabeça?*

— Você perdeu a porra do juízo. Você me disse que concordava com a Emory, que aprovava o *sacrifício* dela por mim. Não vou levá-la ao vestiário na esperança de que ela queira ser minha namorada de novo. Isso é uma palhaçada, cara.

Meu Deus, a gente nem fez sexo quando estávamos juntos, então sem chance...

— Você nunca vai saber se não tentar. Tenho um plano, a gente pode encontrá-la no campus, falar que você está magoado... garotas adoram resgatar caras com dor... e levá-la ao vestiário, e é aí que você vai levantar a saia dela e brincar com ela contra as paredes. Ela vai ter o melhor orgasmo da vida...

— Pelo amor de Deus, Carson, cala a boca. Para com isso. Para de desrespeitar a Emory. — Balanço a cabeça. *Odeio tudo isso.* — Ela desistiu. Está feito. Ponto final.

O silêncio se instala. *Nunca falei assim com Carson.* Dá para ver que ele está tão surpreso quanto eu.

— Vamos, cara — Holt diz, com os olhos em mim. *Ele me entende.*

— Você não vai nem considerar a minha ideia?

— Não.

Frustrado, Carson se levanta da cama, balançando a cabeça.

— Quer saber? Você acha que é piada, mas o vestiário tem poder, marque as minhas palavras. Vai se arrepender disso.

Levanto o braço e aponto para a porta.

— Vá. Agora. — Estou tão puto. O que Carson tinha na cabeça?

Os dois saem do quarto e eu me afundo de volta na cama.

A única coisa de que vou me arrepender é ter ido atrás de Emory Ealson, para começo de conversa. Eu deveria tê-la deixado em paz naquele primeiro dia no campus. Eu deveria ter deixado que ela encontrasse o próprio caminho.

Mas pela forma que seus olhos inocentes e tímidos olharam para mim, porra, eu não poderia ter virado as costas. Queria conhecê-la melhor e não sosseguei até conseguir isso.

E que bem isso me fez.

Agora sou deixado com um coração partido, um plano idiota para fazer a garota se apaixonar por mim de novo — que não vou usar — e uma barriga cheia de Oreos que nem tiveram um gosto tão bom assim.

Que maravilha, ela arruinou a porra dos Oreos para mim.

CAPÍTULO 30

UM MÊS APÓS O TÉRMINO

Emory: Boa sorte no Texas. Manda um abraço para a sua mãe.

Knox: Valeu, estamos no aeroporto agora. Odeio viajar com o time. Todo mundo fica olhando para a gente, porque temos que vestir o mesmo uniforme de aquecimento.

Emory: Você odeia que as pessoas olhem para você? É difícil de acreditar.

Knox: Eu sou tão tímido, posso enfiar o rosto nos seus peitos?

Emory: Você sabe que não há espaço suficiente para acomodar a sua cabeça e o seu ego... enormes.

Knox: Pelo que me lembro... bêbado, desmaiado com o seu peito na mão..., você tem peso suficiente nesses peitos para me aguentar.

Emory: Chega de cantada.

Knox: Nossa, você considera isso uma cantada? Então eu estava errando ao dizer, em vez disso, o quanto você é bonita? Nota mental, falar sobre o peso dos seios da Emory.

Emory: Ah, para.

Knox: Sinta-se à vontade para falar do peso do meu pau.

Emory: Não quero te envergonhar.

Knox: Ah, já saquei a sua, insinuando que o meu pau é pequeno. Bem, acho que você sabe que não é verdade.

Emory: Não dá para saber, pois nunca o tive em nenhum dos meus buracos.

Knox: Eu literalmente cuspi a minha bebida no Carson. Agora ele está puxando a minha calça, querendo trocar de roupa comigo. Valeu por essa.

Emory: De nada. Boa viagem.

DOIS MESES APÓS O TÉRMINO

Knox: Carson disse que te viu na biblioteca hoje.

Emory: Nossa, que legal, cara.

Knox: Não terminei de digitar.

Emory: ... Eu estava esperando.

Knox: Ele disse que você estava falando com uma garota que estava tentando sair comigo, dizendo para ela que eu tenho um pênis pequeno e leve. Que merda é essa, companheira?

Emory: Ele estava bêbado? Porque isso nunca aconteceu.

Knox: Tenho certeza de que aconteceu.

Emory: Não, não aconteceu. Foi no pátio, não na biblioteca.

Knox: Por que você tem que estragar as minhas piadas? Você leva as coisas longe demais.

Emory: Me deixa adivinhar... você vai precisar chorar nos meus seios de novo?

Knox: É justo. Estou tão perturbado, então, por favor, traga os seus peitos para mim.

Emory: Meu corpo é mais do que só peitos, Knox.

Knox: Como é? Desculpa, estava olhando para uma foto sua de biquíni que você postou nas redes sociais.

Emory: O que eu te falei sobre cantadas?

Knox: Ei, amigos cantam um ao outro. Eu vivo cantando o Carson. Acho que estamos a uma foto de pau de uma pegação no sábado, o que me faz lembrar, você virá à festa?

Emory: Não. Lindsay, Dottie e eu vamos a um show em Chicago, cortesia do pai da Dottie.

Knox: E como é que eu não fui convidado?

Emory: Porque da última vez que te vi, você "sem querer" me beijou na festa.

Knox: Eu tropecei, graças a Deus os seus lábios estavam lá para me pegar.

Emory: Você me levou para um canto e me beijou... por uma hora.

Knox: Hum, precisa de duas pessoas para um beijo, então aponte esse dedo acusador para você mesma, senhorita. E foi você quem deslizou a minha camiseta para cima.

Emory: Foi um momento de fraqueza.

Knox: Quer fazer isso de novo hoje à noite?

Emory: Não.

Knox: Qual é, como nos velhos tempos, vamos fazer isso e, olha só, se o meu pau sem querer deslizar para dentro de você, que seja.

Emory: É bom ver o quanto você está iludido.

Knox: Pelo visto, só em relação a você.

CINCO MESES APÓS O TÉRMINO

Knox: Você deixou o seu sutiã aqui ontem à noite.

Emory: Pode jogar fora. Nunca mais vou a outra festa.

Knox: Por quê? Me diverti muito me atualizando com a minha amiga.

Emory: Porque não posso mais fazer isso.

Knox: Fazer o quê? Beijar, esfregar um no outro e então ver você sair correndo do meu quarto, me deixando cheio de desejo? Concordo, vamos ficar pelados da próxima vez.

Emory: Você chupou os meus seios.

Knox: E, porra, como senti saudade desses seios.

Emory: Sério, chega de festas. Você é letal nelas. Somos só amigos.

Knox: É, estou bem ciente disso. Você me diz toda vez que me vê.

Emory: Bem, só quero ter certeza de que você se lembra. Parece que você se esquece sempre que estamos perto um do outro.

Knox: É porque nunca na vida quis tanto alguém como quero você.

Emory: Knox... não diga coisas assim, por favor.

Knox: Você pode me pedir para parar, mas jamais farei isso. Nunca vou parar de querer você.

SEIS MESES APÓS O TÉRMINO

Emory: Você está nervoso?

Knox: Não, mas queria que você estivesse aqui.

Emory: Voltei cedo para casa.

Knox: Pois é, sem se despedir.

Emory: Não fique bravo, por favor. Acho que não conseguiria me despedir pessoalmente.

Knox: Você me deve uma despedida apropriada, Emory, mas, em vez disso, saiu de fininho.

Emory: Eu não saí de fininho, eu só... Droga, não confiei em mim mesma. A distância é boa.

Knox: A distância é uma merda.

Emory: Não começa, Knox. Este é um grande dia para você, e quero comemorá-lo.

Knox: Se é assim que você se sente, então estaria aqui.

Emory: Não vamos começar a brigar, por favor.

Knox: Que porra, Emory. Duas semanas atrás, você estava na minha cama, me deixando te abraçar a noite toda, e aí você simplesmente se levanta e vai embora sem nem se despedir? E me manda mensagem do nada, como se tudo estivesse bem? Não está nada bem. Você está fodendo com a minha cabeça.

Emory: Eu estou fodendo com a sua cabeça? É você quem continua me tentando, acariciando o meu braço, chegando perto para sussurrar no meu ouvido. Não consigo ser tão forte, Knox. Isso não é nada fácil para mim também.

Knox: E mesmo assim, aqui estamos nós, agindo como "amigos". Que plano brilhante.

Emory: Não seja um babaca. Você prometeu amizade para sempre.

Knox: Porque eu queria transar com você, não porque eu queria ser seu amigo.

UMA HORA DEPOIS.

Knox: Eu não quis dizer aquilo, Emory.

Knox: Por favor, não me ignora. Me desculpa. Eu só estou frustrado pra caralho com toda esta situação. Estou com saudades. Você nem se despediu. Porra, quero você aqui.

Knox: Atende o telefone.

Knox: Por favor, Em...

Emory: Parabéns pela sua convocação. Os Bobcats têm sorte por ter você. Boa sorte.

Knox: Atende a porra do telefone, Emory.

Knox: Por favor, Em. Você prometeu amizade para sempre.

UM ANO APÓS O TÉRMINO

Knox: Pratiquei com o treinador Disik durante o recesso de inverno. Ouvi dizer que ele chamou a sra. Flower para sair. Você ficou sabendo?

Emory: Ele tem vindo à biblioteca para "checar" os livros de beisebol. Tive que guiá-lo até a seção deles. Ele não queria saber sobre os livros, só queria saber sobre a sra. Flower.

Knox: Ele disse que nunca viu uma mulher mais bonita na vida.

Emory: Por que será que isso me faz querer vomitar?

Knox: Porque você sempre achou que ela parecia um louva-a-deus.

Emory: Isso, é por isso.

Knox: Foi mal por não ter conseguido te ver.

Emory: É.

DOIS ANOS APÓS O TÉRMINO

Knox: O treinador e a sra. Flower ficaram noivos? Como é?

Emory: Notícia do século.

Knox: Você foi convidada?

Emory: Não, já faz um tempinho que terminei o estágio.

Knox: Ah... e o que você tem feito agora?

Emory: Estou trabalhando na biblioteca de uma escola da região, conseguindo os meus créditos.

Knox: Legal, assim como você queria.

Emory: Pois é. Parece que você está indo bem com o treino de primavera.

Knox: Tomara que eu seja chamado.

Emory: Será, sim.

TRÊS ANOS APÓS O TÉRMINO

Emory: Parabéns por ser o primeiro arremessador. Você está nervoso?

Knox: Que nada, parece que este é o meu lugar.

Emory: E é mesmo.

QUATRO ANOS APÓS O TÉRMINO

Emory: Mia Franco? Nossa, pessoalmente, ela é tão legal quanto parece?

Knox: Ela é bem legal. Ficando de olho em mim?

Emory: É difícil não ver uma foto sua nessas revistas de fofoca com a atriz mais famosa da nossa geração.

Knox: Odeio essas coisas.

Emory: Bem, você está destinado a aparecer nessas coisas se está namorando a Mia Franco.

CINCO ANOS APÓS O TÉRMINO

Knox: Comi um pacote inteiro de Oreos no jantar. Pensei que você ia gostar disso.

Emory: Ainda viciado?

Knox: Sim, e agora Mia está viciada também.

Emory: Ela precisa comer um pouco. #MagraDemais

Knox: Não começa.

SEIS ANOS APÓS O TÉRMINO

Knox: Estou bêbado.

Emory: E eu estou esperando Harvey chegar em casa.

Knox: Quem é Harvey?

Emory: Meu namorado. Você não leu o meu cartão de Natal?

Knox: Doloroso demais.

Emory: Bem, ele é o meu namorado. Ei, lamento pelo seu término com a Mia.

Knox: Ah, tá bom.

SETE ANOS APÓS O TÉRMINO

Knox: Feliz aniversário.

Emory: Valeu.

CAPÍTULO 31

EMORY

OITO ANOS DEPOIS

— Não vou ler aquele livro de novo. — Cora se senta na cadeira ao meu lado e joga *Mother Bruce*, o livro da hora da história desta semana, na mesa. — Amo o Bruce, amo muito, aquele urso conquistou o meu coração. Mas estou farta de contá-la, ainda mais quando as crianças nem ligam para o meu esforço em contar a história. Os meninos ficam o tempo todo tentando beliscar uns aos outros e as meninas estão sempre mexendo no cabelo umas das outras. Não se trata de um tempo livre, é a hora da história.

Solto uma risadinha, empurrando minha papelada para o lado e me virando para a minha amiga. Cora começou a trabalhar na escola Cedar Pine Elementary um ano depois de mim, assim que a sra. Gunderson se aposentou depois de trinta anos de serviço. Ela me ensinou tudo o que sei, e, de alguma forma, as estrelas se alinharam e eu me tornei a bibliotecária principal, enquanto Cora é a secundária. Juntas, formamos uma dupla e tanto. Encantamos os alunos com histórias divertidas e interessantes, ensinamos técnicas para soluções de problemas em conjunto com as lições em sala de aula, e, mais importante, fazemos da leitura algo divertido.

Nós nos dedicamos em fazer desta a melhor biblioteca do estado de Illinois. Nossa biblioteca é pitoresca, com livros maltratados e machucados, mas fazemos de tudo, usando até os nossos próprios salários, para decorar a biblioteca e transformá-la em um lugar mágico.

Tenho uma vida modesta em um apartamento pequeno fora da cidade. Estou fazendo o que sempre quis: educar crianças através da literatura. Então sou feliz.

— Eles estragaram *Mother Bruce* para mim — Cora continua.

— Você não está sendo um pouco dramática?

— Talvez, chegou aquele momento do mês. Podemos curtir uma noite das garotas? Quero todas as tortillas e várias margaritas.

— Posso dar um jeito nisso. Me deixe ver se Lindsay e Dottie topam.

Mando uma mensagem para as minhas duas melhores amigas, que também estão morando na região. Depois que nos formamos, prometemos ficar perto uma da outra. Lindsay é professora da terceira série na Cedar Pine — ela se candidatou para que nós pudéssemos trabalhar na mesma escola — e Dottie é uma mandachuva na empresa do pai dela, vivendo a vida de solteira ao máximo. Juro que ela arruma um cara a cada semana, mas tem muito medo de acabar se apegando, porque já foi usada por caras... várias vezes. Todo mundo parece saber quem ela é e o quanto tem na conta bancária, então ela mantém tudo sem compromisso com os homens. Dá certo para ela.

Lindsay é a primeira a responder.

> Lindsay: SIIIIIIIM! Uma noite das garotas. Amo meu bebê, mas uma noite sem ter que brigar com ele para colocar o pijama seria ótimo.
>
> Emory: Perfeito. Cora quer tortillas e margaritas.
>
> Dottie: Venham para a minha casa. Vou falar para o chef fazer tortillas caseiras e margaritas extrafortes. É sexta, então vocês podem dormir aqui, se precisarem.

Animada, olho para Cora.

— Dottie disse que vai pedir para o chef dela fazer tortillas caseiras.

— E guacamole? — Ela se anima.

Digito de novo.

> Emory: E guacamole?
>
> Dottie: Vai ser uma fiesta. Só tragam as suas leggings e camisetas enormes. Vamos ter um jantar chique, moças.
>
> Lindsay: Acho que acabei de ter um orgasmo... enquanto as minhas crianças estão brincando.

Emory: Sério, você não pode dizer merdas assim.

Lindsay: Tanto faz, nenhuma de vocês tem filhos. Vocês não sabem como é ser mãe solo. Já falei com a Nana Grace. Ela vai ficar aqui à noite. Vou desmaiar na casa da Dottie.

Dottie: Não na minha cama.

Lindsay: Vá à merda. Eu quero os travesseiros grandes. Tenho um encontro com a sua cama, você gostando ou não.

Guardo o celular, enquanto uma aluna vem até mim.

— Srta. Ealson, pode me ajudar a encontrar um livro da Judy Blume?

— Claro, querida.

Me levanto e contorno a mesa, mas não antes de cutucar Cora com o braço para animá-la. Ela volta à sua perfeita postura de bibliotecária e começa a ajudar de novo. Às vezes, precisamos de cinco minutos de desabafo, e então estamos de volta. Não sei como tive tanta sorte com as minhas amigas, mas sou agradecida. Anos atrás, achei que o sol jamais iria brilhar outra vez, mas aqui estou eu, feliz, saudável e com três mulheres incríveis como minhas melhores amigas. A vida é boa.

— O seu chef é solteiro? — Cora pergunta, colocando outra tortilla na boca. — Porque eu me casaria com ele por causa disto aqui.

— Ele é gay — Dottie informa. — E o parceiro dele é confeiteiro.

— Como é? — Cora arregala os olhos. — Como você conseguiu essa combinação perfeita?

— Bêbada em um bar gay, acabei encontrando Yan e George, e a gente começou a conversar. Melhor decisão da vida foi ter ido àquele bar naquela noite.

Confortável no enorme sofá de Dottie que tem vista para o horizonte de Chicago, me afundo nas almofadas macias e digo:

— É disso que eu estava precisando. Estava me sentindo tão estressada ultimamente com os cortes que vou ter que fazer no orçamento. — Tomo um longo gole pelo canudo, o limão da margarita fazendo meus lábios franzirem. — Sabia que entrar para a área de educação seria gratificante e ao mesmo tempo exasperante, mas, quando eles me pedem para fazer tantos cortes em um orçamento mínimo, parece impossível.

— De quanto você precisa? Posso fazer um cheque agora mesmo — Dottie diz, casualmente. Já mencionei que ela é cheia de dinheiro?

— Não vou aceitar o seu dinheiro, Dottie. Já é ruim o bastante você ter comprado computadores novos para a biblioteca. Chega das suas doações.

— Aff — Cora ofega, pegando a minha mão. — Não acredito que esqueci de te contar. — Ela se endireita. — Acho que fiquei exausta demais com as crianças me fazendo odiar *Mother Bruce*, mas recebi um e-mail maravilhoso hoje, que vai ajudar com o seu problema orçamentário.

— Ah, é? — Solto uma risadinha. — Você conhece algum velho ricaço que vai doar alguns milhares de dólares para comprar livros novos?

— Não um velho ricaço, mas os Bobcats.

Todos os olhos se viram para Cora e nossas posturas ficam tensas, os canudos caindo das nossas bocas.

— Você acabou de dizer Bobcats? — Dottie pergunta, sentada na beirada do sofá.

— Sim.

— Tipo... o time de beisebol? — Lindsay questiona.

— Sim, o time de beisebol. — Confusa, Cora olha para nós. — Vocês são fãs?

Assumindo a liderança, Dottie diz:

— Vamos precisar dos detalhes agora mesmo. Não esconda nada.

Parecendo pouco à vontade, Cora se mexe, segurando a margarita junto ao peito, como se fôssemos cortar sua cabeça se disser a coisa errada.

— Hum... bem, vi que eles estavam fazendo divulgação comunitária com várias escolas. Uma amiga trabalha lá, aí perguntei para ela como colocar a biblioteca de Cedar Pine na agenda. Ela me passou um contato. Mandei um e-mail para essa pessoa e me inscrevi no programa deles. Recebi um e-mail hoje de manhã, dizendo que fomos escolhidas como uma das escolas a receber uma doação do time. Não te disse nada antes porque não queria que ficasse esperançosa. Serão vinte mil dólares.

Por um instante, me esqueço de onde vem a doação e pisco depressa para Cora.

— Vinte mil dólares? Puta merda, Cora, vamos poder fazer tanta coisa com isso.

— Pois é. Vamos conseguir aquelas árvores de gesso e o novo centro de multimídia que sempre quisemos.

— Exato.

Cora olha para nós e então pergunta:

— Então por que todo mundo pareceu prestes a vomitar com a novidade? É boa, deveríamos estar felizes.

Dottie coloca sua taça vazia de margarita na mesa de centro e entrelaça as mãos.

— Vai haver algum evento para essa doação?

— Vai. — Cora se anima. — E isso também é empolgante. Vamos tirar fotos com alguns dos jogadores.

Meu estômago embrulha e a náusea faz a margarita se revirar depressa.

— Ai, merda — Lindsay diz antes de tomar o resto de seu drinque, enquanto sua voz falha. — Vamos precisar de mais margaritas, Yan.

— Quais jogadores? — pergunto, agitada, com vontade de vomitar.

— Hum, não sei. Eles não disseram. Por quê? — Pobre Cora, ela parece tão confusa e me sinto mal por isso.

Dottie e eu nos entreolhamos, como se ela pedisse permissão silenciosamente. Assinto e me afundo ainda mais no sofá, puxando um cobertor para minhas pernas.

— Estamos perguntando porque conhecemos um dos jogadores.

— Sério? — Pelo visto, Cora ainda não compreendeu nossa reação, porque quase pula no lugar. — Quem? Espera, me deixe adivinhar. — Ela bate o dedo no queixo. — Ah, ohhh, Walker? Não, Lincoln. Espera, não, ele não estudou por aqui como vocês. — E então seus olhos se iluminam ainda mais.

— Ai, meu Deus, se vocês disserem que é Knox Gentry, posso acabar caindo para trás aqui mesmo. É ele? É o Knox?

— Sim.

Dottie mal consegue pronunciar uma sílaba antes que Cora comece a surtar.

— Puta merda, vocês conhecem Knox Gentry? Tipo, vocês o conhecem de verdade ou só, sabe... aquela coisa de *estudamos na mesma universidade e o vimos em uma festa*?

Dottie está prestes a responder, mas a interrompo, precisando eu mesma dizer.

— Knox e eu ficamos.

— Foi mais do que ficar — Lindsay diz. Sua expressão triste desenterra tantas lembranças não resolvidas, não superadas, que tenho dele.

— Espera — Cora abre os braços para o lado —, você e Knox saíram juntos?

— Eles namoraram. Ele era obcecado por ela — Lindsay conta. — Tipo, bem obcecado.

Levando as mãos ao queixo, tento fazer o sofá me engolir, odiando que isso tenha vindo à tona enquanto estou tentando curtir uma noite de drinques com as garotas. Verdade seja dita, nunca consegui superá-lo. Como poderia? Ele era... Meu Deus, ele significava tudo para mim. Ele foi o homem que me mostrou que há homens bons por aí. Homens honrados, pacientes, fortes e com coração leal. Ele me mostrou como o amor verdadeiro pode ser, mesmo que nunca tenhamos dito essas palavras um para o outro. E, meu Deus, ele é o homem que me ajudou a me reerguer depois que Neil me dilacerou. Agora já parece fazer tanto tempo, mas é outra coisa pela qual sou grata a Knox Gentry.

Abrir mão dele foi a coisa mais difícil que já fiz. Não fui forte o suficiente para superar isso completamente, e é por isso que seus lábios encontraram os meus meses depois. De vez em quando, ainda dávamos uns amassos, sem passar de beijos e de sentir um ao outro, mas, ainda assim, eu desejava o seu conforto.

Certa noite, antes da formatura, antes que ele fosse convocado pelos

Bobcats, Neil ficou me mandando mensagem, querendo conversar comigo. Ele estava bêbado e decidiu cutucar a ferida que provocou. Antes que me desse conta do que estava fazendo, já estava no loft de Knox, com os olhos vermelhos de tanto chorar. Eu tinha terminado com ele, mas ele ainda me abraçou e ofereceu seu amor e conforto. Não fizemos nada naquela noite além de ficar abraçados, e isso me dilacerou mais uma vez, sabendo que estava dizendo adeus para sempre ao meu coração. Essa foi a última vez que o vi pessoalmente.

Mesmo que moremos na mesma cidade, nossos caminhos são completamente diferentes.

Ele não sabe que moro aqui. Mas, a esta altura, será que ele se importaria? Já se passaram oito anos, e ele namorou Mia Franco, e foi a muitos eventos com várias supermodelos a tiracolo. Para ser justa, com frequência, eram mais amigas do que namoradas, ou foi o que ouvi, mas o padrão com certeza aumentou para qualquer mulher que queira disputar sua atenção.

Mal conversamos, só mensagens de aniversário agora. A amizade que prometemos um ao outro está completamente acabada e agora... não passamos de conhecidos. *Amigos que no passado significaram mais.*

A esta altura, eu ficaria surpresa se ele me reconhecesse, com meu cabelo em um corte *long bob* ondulado e uns quilinhos a mais que ganhei desde a faculdade.

— Ai, meu Deus, por que você nunca me contou isso? — Cora pergunta, dando um tapinha na minha perna.

— Não foi uma separação fácil.

— Ele terminou com você? Ele era babaca?

— Não. — Balanço a cabeça, relembrando aquela noite terrível em que eu terminei, as lágrimas nos olhos dele, implorando para eu reconsiderar. Minha garganta fica apertada enquanto seguro a dor esmagadora que ameaça vir à tona. Oito anos depois, ainda me sinto péssima com o nosso término. — Ele estava para ser convocado, e eu não queria atrapalhar. Queria que ele focasse em tornar o sonho dele realidade. O beisebol precisava ser a prioridade para ele, e eu sabia que se ficasse com ele, isso não aconteceria.

— Então você sacrificou o seu amor por ele? — Cora aperta o peito. —

Ah, isso me deixa tão emocionada.

Neste momento, Yan aparecem com uma nova rodada de margaritas. Graças. A. Deus.

— Ele não ficou feliz. Na verdade, ficou bem bravo comigo, mas prometemos ser amigos. E isso foi morrendo ao longo dos anos, e agora mal nos falamos. Só mensagens de aniversário mesmo. Somos amigáveis um com o outro, mas duvido que ele vá querer me ver. Eu também não me despedi antes que ele deixasse a universidade assim que foi convocado. Porque foi difícil demais vê-lo de novo. — Puxo alguns fios do meu cabelo. — E acho que não consigo vê-lo, mesmo agora. Mal consegui terminar a faculdade depois que ele foi embora, ficava me lembrando do que nós dois tínhamos. Por isso não assisto aos jogos.

— Nossa. — Cora praticamente drena sua margarita. — Quando pedi uma noite de garotas, não estava esperando que você dissesse que já namorou *o* Knox Gentry. Tenho tantas perguntas, mas, por respeito, vou manter a boca fechada.

Que bom, porque acho que ela ficaria horrorizada em saber que, apesar de termos ficado juntos por vários meses, Knox e eu nunca fizemos sexo de verdade. E posso dizer ainda hoje que esse foi um dos maiores erros da minha vida.

Aquela maldita aposta idiota.

O mais longe que chegamos foi... sexo com roupas? Isso vai soar bem patético, mas foi o melhor orgasmo que já tive.

Tão, tão patético.

Mas foi com Knox, e isso tornou tudo diferente. Tudo com ele era diferente, por isso não posso vê-lo, por isso que não posso estar na presença dele. Não agora, não quando ainda não o superei, mesmo oito anos depois. Eu tentei. Eu tentei seguir em frente, e, por um tempo, fui feliz com Harvey, acho. Mas Knox é simplesmente bom demais e tinha todas as características que eu queria em um homem. Ele me amava. Sei disso. Mas às vezes, quando vejo quem ele namorou ao longo dos anos, é difícil de acreditar.

— Ele não estará lá, né?

— Não faço ideia. Eles costumam mandar os iniciantes para essas coisas, sabe? Então duvido.

Espero que ela tenha razão.

— Onde você está? — Dottie pergunta ao telefone.

— No banheiro — sussurro. — Não consigo, Dottie. Estou mesmo com vontade de vomitar.

— Você nem sabe se ele vai. O que a assessora disse?

— Ela não sabia quem foi escolhido para se juntar à cerimônia e ler para as crianças.

— Está vendo? É isso que chamo de serviço incompetente — Dottie resmunga. — Ela deveria saber quem vai aparecer e a que horas. Eu jamais a contrataria. — Ela é uma empresária implacável, e por isso é uma das mulheres mais ricas de Chicago. Sua fortuna vem das inúmeras horas dedicadas ao seu negócio desde que se formou, não por causa de seu pai. — Apenas se lembre do que a Cora disse; eles mandam os novatos para esses eventos, enquanto as estrelas se preparam para os jogos. Eles terão um jogo em casa esta noite, então não é possível que ele apareça na sua escola.

— Mas e o Carson? — pergunto, sabendo muito bem da dinâmica dos dois que jogaram juntos na faculdade e agora dividem as posições intermediárias nos campos da liga principal.

— A mesma coisa. Ele é um jogador principal, não irá.

— E as fotos que serão tiradas? E se Knox as ver quando estiverem estampadas para todo lado?

— Humm... — Dottie faz uma pausa. — Bem, peça para Cora posar para as fotos. Ela tem um sorriso lindo e foi ela quem se candidatou.

— É verdade. O que significa que não tenho que estar aqui. Posso ir para casa, né?

— Sabe que essa não é uma opção. Você já pediu para a diretoria.

Pedi mesmo. E nem sinto vergonha disso.

— Eu sei. Aff. — Balanço todo o meu corpo, relaxando os membros, que parecem estar ficando cada vez mais tensos a cada segundo. — Tudo bem, eu consigo. Ele não vai aparecer, Cora estará lá para as fotos, tudo vai ficar bem.

— Isso aí, tudo vai ficar bem.

Com isso, saio da cabine em que me escondi e me dou uma última olhada no espelho. Estava rezando a manhã toda para não o ver, mas só no caso de ele aparecer, peguei meu vestido preto mais justo, saltos vermelhos e um batom da mesma cor para combinar. É natural que eu queira estar bonita para um ex.

Vou até a biblioteca a tempo de receber todo mundo. É bem antes da hora do almoço, a turma de Lindsay foi a sortuda a ser escolhida — humm, como isso foi acontecer? — e então a equipe de assessores de imprensa chega com alguns jogadores bem altos e musculosos.

Parada ao lado de Cora, com a respiração presa no peito, examino o rosto dos caras que entram enquanto as crianças vibram. Lindsay se aproxima de mim e me dá uma cutucada de leve no ombro, me informando que posso contar com ela.

Três caras. E são homens que não conheço.

Graças. A. Deus.

Com o canto da boca, Lindsay murmura:

— Viu só? Arremessadores novatos e secundários, então você não tem com o que se preocupar.

Ela tem razão, não tenho nada com o que me preocupar. Relaxo e coloco um sorriso no rosto em vez de aquele olhar louco e tenso que sei que estava exibindo. Observamos enquanto as crianças batem palmas e vibram, algumas estendendo os braços para um "toca aqui". Esses caras são ótimos com as crianças, parecendo mais largos que montanhas naquelas camisetas e calças jeans justas.

— Srta. Ealson, gostaríamos de agradecer a você formalmente por mostrar interesse em nosso programa — diz uma das mulheres, e, meu Deus, não consigo me lembrar do nome dela.

— Ah, por favor, não precisa me agradecer. Foi obra da Cora. Ela que se inscreveu. — Puxo Cora para o meu lado assim que um flash de branco passa rápido pela porta.

E meu coração para de bater.

Passando a mão pelo cabelo, parecendo que acabou de correr do estacionamento até a biblioteca, Knox se junta aos seus companheiros de time e murmura:

— Desculpa, acabei tendo um imprevisto.

As crianças gritam de empolgação, chamando por Knox, que coloca seu sorriso encantador no rosto e acena para todas elas.

Congelada no lugar, incapaz de respirar, com o coração batendo na garganta, fico olhando e observando, enquanto seus olhos vão aos poucos examinando a biblioteca, absorvendo tudo, até que ele faz contato visual comigo.

E é quando cada pedacinho de compostura e força que eu vinha mantendo se estilhaça.

Só por um olhar chocado.

Porra.

Capítulo 32

Knox

— E aí, Roark? — digo ao telefone. Meu agente liga nos piores momentos. — Tenho que ir a um evento em uma biblioteca.

— É, eu sei, mas queria discutir rapidinho o seu próximo contrato. Eles querem oito anos por duzentos e sessenta milhões de dólares.

— Você sabe que não ligo para essa merda. — Passo a mão pelo cabelo. — Na verdade, odeio tudo isso. Você não pode simplesmente dar um jeito e depois me contar quando tudo estiver pronto?

Ele ri antes de dizer:

— Acho que você é o primeiro jogador a dizer isso.

— Quero jogar em Chicago, é só isso. Quero que os Bobcats sejam o meu único time, então dá para você fazer isso acontecer?

— Dá sim — ele diz em seu sotaque irlandês. — Foi por isso que você me contratou. Te ligo quando tivermos a proposta final.

— Valeu.

Desligo, guardo o celular e saio depressa do carro. Estou atrasado, sei que estou, mas não queria ter aquela conversa em público, nem poderia ignorá-la.

Corro para a recepção e logo sou direcionado pelos funcionários para a biblioteca. A iniciativa educacional que a equipe adotou se tornou um programa no qual quero muito estar envolvido. Nos últimos anos, entre as temporadas, terminei minha graduação e fiz um mestrado em Educação. Levou tempo, mas significa que se algo acontecer comigo no campo, tenho um plano reserva.

Por causa disso, falei para os diretores que queria estar envolvido no programa o máximo possível. E doar para bibliotecas… isso envolve um desejo mais pessoal.

A escola é um pouco decadente, mas cheia de pinturas coloridas e decorações feitas de papel amarradas e penduradas nas paredes. Há um quadro de avisos superlegal dedicado aos Bobcats. Bolas de beisebol feitas de papel e macarrão vermelho estão penduradas em um espaço junto de um enorme "obrigado".

Encontro Carson e vou para o seu lado.

— Desculpa, tive um imprevisto.

— Sem problemas, estamos só começando — ele diz, enquanto as crianças começam a vibrar e ficar um pouquinho malucas. Algumas delas se balançam nos assentos de tanta animação.

Me curvo um pouquinho e começo a acenar para elas, adorando seus rostos alegres. Quando tiver a chance de finalmente focar em uma família, vou querer uma grande. Ainda sou relativamente novo na minha carreira na liga principal, então tenho algum tempo até sossegar.

Examinando a sala, observo os arredores modestos, notando o rasgo nos carpetes e os móveis gastos. As paredes são coloridas de decoração, e plantas falsas estão espalhadas pelo lugar, mas dá para dizer que o dinheiro que vamos doar vai ajudar bastante.

Meus olhos percorrem os funcionários da escola e juro que estou vendo coisas. Pisco algumas vezes antes de focar de novo, mas ainda assim estão me mostrando a mesma explosão do passado.

Emory?

Aquela é ela mesmo?

Sem chance.

Seu cabelo está muito mais loiro, curto, mas aqueles olhos, aqueles lábios voluptuosos pra caralho e aqueles peitos gostosos... é ela.

E pela sua expressão chocada, ela não estava esperando me ver aqui.

Somos dois.

Emory Ealson. Em Chicago? Há quanto tempo? *Será que esse ainda é o nome dela? Será que se casou?*

Uma olhada em seu dedo anelar esquerdo me diz que ela não mudou de sobrenome, pelo menos, não ainda.

Uma onda de emoções me atravessa em questão de segundos. Surpresa, raiva... desejo.

Porra, ela está bonita pra caramba, ainda mais do que eu me lembrava.

Depois que ela foi embora sem se despedir, tentei manter distância. Desabilitei todas as notificações de suas redes sociais, sem querer ver como ou com quem ela estava. Tentei fazer disso um término definitivo. Demorou, mas depois de alguns anos, fui capaz de superar o que tivemos, pelo menos é do que tentei me convencer. Pela forma como meu coração está prestes a saltar do peito, vou supor que ainda não acabei com estes sentimentos. Eu os enterrei.

Vanessa, que está no comando da iniciativa educacional, começa seu discurso, algo sobre os Bobcats estarem promovendo a educação e os esportes, mas não consigo registrar nada enquanto fico olhando para Emory. Ela desvia o olhar e seu rosto está bem vermelho, sua tentativa de me evitar óbvia.

Mas não desisto. Mantenho os olhos nela o tempo todo. Quando estamos entregando o cheque, quando uma bibliotecária faz o discurso, dizendo para onde irá a doação, meus olhos permanecem fixos nela.

Porém, ela não me dá a mesma consideração. Está usando todas as forças para evitar olhar para mim, até mesmo olhando para aqueles saltos vermelhos dela que fazem suas pernas parecerem incrivelmente longas.

— Podemos tirar uma foto com todo mundo?

Vanessa gesticula com as mãos para a equipe e os jogadores se juntarem atrás do grande cheque, mas em vez de permanecer ali, Emory dá um passo para trás, abrindo caminho para trás das mesas, onde finge estar olhando alguns papéis.

— Srta. Ealson — chama Vanessa. O sobrenome de Emory faz uma espada se enterrar no meu peito. Todas as vezes que a chamei de Ealson. A forma como eu a provocava, a fazia rir, a ameaçava com beijos enquanto usava seu sobrenome. Porra. — Por favor, venha se juntar a nós.

Emory ergue a cabeça, mas dispensa com a mão, sem dizer uma palavra, mas tentando ter uma boa postura. Quando Vanessa tenta de novo, Emory nega outra vez. É só quando o diretor pede para que ela se junte que Emory desiste e fica ao lado de... *que porra Lindsay está fazendo aqui?*

Quando faço contato visual, ela parece estar se sentindo culpada e... animada ao mesmo tempo. Será que Dottie ainda mora em Chicago também? *Que porra está acontecendo?*

A raiva ferve na base da minha espinha. Será que elas têm morado aqui desde a faculdade? E nunca nem tentaram entrar em contato? Não é como se o fato de eu jogar para os Bobcats fosse a porra de um segredo. Meu rosto está estampado para todo lado em Chicago.

Que caralho aconteceu com a promessa de ser amigos para sempre?

Tentando não perder a droga da minha calma, abro um sorriso para a câmera, leio uma história para as crianças, dou alguns apertos de mão e passo um tempinho com as crianças antes de ir para o almoço. Vanessa nos dispensa, mas em vez de ir embora como meus colegas de time, fico parado no lugar, esperando para ver se ela vai se aproximar de mim, se ela virá me cumprimentar, se ela vai olhar uma última vez para mim. Quando não faz nada disso, não tenho escolha além de chamar sua atenção para essa palhaçada.

CAPÍTULO 33

EMORY

Nunca tive um ataque de pânico na vida, mas tenho quase certeza de que estou prestes a ter um. Mal consigo respirar — só inspirações curtas de ar estão preenchendo meus pulmões. Minha garganta está emocionalmente apertada e mal consigo falar, e cada pedacinho do meu corpo está tremendo de nervoso.

Não era para ele estar aqui. Era para eu nunca mais vê-lo. Evitá-lo a todo custo sempre foi a minha prioridade, mas aqui está ele, em carne e osso, sem tirar os olhos de mim.

Assim que o evento termina, eu me viro para Cora e sussurro em seu ouvido, com a voz quase inaudível com o martelar do meu coração:

— Eu... preciso... — Engasgo com as palavras e lágrimas começam a inundar meus olhos. — Preciso sair daqui.

— Vá. — Ela toca meu braço. — Eu cuido disso.

— Obrigada — murmuro com dificuldade, porque minha voz parou de funcionar.

Sem olhar para trás, saio correndo para o escritório minúsculo que Cora e eu compartilhamos — usado principalmente para dar uma escapada por uns instantes e fazer um lanchinho.

Fecho a porta e me apoio na parede. Assim que cerro os olhos com força, lágrimas começam a rolar pelas minhas bochechas e um soluço escapa pelos meus lábios. Vou deslizando pela parede, cobrindo a boca com a mão para abafar o choro.

É exatamente por isso que evitei vê-lo, porque apesar dos anos que ficamos separados, tudo ainda está aqui.

Vê-lo parado lá, com sua camiseta, mais sexy do que nunca... precisei de todas as forças dentro de mim para não desabar e chorar pela perda do que já tivemos, do futuro que poderíamos ter tido se as circunstâncias fossem diferentes. Posso ter sido eu a dar um ponto final nas coisas com Knox, tentando garantir que ele desse o máximo para seu futuro, mas meu coração nunca terminou com ele. Meu coração nunca abriu mão dele.

Agachada junto à parede, tento recuperar a compostura, respirando fundo e me forçando a me recompor, e então a porta se abre. Dou uma olhada para cima, esperando ver Cora, mas no lugar da minha amiga está o homem pelo qual ainda estou muito apaixonada.

Seu perfume, fresco e limpo, preenche o pequeno espaço, seguido de seu corpo musculoso e definido. Ele está maior do que na época da faculdade, mais másculo, o que quer dizer bastante, uma vez que Knox já tinha o físico exemplar.

— O... o que você está fazendo aqui? — pergunto e me levanto, enquanto ele me encara. Seus olhos roubam qualquer força que me resta, o que já não era quase nada.

Sua mandíbula se move para o lado antes de ele dizer:

— Deu para ver que seus velhos hábitos não mudaram tanto assim, hein?

— Do que você está falando? — Dou um passo para longe, precisando de alguma distância daquela presença poderosa à minha frente.

— Ir embora sem se despedir.

É um golpe bem merecido, mas não significa que não machuque... demais.

— Eu... não sabia...

— Há quanto tempo você mora aqui? — Ele cruza os braços sobre o peito musculoso, com o peitoral grosso e definido abaixo da camiseta.

Sem *oi*. Sem *como você vai*. Sem *nossa, já faz um tempo que não vejo você*. Ele pulou todas as amabilidades, amarrado a uma carga de raiva, sem rodeio algum.

O nervosismo torce meu estômago, revirando e girando. Já sonhei com esses olhos, mas em vez de essas sobrancelhas afiadas pairando sobre eles, estavam olhares cheios de amor. Já sonhei com esses lábios, mas em vez da fina linha de irritação, estavam pressionados nos meus. E já sonhei com esses braços, mas em vez de cruzados e afastados, estavam envolvendo meu corpo, me segurando com força junto a ele.

Parece que não consigo respirar perto dele, ou encontrar palavras nesse caso. É tudo demais: as lembranças, o seu cheiro, a dureza em seus olhos. Há tanta raiva, tantas palavras não ditas entre nós. A ferida que criei nunca foi curada de verdade. Está na cara agora.

— Você vai me responder? — ele rosna. — Há quanto tempo você mora aqui?

Engulo em seco, contorcendo as mãos à minha frente, com as palmas suadas, os nervos à flor da pele.

— Eu... hã. — Lágrimas começam a rolar pelo meu rosto. — Desde a faculdade.

— Desde... — Ele respira fundo e gira ao redor, passando a mão pelo cabelo, como se não conseguisse acreditar. Por fim, quando volta a me encarar, fala entre os dentes cerrados: — Você tem morado aqui desde a porra da faculdade e nem me falou nada?

— Você tinha a sua vida. Não queria ferrar com isso.

— Você *era* a minha vida, Emory. Porra! — Ele coloca a duas mãos na nuca e olha para o teto. Mais lágrimas rolam pelo meu rosto. — Não acredito que você esteve aqui todo esse tempo, sabendo que eu estava a uma ligação de distância, e nunca entrou em contato comigo. O que aconteceu com sermos amigos para sempre? O que aconteceu com a promessa de manter contato?

— Serve para nós dois — digo com um soluço.

— É, serve mesmo, porra. O que significa que assim que soube que eu fui chamado para a liga principal, você deveria ter me dito onde você estava.

— Você estava com a Mia.

— Foda-se a Mia. Ela não é nada comparada a você. Porra, Emory, será que você não se dá conta do quanto me destruiu na época da faculdade? Do quanto o nosso término... Será que não se dá conta do quanto aquilo me matou? Você era a garota que eu queria, a pessoa que eu queria ao meu lado para a vida toda. E você tirou e então escondeu isso de mim. Você esteve bem debaixo da porra do meu nariz esse tempo todo e nunca disse nem uma palavrinha. Isso é por que você não queria nada comigo? Será que você significava mais para mim do que eu para você?

Engulo um soluço e tento acalmar minha respiração, mas minha voz sai entrecortada e rouca.

— Se esse fosse o caso, você acha que eu estaria tão magoada assim?

— Sei lá. — Ele joga as mãos para o lado. — Pode ser que você esteja constrangida demais por ter sido pega.

— Se é isso que você pensa mesmo, então não sabe nada sobre mim.

— É, pelo visto não sei mesmo — ele solta um sussurro alto; deve ter se dado conta de que estamos apenas a uma porta de distância de um monte de gente. — A garota que eu conhecia jamais se esconderia de mim. Ela era corajosa, forte, confiante do que tínhamos juntos. Já não conheço mais essa pessoa à minha frente.

Como ele consegue enxergar qualquer coisa além do meu desejo e amor por ele? Como ele pode me ver trêmula de emoção sob seu olhar e pensar que seja outra coisa além do amor avassalador que ainda sinto por ele?

Juntando coragem o suficiente para me defender, digo:

— A garota parada à sua frente não está envergonhada por ter sido *pega*, nem é tão fria quanto você está descrevendo. — Aponto para o meu peito, minha roupa úmida das lágrimas que não param de rolar. — Esta garota é cheia de vida, cheia de feridas... cheia de arrependimentos. Não passei um dia sem pensar sobre a decisão que tomei na faculdade. — Um soluço me escapa. — Não passo um dia sem pensar sobre o que vivemos, sobre a conexão que dividimos. E apesar de ter sido uma decisão minha, eu não mudaria nada, porque você está exatamente onde deveria estar. — Enxugo uma lágrima. — O interbases principal do Chicago Bobcats.

— Eu poderia ter feito isso com você, Em.

— Não se iluda, Knox. Não poderia, e não vou refazer minha decisão com você. O que eu fiz foi o certo para nós dois.

— Foi o certo para você — ele retruca. — Foi o que você queria, e não me deu a chance de discutirmos isso juntos. Você tomou a sua decisão e aí nós dois tivemos que acatá-la. Não foi nem um pouco justo.

— Você não teria tomado a decisão certa.

— E quem decide qual foi a decisão certa? Você? — Não sei como responder a isso, mas ele não me dá a chance de fazer isso. — Pode me chamar de idiota, mas quando se está em um namoro sério, o casal costuma tomar as decisões juntos, não uma conclusão unilateral. Mas o nosso relacionamento foi assim, não foi? Você sempre fazia exigências, e eu sempre tinha que me dobrar para que conseguisse um momento do seu tempo.

— Não foi nem um pouco assim — rebato. Como foi que chegamos a este momento? Com tanta raiva um do outro? — Eu estava protegendo o meu coração.

— Porque um babaca te magoou. Você me puniu por causa do comportamento dele assim que começamos a namorar. Você nunca me deu uma chance.

— Não é verdade — digo, elevando a voz, odiando que ele ainda não consiga ver a razão por trás de tudo o que fiz. — Eu estava protegendo o meu coração, porque assim que te conheci, soube que você ia acabar comigo da melhor maneira possível. Tudo em você, da sua personalidade aos seus olhos exigentes, à sua voz doce e provocante, eu sabia que qualquer homem que viesse depois jamais chegaria aos seus pés.

— E mesmo assim, você ainda quis terminar.

— Eu te protegi. — Passo a mão em seu peito, me movendo para o seu espaço. — Eu te protegi do meu coração fraco. Você acha mesmo que eu queria terminar com você? Eu te amava pra caramba, Knox. Você foi o homem que me fez levantar e me mostrou o que era o amor.

Seus olhos se estreitam, seu peito arfa, e suas mãos abrem e fecham ao seu lado, a raiva saindo em ondas dele.

— Achei que não tínhamos permissão de dizer essas palavras com raiva — ele retruca, com a mandíbula tão tensa que sua boca quase não se move ao falar. — Nunca falamos essas palavras um para o outro e agora você escolhe dizê-las, oito anos depois, quando já não importam?

— Se não importam, por que você liga? Se nada disso importa para você, por que está aqui? Você só está tentando me machucar? Porque se for isso, conseguiu.

— Eu estou te machucando? — Ele aponta para o próprio peito. — Será que você não se dá conta do que tive que fazer para te superar? Quase perdi a minha posição principal. O treinador ficou me ameaçando de me colocar no banco, porque eu não conseguia pensar com clareza. Meu primeiro ano na liga menor foi uma batalha mental, porque ainda estava agarrado a você. Acha que me ajudou? Que me protegeu? Não, você levou embora a única coisa que me mantinha são. E ainda estou danificado por isso. *Ainda* penso em você e sonho com você. — Ele dá um passo à frente, diminuindo a distância entre nós, o ar ao nosso redor fica rarefeito. — Ainda fico imaginando como deve ser ter os seus lábios por todo o meu corpo, chupar sua boceta até fazer você gritar, me enterrar tão fundo em você a ponto de não querer sair.

Com as mãos trêmulas, mantenho-as entrelaçadas com firmeza, a tentação de estendê-las para ele forte demais.

— Mas você não tem os mesmos sentimentos, os mesmos pensamentos, não é, Em? Porque naquele relacionamento que tivemos, eu estava de corpo e alma, mas você sempre tinha um pé para fora.

Cerro os dentes.

— Pare de me insultar! — Aponto o dedo em seu peito. — Pare de tratar os meus sentimentos como se fossem nada. — Eu o cutuco de novo, mas, desta vez, ele aperta meus dedos com a mão, enviando um raio de luxúria direto pelo meu braço quando ele me arrasta para perto. — Pare... — Respiro fundo quando sua outra mão envolve a minha cintura.

— Parar com o quê? De te forçar a admitir a verdade, que terminar comigo foi a pior decisão da sua vida?

Por ele ser pelo menos uns trinta centímetros mais alto que eu, tenho que olhar para cima para encontrar seus olhos ardentes à procura dos meus. As usuais piscinas de um azul límpido das quais me lembro estão com uma cor escura e tempestuosa, lançando um aviso para mim. Seu rosto está mais nítido; seu aperto, mais forte; sua voz, mais profunda enquanto ele exige respostas de mim.

— Apenas admita, Em.

— Por quê? Para que você possa dizer que tinha razão?

— Sim.

— Não — digo enquanto o empurro para longe, mas ele agarra meu pulso e me gira para que eu fique pressionada contra a parede do escritório minúsculo. Sua mão aperta meu quadril, enquanto seu olhar percorre meu corpo. O calor entre nós crepita como chamas, pronto para inflamar em algo maior.

— Se não vai admitir, então pelo menos me diga... Você ainda gosta de mim?

Ele aproxima a cabeça, acalmando o ar ao nosso redor, enquanto seu perfume forte causa nós no meu estômago. Depois de oito anos sem quase nenhum contato, tentando evitar ver este homem, é como se sua presença tivesse desencadeado uma onda de emoções, e estou aos poucos me afogando nelas, uma respiração de cada vez.

Sua pergunta paira entre nós, enquanto tento refletir sobre o que dizer. Será que ainda gosto dele? A verdade é que nunca deixei de gostar. Lá no fundo da minha mente, lá no fundo do meu coração, sempre carreguei uma onda de sentimentos por este homem. E não importa quem eu estivesse namorando ou o quanto tentasse esquecer, ele sempre foi uma parte da minha vida, um pedaço de quem eu sou.

— Se eu disser que sim... o que você vai fazer? Rir na minha cara, me falar "eu te avisei" e sair correndo desta sala?

Se eu achava que seus olhos não podiam se estreitar mais, eu estava errada.

— Se você acha mesmo que esta é uma armadilha só para provar que você estava errada, você está louca. — Seu aperto fica mais firme. — Isso não é uma armadilha. Isso é um teste.

— Um teste? — pergunto, e seus quadris se pressionam contra os meus. Respiro fundo, enquanto meu corpo se funde ao seu no mesmo instante, minhas pernas bambas mal conseguindo me sustentar. — Que tipo de teste?

Suas mãos sobem pelos meus braços, passam pelos meus ombros e param no meu pescoço, onde seus dedos calejados e ásperos agarram minha mandíbula. Com os olhos fixos nos meus, a eletricidade estala entre nós. A antiga chama que ardeu durante a faculdade começa a se reacender.

— Este tipo de teste — ele diz logo antes de inclinar minha boca para cima e pressionar os lábios nos meus. É um selinho no começo, como se ele estivesse se certificando de que eu não fosse sair correndo, mas quando me mantenho ali, ele intensifica o beijo e o aperto que tem em mim.

Suave, e ainda assim diferente, com um desespero que nunca senti vindo dele antes, seus lábios se movem com cuidado pelos meus até sua língua abrir minha boca e mergulhar na minha. Agarro seu pescoço com as duas mãos. Meu corpo fica tenso junto ao dele. Lembranças do nosso tempo juntos me atingem em cheio no peito.

Quando eu o conheci de verdade no campus. Aquele sorriso quando ele tirou o mapa do rosto.

Aquele primeiro beijo no refeitório, quando todo mundo desapareceu ao nosso redor.

A noite em que ele ficou comigo quando eu tive enxaqueca.

As festas.

As brincadeiras.

Os olhares cheios de luxúria.

É como um carretel de memórias desenrolando-se depressa, girando ao redor da minha mente, enquanto mergulho nos lábios mais deliciosos que já provei.

Senti falta disto. Como não sentiria quando nunca deixei de amá-lo? Ele não foi um caso de faculdade, ou um trampolim para o próximo homem, porque Knox sempre será *o* homem da minha vida.

Sua boca diminui o ritmo, aos poucos, sua língua se afasta da minha, até que ele para e dá um passo para longe, me deixando junto à parede, com o peito arfando, os meus seios clamando por seu toque.

Incrédulo pelo que fez, ele dá outro passo para trás, como se não confiasse em si mesmo.

— Porra — ele murmura, enquanto se vira. — Porra — repete um pouco mais alto.

— Knox...

— Juro por Deus, Em, que se as próximas palavras que saírem da sua boca forem que a gente não deveria ter feito isso, eu vou perder a cabeça, porra. — Suas costas estão tensas, seus ombros quase tocam suas orelhas pela tensão neles.

— Eu não ia dizer isso.

— Então o que você ia dizer? — Ele se vira para me encarar, com o estresse por todo o seu lindo rosto.

Ele está batalhando. Não quer me desejar, mas não há como. Dá para ver a indecisão em seus olhos com uma pitada de necessidade.

Tenho uma decisão a tomar, outra bem grande. Posso virar as costas para este homem e tentar libertá-lo deste nó que temos um com outro, ou posso arriscar meu coração e tentar tirar proveito deste momento fortuito.

Respiro fundo e digo:

— Eu ia te perguntar... se você não gostaria de ir a um encontro comigo hoje à noite.

CAPÍTULO 34

KNOX

Respire fundo.

Olho para o meu bastão e me desligo da torcida, a batida da música tentando animar os torcedores na nona entrada. Estamos perdendo por uma, e ainda tenho que me mostrar para o jogo de hoje.

Soltando um suspiro profundo, entro na área de rebatedor e me posiciono.

Pederson, o arremessador de Toronto, tem estado apagado durante toda a temporada, e já que estou com dois na contagem, pode ser que ele tenha outro *strike* esperando por mim.

Ele olha para a primeira-base, para onde Dunn está indo, cauteloso para não ser eliminado, porque estamos no final da nona entrada e ser eliminado no começo sem conseguir eliminar, enquanto estamos perdendo por um, é um pecado capital.

Pederson impulsiona e então entrega seu arremesso lateral direto para a zona. Giro e atinjo o ar, o som da bola batendo na luva do apanhador soando nos meus ouvidos.

Filho da puta.

Arranco o capacete e grito dentro dele enquanto vou na direção do banco. Quando alcanço a escada, desço depressa, ignorando o olhar do treinador, jogando o bastão, o capacete e as luvas perto dos cubículos de capacete, e abro caminho até o final do banco e pego uma bebida.

Que jogo de merda. Não me lembro da última vez que joguei tão mal assim. E é tudo por culpa do meu passado, que voltou para me assombrar.

Ainda não consigo acreditar que Emory tem morado em Chicago esse tempo todo.

Porra, esse tempo todo.

Queria poder dizer, por um instante, que não tenho uma queda pela garota dos meus sonhos, mas isso seria mentira.

— Que porra está acontecendo com você hoje, cara? — Carson pergunta, aproximando-se de mim. — Está agindo como se esta fosse a sua primeira vez na liga principal.

Passo a toalha por todo o rosto, mantendo a voz baixa perto das câmeras.

— Não estou conseguindo me concentrar no jogo.

— Não brinca.

A torcida vibra, e nós dois olhamos para o campo, onde Flores acabou de acertar uma, correndo pela base. Pelo menos alguém está contribuindo para o time hoje.

— O que está rolando? — Carson persiste, parecendo bastante preocupado.

Ele deveria saber. Ele conhece a única coisa que pode me tirar do jogo, a única coisa que pode me tirar a concentração do jogo: Emory.

— Hoje, naquela cerimônia na biblioteca, eu encontrei a Emory.

— Em... — Ele balança a cabeça. — Espere aí, como é?

— Pois é, ela é a porra da bibliotecária de uma das escolas primárias para a qual doamos.

— Ela mora em Chicago?

— Mora, ela nunca foi embora daqui.

Carson ergue seu boné e coça o topo da cabeça.

— Puta merda.

— Pois é. Vamos apenas dizer que a raiva me consumiu quando a vi, e antes que eu me desse conta, corri para o escritório dela, onde a encontrei chorando. Fui de raiva para fúria. Ela deixou essa ferida entre a gente.

— Merda. — A torcida vibra outra vez, e Kennedy toma a primeira-base, deixando os arremessos de Pederson saírem. Caramba, um eliminado, com as bases tomadas; pode ser que a gente acabe vencendo o jogo. — O que você fez?

— O que qualquer outro idiota de coração partido faria. Gritei com ela, eu a culpei por tudo e aí a pressionei contra a parede e beijei a boca dela com tudo.

— Ah, porra. — Ele solta uma risadinha. — Você deu um amasso nela, cara?

— Dei, e não estou brincando quando digo que foi a porra do melhor beijo da minha vida, melhor que o primeiro. Foi como se eu estivesse prendendo o fôlego por oito anos e finalmente pude soltá-lo. Fiquei tão surpreso pelo quanto ela me abalou que me afastei e xinguei pra caramba.

— É isso aí. E o que aconteceu depois disso?

Como dois fofoqueiros em um canto, tomo um gole da minha bebida e digo:

— Ela me chamou para sair.

— Como é? Você só pode estar brincando. Ela te chamou para sair? Depois de tudo pelo que vocês dois passaram?

— Pois é. — Pego a toalha e a coloco sobre os ombros para enxugar o rosto.

— E o que você disse?

O estalo de uma bola chama nossa atenção para o campo. A bola voa longe no campo externo. Dunn alcança a terceira-base e passa pela terceira linha de base assim que a bola é pega. Ele mergulha o corpo, tentando marcar.

O time o parabeniza com os punhos e "toca aqui" quando ele vem para o banco. Nos juntamos à comemoração, mas assim que termina, continuo:

— Falei que ia pensar sobre isso e aí fui embora. Ela me mandou o endereço dela e disse que se quisesse ir até lá depois do jogo, sei onde encontrá-la.

— Caramba, cara. Você vai?

— Não faço a menor ideia, mas a minha falta de concentração hoje é uma clara indicação de que preciso fazer alguma coisa, de que preciso dar um jeito nisso.

— Você quer vê-la de novo?

— Porra... sim, quero. Mas ainda estou com raiva pra caramba.

— É compreensível. Quase tive que chutar a sua bunda por demorar tanto para se concentrar nos jogos quando fomos convocados. No passado, e está na cara que agora também. Mas você nunca conseguiu superar essa garota.

— E o que você está querendo dizer?

Do nada, a torcida vibra e nossos colegas de time saem correndo do banco para comemorar.

Vencemos, não faço ideia de como, mas conseguimos. Carson e eu vamos logo atrás, enquanto ele grita para mim por cima da comemoração da torcida.

— Você precisa saber o que ela quer. É o que deve fazer por si mesmo.

Enquanto o time comemora e jatos de água são jogados ao redor, não sinto nada além de um baque surdo no peito, uma pulsação que está tentando voltar à vida.

Vê-la pode acabar sendo a melhor ou a pior decisão da minha vida.

Ah, se eu soubesse o que fazer...

Com a caminhonete estacionada, dou uma olhada na placa da delicatéssen que diz Joe's Meats.

O que raios ela está fazendo, morando acima de uma delicatéssen?

As ruas são mal-iluminadas, há um grupo de caras a algumas ruas de distância, participando do que só posso imaginar ser tráfico de drogas, e há grades em cada janela na rua em que ela mora.

Que porra é essa?

Enfio a chave no bolso e vou para a porta lateral, para onde Emory me direcionou por mensagem, e subo dois degraus de cada vez, com os passos pesados na escada desgastada e frágil.

Depois do jogo, levei um tempo para tomar um banho e me vestir. Não mandei mensagem para informar para ela que eu estava indo, sem saber se poderia de fato ir até ela. Não queria fazer uma promessa que não tinha certeza se cumpriria, mas, de alguma forma, minha caminhonete encontrou o caminho até o seu apartamento.

Só há uma porta no topo da escada, e a madeira foi pintada tantas vezes que parece grudenta em vez de lisa.

Antes que eu possa me convencer a ir embora, bato à porta e enfio as mãos nos bolsos. Há um farfalhar, seguido por rangido no assoalho, e a fechadura começa a se mexer. A porta se abre, e do outro lado está uma surpresa e lacrimosa Emory. Porra, ela deve ter pensado que eu não viria.

Usando uma calça jogger branca e uma regata cinza, ela enxuga o rosto às pressas e pigarreia.

— Knox — ela se assusta. — Eu... não estava esperando que você viesse.

— Posso entrar?

— Sim, claro.

Ela abre mais a porta, revelando um apartamento bem pequeno, mas confortável. Seu quarto é separado por uma pequena divisória, e ela conseguiu espaço suficiente para uma namoradeira de frente para uma TV de tela plana minúscula. Incrivelmente modesto, seu apartamento é do tamanho do meu quarto, mas é dela.

Dou um passo e ela fecha a porta.

Ainda sem saber o que fazer, fico parado na sua minúscula entrada, com as mãos enfiadas nos bolsos.

Ela fala primeiro.

— Eu vi o jogo. — Ela olha para o chão. — Parabéns pela vitória.

— Valeu. Não fiz nada para contribuir para isso.

— Você foi atingido por uma bola, já é alguma coisa.

Merda, odeio o fato de ela me fazer rir.

— Minha avó poderia ter ficado parada lá e feito aquilo.

— Aposto que ela não teria conseguido andar depois disso. Provavelmente acabaria com uma costela quebrada e uma contusão, de cama por duas semanas.

Balanço a cabeça.

— Não seja tão espirituosa assim.

Seus lábios se apertam.

— Por que você veio aqui, Knox?

— Porque você me convidou.

— Mas se veio aqui para ficar bravo comigo, se vai ser cruel, então prefiro que vá embora.

Minhas sobrancelhas se erguem.

— O que você estava esperando? Que eu ligasse um interruptor e do nada ficasse bem com tudo que aconteceu entre a gente? Não funciona assim, Emory.

— Então talvez esta não tenha sido uma boa ideia.

— Você só pode estar brincando. Já vai jogar a toalha?

— Se eu estivesse jogando a toalha, nem teria te convidado. E se eu soubesse que você viria como um completo e absoluto babaca, jamais teria te deixado entrar no meu mundinho.

— Pois é, mundinho mesmo. — Examino o local.

— Não entre na minha casa só para insultá-la — ela diz, ficando com raiva. — Eu não tenho um salário multimilionário como o seu. O meu é escasso, e muitas vezes acabo usando para comprar coisas novas para a biblioteca, quando consigo economizar. E está tudo bem para mim, porque amo aquelas crianças. Não preciso sorrir para uma câmera e ir embora. Na verdade, me envolvo com as coisas.

Indo direto para os ataques: dois podem fazer esse jogo.

— Pode descer do seu pedestal, Emory. Só porque você está envolvida com as coisas não quer dizer que é a Joana D'Arc. Eu faço o que posso, considerando minha agenda. E apareço em eventos como os de hoje, porque quero, não porque sou forçado.

— Pareceu que você foi forçado hoje — ela murmura, virando-se.

— Eu me desconcentrei porque a minha ex-namorada surgiu do nada. Então, me desculpe se fui um pouco duro.

— Você não perde tempo em me culpar por tudo.

— Porque você é a culpada. Por que não consegue ver? Você não se lembra daquela noite? Fingir uma enxaqueca, voltar para o dormitório, só para acabar comigo enquanto me dizia qual era a sua decisão. Com certeza você é a culpada.

— Não vejo dessa maneira — ela argumenta. — E é impressionante o quanto a raiva te cega, a ponto de você não conseguir se colocar no meu lugar ao menos uma vez...

— Então se coloque no meu lugar — grito, batendo no peito. — Se coloque na porra do meu lugar, Emory. E veja se conseguiria manter a calma e agir como se nada tivesse acontecido.

— Eu estava no mesmo lugar que você — ela grita de volta. — Senti a mesma dor, o mesmo coração partido, até pior, porque eu tive que ser a racional e tomar a decisão.

— Você acha que ficou tão magoada quanto eu? Inacreditável.

Ela coloca as mãos no rosto e balança a cabeça.

— Isto não faz sentido. Nem sei por que te convidei para vir aqui. Você nunca vai enxergar do meu ponto de vista.

— Pois é, não faz sentido. — Dou um passo para trás, com o coração afundando no peito.

— Vá embora, Knox. Já não tenho mais forças para isso.

— Isso ficou claro na faculdade, desistindo antes que a gente tivesse a chance de lutar pelo que queríamos.

Seus olhos vão para os meus, e a derrota é logo substituída pela raiva. Ela vai até a porta, a escancara e diz:

— Antes de te conhecer, eu tinha sido emocionalmente abusada por um homem que achei que me amaria e me protegeria. Quando cheguei a Brentwood, eu mal estava conseguindo me manter de pé. Lembrar de respirar fundo era uma tarefa difícil para mim. E aí conheci você. Você queria algo logo de cara, mas eu ainda estava quebrada. Sabendo o quanto você era especial, fui com calma, me certificando de que eu podia, aos poucos, me reerguer e ser o tipo de mulher que você merecia, alguém que fosse generosa e gentil como você. Eu cresci, me reergui e fui aos poucos começando a acreditar que era digna… de você. — Uma lágrima desgarrada rola por sua bochecha, e meu coração quer estender a mão e enxugá-la, mas minha cabeça se recusa a mostrar fraqueza. — Depois do recesso de Natal, eu soube que podia ser tudo de que você precisava, a força, a rocha, e aí descobri que você ia ser convocado. *E* que você tinha tomado essa decisão antes de a gente começar a namorar. Eu estava inteira. Sabia que ainda estava sendo sustentada por uma fita adesiva, uma fita adesiva forte, mas ainda assim uma fita adesiva. Eu sabia que ia causar mais dano a você do que você precisava. Sabia que a minha carência iria te distrair, que a nossa distância iria te irritar, que a nossa falta de comunicação iria te afetar, e eu não podia aceitar isso. Você merecia mais. Foi por isso que terminei, porque *você* merecia mais. E conseguiu *isso*, Knox. Você realizou os *seus* sonhos. E como você já disse, minha vida é muito, muito menor e insignificante comparada com a sua. — Ela respira fundo e então aponta para fora. — E mesmo agora, só ver você de novo causou uma rachadura no meu concreto que mal acabou de secar. Sei que mereço mais do que os seus insultos e incompreensões. Vá embora… por favor.

Mordo o interior da bochecha, refletindo sobre a minha próxima ação, mas quando nada vem à minha boca, sei o que fazer.

Virando as costas para ela, dou um passo em direção à porta, então outro e outro, até que estou fora do seu apartamento e, mais uma vez, fora de sua vida.

Capítulo 35

Emory

A porta se fecha, e eu caio de joelhos, soluçando nas mãos.

Eu expus meu coração e ele o pisoteou.

Mas, sinceramente, será que tenho o direito de ficar com raiva dele? Na verdade, não, porque mesmo que eu não admita, já pensei em me colocar no lugar dele e imaginei como eu teria reagido se ele tivesse feito o que eu fiz. A parte racional de mim diz, *ah, eu entenderia*, ele estaria tentando me ajudar, me auxiliar da melhor maneira que poderia.

Mas minha parte emocional, o lado que o coração comanda, teria ficado com tanta raiva quanto ele, porque o que tínhamos era especial. O que tínhamos era diferente de qualquer relacionamento que já vivenciei. Nunca fiquei tão envolvida com outro ser humano, nem me senti tão adorada.

Éramos o par perfeito.

Ainda assim, às vezes o par perfeito acaba separado.

Tentando me levantar do chão, respiro fundo e acalmo os soluços irregulares que escapam dos meus lábios.

Me firmo e vou até a cozinha para pegar um guardanapo e assoar o nariz quando há uma batidinha à porta. Me viro e encaro a entrada, neste momento desejando que eu tivesse visão de raio-X.

Será que ele voltou? Será que quer discutir mais? Será que é algum dos meus vizinhos? As paredes daqui são finas como papel.

Me sentindo um pouquinho envergonhada por alguém ter ouvido a gritaria, vou até a porta e a abro, encontrando não um vizinho preocupado, mas sim... Knox mais uma vez parado do outro lado. Com as duas mãos agarradas à moldura da porta, cabisbaixo em derrota.

Com o coração acelerando, minhas mãos tremem descontroladamente, e tento encontrar palavras para dizer alguma coisa, mas nada me vem. Quebrada com um pouquinho de esperança, minha mente questiona por que ele está parado ali, por que voltou ao meu apartamento depois daquela gritaria. Em vez de encontrar palavras para recebê-lo, espero que ele fale algo.

Depois de alguns instantes bastante longos, ele ergue a cabeça devagar, e seus olhos azuis e tempestuosos encontram os meus. Seus braços vibram ao seu lado e o nó dos dedos fica branco de segurar a moldura com tanta força. Intenso e exaltado, seu corpo vibra com uma mistura de emoções que passam por seus olhos, e, meu Deus, não consigo interpretá-lo.

Por fim, seus lábios se abrem e ele diz em uma voz torturada:

— Eu te amo pra caralho, Emory. — Cada som, cada flash de luz, cada batida do meu coração para quando ele estende a mão, pegando minha nuca e me puxando na sua direção. Atordoada, minhas mãos vão para o seu peito para encontrar equilíbrio. Ele inclina minha cabeça para que eu seja forçada a olhar em seus olhos. — Eu te amo tanto que não consigo fazer meu coração parar de sangrar até ter você nos meus braços. Preciso de você na porra dos meus braços.

— Eu... eu... — O ar mal alcança meus pulmões.

— Me diga que você não sente a mesma coisa. Me diga agora, e eu vou embora e nunca mais vou te incomodar, mas se você sentir um pouquinho de amor por mim, você vai me convidar a entrar no seu apartamento. Como vai ser, Em?

Há confiança em sua voz, uma exigência que me lembro de ter ouvido tantos anos atrás, mas é contrariada pelo tremor de suas mãos na minha nuca e a batida rápida de seu coração sob minha palma.

Eu nunca deixei de amá-lo.

— Me responde — ele exige, ficando sem paciência.

— Eu... — Minha voz estremece. — Eu te amo, Knox. Nunca deixei de te amar, e acho que nunca vou conseguir.

Com os lábios apertados, a mandíbula flexionada, por um instante, me preocupo que ele esteja prestes a me afastar, mas ele entra no meu apartamento e fecha a porta, me pega nos braços e nos leva até a minha cama, onde me deita gentilmente e paira sobre mim. Ele puxa a camisa pela cabeça e a tira, revelando o peito mais sexy que *já vi.*

Puta.

Merda.

Knox já estava em forma com o peitoral definido e abdômen esculpido, mas o Knox da faculdade não é nada comparado ao Knox adulto. Ele ganhou peso, mas não de gordura, e sim de puro músculo. Ele está mais largo, tem mais carne nos ossos. Em seus quadris, há músculos que se contraem e se movem com sua respiração. Seu abdômen é perfeitamente definido e esculpido. Seus braços e ombros possuem ângulos proeminentes, volumosos em todos os lugares certos, e entre seus peitorais há uma linha definida onde um começa e o outro termina. Um Adônis de tirar o fôlego.

E isso também me faz ficar com vergonha.

Olho para o lado e mordo o lábio, sem querer tirar a roupa diante deste atleta poderoso.

— Tire a blusa, Em.

Eu a aperto com força. Quando ele vê minha apreensão, se curva na minha frente e levanta meu queixo.

— Tire a blusa.

— Eu estou diferente, Knox. Não sou a mesma garota.

— Pois é, tem razão. Você está ainda mais bonita do que me lembro, então tire a blusa. — Suas mãos vão para a barra e ele vai aos poucos tirando-a, revelando meu sutiã preto de algodão. Meus seios estão maiores por causa do peso que ganhei e há mais bunda do que antes. Sem contar que minha barriga não é tão lisa e nem tenho tanta confiança quanto tinha na faculdade. Nunca tive problema em tirar a roupa na frente de Knox antes, mas agora, parece que um holofote está destacando toda a minha insegurança.

Passo os braços ao redor da minha cintura e desvio o olhar.

— Ganhei peso.

Mais uma vez, ele levanta meu queixo com dois dedos para que eu seja forçada a olhar em seus olhos.

— Pode acreditar quando digo, Em. Você é de longe a mulher mais linda que já vi. — Ele estende o braço para trás de mim e, com a mão, abre meu sutiã, deixando que o peso de meus seios empurre o tecido. — Porra — ele murmura, me soltando e pairando sobre mim. — Seus peitos, Em… — Sua voz falha enquanto ele pega um e aperta.

Sua mão trabalha sobre o seio, explorando o novo tamanho, minha sensibilidade aumentada. Meus mamilos ficam duros, e ele leva um momento para baixar a boca até minha vagina. Com a cabeça curvada para frente e o corpo sobre o meu, deslizo as mãos por suas costas, e cada músculo se contrai sob minha palma.

Chupando com força, ele aperta um peito, enquanto puxa o outro mamilo, lançando ondas de prazer pelas minhas veias. A dor que sinto por ele cresce exponencialmente quando ele se levanta, sorri para mim e então agarra o cós da minha calça e a puxa para baixo, junto com a minha calcinha.

— Caramba, Em. — Ele me encara. — Você depila?

— Sim — respondo, com o rosto ficando vermelho, enquanto ele se abaixa entre minhas pernas.

Já conversamos sobre isso, por meses já brincamos sobre isso, até fizemos uma aposta sobre quem iria sucumbir primeiro, então estar finalmente acontecendo parece inacreditável.

— Estava louco para te provar. — Sem hesitar, ele abre minhas pernas, empurrando meus joelhos. Então lambe os lábios e olha para mim. — Não vou esperar mais para sentir.

Com a cabeça mergulhada entre minhas pernas, seus dedos me abrem e sua língua se estende e mal bate em meu clitóris.

— Ai, Deus — solto um gemido e minhas costas se afundam no colchão, enquanto minhas mãos caem para o lado, agarrando o edredom.

— Você ainda é virgem quando se trata de sua boceta ser lambida?

Quero dizer que sim, quero dizer que esta é a minha primeira vez, mas, infelizmente, não fui uma santa nos últimos oito anos, e duvido que ele também tenha sido. Droga, sei que ele não foi. Então escolho a sinceridade.

— Não.

Sua mandíbula pulsa enquanto ele me examina com seus olhos cheios de luxúria.

— Bem, então vou ter que apagar a memória de qualquer outra língua em seu clitóris.

Em vez de mergulhar como achei que fosse fazer, ele demora um pouco, dando beijos na parte interna das minhas coxas. Sem pressa, ele saboreia cada pedacinho, sua língua vai aparecendo um pouco enquanto ele abre caminho até o meu ápice, pressionando a boca bem acima do meu osso púbico, então mais baixo, e então na minha vagina, arrancando-me um suspiro.

Ele faz seu caminho pela minha outra perna, repetindo a mesma deliciosa tortura ao longo da minha pele. Seus lábios fazem com que arrepios se espalhem por minhas pernas, suas mãos me seguram no lugar, sem me deixar assumir o controle, e sua boca faz coisas pecaminosas que nunca senti.

Morde.

Chupa.

Lambe.

Estou me contorcendo embaixo dele, e ele ainda está evitando o local onde estou mais dolorida.

Molhada e com tesão, gemo quando sua boca vai para cima, para a minha barriga, em vez de para baixo.

— Por favor, Knox, preciso da sua língua.

— Já esqueceu os outros homens?

— Ai, meu Deus, sim. Por favor, quero você. Só você.

Junto à minha barriga, sinto seus lábios se curvarem em um sorriso antes de ele ir aos poucos descendo com a boca até alcançar meu centro. Ele faz uma pausa, me abre com os dedos, e então bate de leve a língua ao redor do meu clitóris para que eu quase possa sentir a estocada. Como um sussurro, roçando o meu ponto mais sensível, o prazer acumulado na base da minha espinha vem a toda com cada toque levíssimo.

— Knox — sussurro. Tento me virar, erguer os quadris para mais pressão, mas ele me segura, batendo de leve, sem parar, até que sinto um orgasmo minúsculo espalhar espasmos pelo meu centro. É tão pequeno, não é o que quero, então tento me segurar. Tento pensar em outra coisa, obrigá-lo a parar. É quase como se ele pudesse ler meus pensamentos, porque sua língua para e ele ergue a cabeça, me deixando à espera, com o clitóris pulsando, e minha necessidade por alívio me faz gritar. — O... o que você está fazendo?

— Observando você. Você está no limite, não é?

— Sim — respondo com a voz incrivelmente trêmula.

— Que bom, então me diga outra vez, me diga o que você sente por mim.

Passo o braço sobre os olhos, incrédula por ele ter parado.

— Eu te amo, Knox.

— Olhe para mim e diga isso.

Me apoio nos cotovelos e olho para ele, para seu lindo rosto, para suas sobrancelhas erguidas sobre seus olhos inebriantes.

— Eu te amo, Knox.

Ele lambe o lábio superior e então enterra o rosto entre minhas pernas, pressionando a língua com mais força contra o meu clitóris. A pressão é quase insuportável antes que ele pare e dê batidas de leve, e então batidas longas e fortes.

Meu corpo se descontrola, e seu nome sai da minha boca em uma autêntica onda de paixão. Meu corpo convulsiona, meus quadris guiam sua língua, e meu orgasmo é diferente de qualquer outro que já experimentei, consumindo cada pedacinho de mim.

Ele não desiste; não para de mover a língua, até que fico toda derretida no colchão.

Mal consigo ouvi-lo se despindo, até que me arrasta mais para cima na cama e vejo seu pau envolvido por uma camisinha, duro pra caramba, posicionado entre minhas pernas.

Me montando, ele se debruça e pressiona um beijo nos meus lábios. Sua língua gira com a minha e sua mão encontra meu seio, apertando-o, rolando meu mamilo com o dedo e roçando seu comprimento na minha perna.

É sexy.

Me lembra de todas as vezes que fizemos coisas mais íntimas, mas sem chegar até o fim.

Sua respiração ofegante, seu corpo pesado sobre o meu, meu tesão envolvendo todo o seu pau.

Meu Deus, eu quero isso. Eu o quero... para sempre.

— Esperei tanto tempo por este momento — ele diz, encostando nossas testas. — Esperei para olhar em seus olhos enquanto entrava em você. Esperei para ver o quanto sua boceta é apertada ao redor do meu pau. Esperei para gozar dentro de você. Estive esperando por tanto tempo. — Seus membros estremecem e eu estendo as mãos, envolvendo seu rosto.

— Também esperei, Knox. Isto é tudo o que eu sempre quis. Você é tudo o que eu sempre quis. — Me sentando, eu o faço ficar de joelhos e agarro sua nuca, fazendo sua boca encontrar a minha. O calor entre nós atinge níveis sem precedentes, enquanto seu pau dança perto da minha entrada. Suas mãos percorrem minhas costas até minha bunda, que ele a aperta com força e geme.

— Porra, Em, seu corpo é tão gostoso.

— Knox, não...

Ele nos vira depressa para que eu fique sentada em seu colo e suas costas fiquem apoiadas na cama, com o topo de suas coxas me sustentando.

— Me cavalgue. Quero ver você. Quero ver seus peitos balançando, seus quadris se movendo. Quero sentir sua bunda nas minhas pernas. Quero tudo de você.

Se eu estivesse com qualquer outro cara, pensaria que ele estaria dizendo essas coisas só para me satisfazer, mas quando levo um instante para analisar Knox, ele é completa e absolutamente sincero, o que me faz sentir mais sexy do que antes.

Jogando o cabelo para o lado, deixando que caia sobre meu ombro, pressiono a mão em seu abdômen musculoso e levanto os quadris. Ele estende a mão entre nós e posiciona seu pau na minha entrada. Com um suspiro profundo, eu o tomo, um centímetro de cada vez.

— Ah... porra — ele solta, com as veias do pescoço ficando mais proeminentes. — Meu Deus, Em, você é tão apertada. Já faz quanto tempo?

— Dois anos — revelo, sem me assentar por completo, deixando que meu corpo se ajuste ao seu. — Tempo demais.

— Caralho — ele geme, com as mãos indo para as minhas coxas.

Alguns centímetros mais. Toda vez que me abaixo mais para ele, minha boceta o aperta involuntariamente.

— Você precisa parar com isso, Em. Não vou durar.

— Eu... não consigo controlar — digo, me inclinando e me levantando só para me sentar por completo de novo.

— Porra — ele grita, cada músculo de seu peito em chamas. — Não se mova, me dê a droga de um instante.

Balanço os quadris para trás, porque se eu não me mover, vou pirar.

— Pare, Em.

Balanço a cabeça e desço sobre ele.

— Linda... ah, cacete. — Ele empurra para cima, me empalando com tanta força que posso sentir meu orgasmo já se formando.

— Esta posição é... é demais. Vou gozar depressa — aviso.

Sem querer isso, pelo visto, ele me vira de costas e paira sobre mim, impulsionando os quadris para dentro e para fora de mim.

— Ai, Deus, isto também é demais. — Minha mão sobe pelo meu peito, e aperto, puxando meu mamilo. Os olhos de Knox ficam completamente escuros quando ele observa minha mão, a forma como agarra e puxa a protuberância dura.

Pela visão que tem de mim, ele se move para dentro e para fora, aumentando o ritmo, seu corpo me impulsionando para cima na cama, até que ele está agarrando a cabeceira com uma das mãos e abrindo ainda mais minha perna com a outra. A tensão em seu peito... é inacreditável. A ondulação em seu abdômen é hipnotizante. E o som gutural que sai de seus lábios é tão excitante que meu núcleo se contrai, e uma sensação dormente se apodera de todo o meu corpo, acumulando-se no ponto entre minhas pernas.

Minhas costas se arqueiam e meu gritos caem nos lábios de Knox quando ele toma minha boca com a sua, puxando o orgasmo de mim. Um prazer ardente me queima, enquanto ele continua investindo dentro de mim, me acertando exatamente no lugar certo. Continuo a gozar, e ele grunhe ao mesmo tempo, também se rendendo ao seu orgasmo. Ele cavalga por uma onda de êxtase até que vai voltando aos poucos.

Com a cabeça pendendo em meu ombro, quadris mal entrando e saindo de mim, ele diz:

— Puta merda. — Ele levanta a cabeça, com o suor acariciando seu cabelo, a surpresa cruzando suas feições lindas. — Puta merda — ele repete. — Em, isso foi...

— Isso foi para tirar o atraso de oito anos.

— Foi mais do que o atraso de oito anos. Porra, foi a melhor experiência da minha vida. — Ele abaixa os cotovelos, pressionando um pouco de seu peso sobre mim, e eu não me importo. É reconfortante. É do que preciso. — Meu Deus, acho que não consigo sentir minhas pernas. — Ele solta uma risadinha e dá um beijo suave nos meus lábios.

Passo o dedo carinhosamente por suas costas, sentindo um nó no estômago com o que está por vir, para onde iremos daqui. Tudo sobre este momento com Knox vai além da minha imaginação mais fértil, mas uma parte do meu cérebro ainda está se esforçando para aceitar sua raiva. Sua recusa de ver as coisas pela minha perspectiva.

A pergunta está na ponta da minha língua, mas a seguro, sem querer estragar o momento. *Não posso perdê-lo de novo*. Em vez disso, me aconchego no homem que esteve com o meu coração desde que o conheci. Eu usei seu colar por tantos anos depois que nos separamos, até quebrar por ser tão fino e delicado. Naquele momento, achei que fosse algo simbólico, que algo tão precioso não sobreviveria ao teste do tempo. *Também lamentei aquela perda.*

Há tantas palavras que precisam ser ditas. Tantas portas em nossos corações que precisam ser abertas outra vez. Mas ainda não.

Knox exigiu que eu revelasse a ele que o amo, como se por anos ele estivesse com fome de amor verdadeiro. Sempre pensei que era só eu que me sentia faminta. Vazia. *Sozinha*.

Mas agora ele está aqui.

Seu aroma me envolve. *Intoxicante*.

Seu coração bate com o meu. *Forte.*

Seu amor me segura. *Inflexível.*

Durmo em seus braços. *Em paz.*

Quando acordo pela manhã, estou dolorida da melhor forma possível, até que a dor muda para a pior possível.

Ele transou comigo... e foi embora.

Capítulo 36

Emory

Bato a porta com força ao passar, o que faz as paredes sacudirem.

— Puta merda — Lindsay diz, girando sua cadeira. — Dá para avisar antes de entrar voando aqui como uma... Ei, o que foi? — Ela me olha de cima a baixo, observando minha aparência desgrenhada e o cabelo quase desarrumado. — Ah, não... alguma coisa aconteceu com o Knox?

É a gota d'água.

Há uma rachadura no sistema hidráulico e lágrimas começam a cair em cascata pelo meu rosto enquanto me sento a uma das pequenas escrivaninhas feitas para os alunos da terceira série. Lindsay vem até mim e se senta na mesa, me encarando.

— Comece do início.

— Não temos todo esse tempo. As crianças vão voltar da aula de educação física a qualquer minuto.

— Então me dê um resumo.

Ela me entrega uma caixa de lenços e eu logo enxugo os olhos, sem querer que minha maquiagem borre ainda mais.

Me aprontar de manhã foi quase impossível, porque não conseguia parar de chorar. Depois de acordar e não encontrar Knox, pensei que talvez ele tivesse ido pegar café da manhã para nós; as pessoas fazem isso, sabe. Mas quando ele não voltou ou mandou mensagem, fiquei completamente arrasada. Será que ele só foi até o meu apartamento, pegou o que queria e foi embora? Será que toda aquela conversa sobre me amar foi só a sua maneira de conseguir transar comigo?

Será que ele estava me punindo pelo passado?

Cada possível pergunta percorre minha mente, ficando sem resposta.

Mandei uma mensagem para ele, perguntando se estava bem, mas quando não recebi nenhuma resposta, interpretei como se ele tivesse caído fora.

Tudo o que ele me disse na noite passada, a expressão em seus olhos, a forma como me tocou, achei que tivesse sido tudo genuíno, que ele me amava de verdade.

Acho que fui enganada.

Pela última pessoa que achei que faria isso comigo.

— Lembra que eu o chamei para sair ontem? — digo entre soluços.

— Sim, bem ousada, adorei.

— Bom, ele finalmente apareceu lá no meu apartamento, ainda com raiva. A gente discutiu, eu falei para ele ir embora e, depois de alguns minutos, ele voltou e falou que me amava.

— Ai, meu Deus, sério? — Lindsay pergunta, com a empolgação transbordando dos cantos de seus lábios.

— Sim, e eu também falei para ele isso, porque amo, Lindsay. Eu o amo tanto, nunca deixei de amar.

— Dá para notar. O que aconteceu depois? Por que você está chorando agora? Não deveriam estar planejando mais uma saída para comemorar?

Enxugo os olhos enquanto tento abafar a outra parte da história.

— A gente meio que... fez sexo.

— Ahh, pela primeira vez. Foi tudo o que você imaginava? Como era o corpo dele? Meu Deus, aposto que foi maravilhoso.

— Leia nas entrelinhas — digo, fazendo-a fechar os lábios. — Fizemos sexo e foi... foi mais do que eu poderia imaginar. Acabamos dormindo e hoje de manhã, quando acordei, ele tinha ido embora.

— Como é que é? Ele deixou algum recado?

Balanço a cabeça.

— Não, mandei mensagem para ele, mas nada ainda.

— Você só pode estar brincando. — Lindsay fica com raiva. — Ele transou com você e depois foi embora? — Assinto, incapaz de confirmar a pior parte desta história. — Vou matá-lo. É isso. Vou comprar um ingresso para o jogo de hoje à noite, de alguma forma vou conseguir ir até o vestiário e vou matá-lo. O que ele tinha na cabeça?

Firmando a voz, respondo:

— Acho que ele estava tentando me dar uma lição, como se finalmente tivesse conseguido o que queria oito anos atrás e agora pode enfim seguir em frente. Me sinto péssima.

Tão pequena. Como ele se tornou esse tipo de cara? Um filho da puta arrogante que não só menosprezou a minha casa, mas me usou para fazer sexo com a intenção de me magoar. Ele ganha milhões de dólares por ano, e embora eu achasse que isso jamais subiria à sua cabeça, pelo visto foi o que aconteceu. Por essa eu *não* esperava.

Lindsay começa a andar, com raiva emanando dela.

— Não consigo imaginar que ele tenha sido um babaca. Ele sempre foi tão legal, mas a vida adulta faz as pessoas endurecerem. E a forma como ele ficou olhando para você ontem quando finalmente te viu, ele não parecia um homem feliz. — Ela gira ao redor. — Meu Deus, se isso tudo tiver sido por vingança, vou perder mesmo a cabeça. Você contou para a Dottie? Ela conhece umas pessoas, pode fazê-lo desaparecer.

Embora meu coração esteja em pedaços, solto uma risadinha. Amo tanto as minhas amigas.

— Só consegui contar para você agora. — Ouço as crianças começando a chegar da aula de educação física, então me levanto e estremeço pelo quanto estou dolorida. Me inclino para frente e digo: — E sabe o que é pior? Juro que ainda consigo senti-lo entre as minhas pernas sempre que me mexo. Estou tão dolorida. É só um lembrete constante do que aconteceu.

As vozes das crianças vão ficando mais altas, então Lindsay aperta meu ombro e sussurra para que nenhuma criança animada possa ouvi-la:

— Não se preocupe, depois do trabalho, vamos ter uma reunião de emergência com a Dottie. Ele vai se dar mal.

Rio e assinto, e mais uma lágrima desgarrada cai. Eu a enxugo às pressas, enquanto as crianças entram correndo.

— Oi, srta. Ealson — todas as crianças gritam. Dou para elas um sorriso falso e volto para a biblioteca, onde tento me segurar por horas intermináveis.

— Você não vai mesmo me contar? — Cora pergunta, enquanto limpamos a biblioteca, examinando todos os livros devolvidos.

— A menos que você queira acabar comigo de novo, vou manter a boca fechada até depois do trabalho. E é daqui a três horas.

— Quer pegar alguma coisa para comer na lanchonete da esquina?

Pressiono a mão na barriga e balanço a cabeça.

— Não, não estou com muita fome.

— O que significa que também não vai querer que eu traga alguma coisa para você, né?

— Não, seria desperdício de dinheiro. Mas muito obrigada mesmo.

— Sem problemas. — Ela solta um longo suspiro. — Me sinto mal por te deixar aqui. Quem sabe você não precisa de um pouco de ar fresco?

— Vou dar uma de boba aqui, Cora. Quero me esconder num buraco agora mesmo. — Além disso, andar para qualquer lugar, mesmo que só até a esquina, parece um pesadelo. Estou tão dolorida e preferiria não ser lembrada a cada passo do que fiz na noite passada, do que aconteceu. *De como ele me tratou. De como me rejeitou.*

— Tudo bem. Sei como está se sentindo. Bom, você tem meu número, se precisar de alguma coisa, é só falar.

— Pode deixar, obrigada.

Quando Cora sai, vou para o escritório para checar meu celular pela quinquagésima vez esta manhã. Há três mensagens, mas nenhuma é de Knox.

Me recostando na cadeira, abro as mensagens.

> **Dottie: Lindsay me mandou mensagem e me resumiu o que aconteceu. Reunião de emergência hoje à noite.**
>
> **Dottie: Passe lá em casa. Vou pedir para Yan fazer deliciosos bolinhos de caranguejo para a gente.**

Dottie: Conheço um investigador particular. Vamos acabar com esse filho da puta.

Rio com a última mensagem antes de lágrimas caírem pelo meu rosto. É como se não houvesse cura para pará-las, não importa o quanto eu tente.

Sem ânimo para responder, abaixo o celular e coloco os braços na mesa e a cabeça entre eles. Tiro um momento para mergulhar na tristeza avassaladora. A dor parece flutuar sobre mim como uma nuvem sombria, sem nunca me deixar.

Eu pensei... Meu Deus, eu pensei que depois de ter confessado seu amor, que ele me quisesse. Eu estava enganada. Foi simplesmente impossível imaginar que ele fosse tão cruel. Ele nunca me magoou assim, mas ele também deixou bem claro o quanto eu o magoei.

Mas buscar vingança não parece...

Toc. Toc.

Levanto a cabeça assim que a porta se abre, e a cabeça de Cora aparece pela abertura.

— Ei, está tudo bem?

— Sim. — Lanço um sorriso falso para ela e enxugo os olhos. — Tudo bem. Você precisa de alguma coisa?

Ela morde o lábio assim que a porta se escancara e Knox aparece do outro lado.

Meu coração aperta só de vê-lo — *de novo* — e quando ele pede licença e passa por Cora, agradecendo-a e fechando a porta, perco a capacidade de respirar. Das suas costas, ele tira um buquê de flores e então analisa meu rosto com a expressão confusa.

— Ei, o que foi? — ele pergunta, com a voz suave.

O que foi? Ele não pode estar falando sério.

O que está acontecendo?

Ele está mesmo aqui, parado à minha frente, segurando um buquê?

— P-por que você está... aqui? — Engulo em seco, com a voz falhando pela emoção.

— Por que você está chorando? — Ele contorna a mesa e se ajoelha à minha frente, me forçando a olhá-lo nos olhos. — O que foi, linda?

Linda?

Será que estou deixando passar alguma coisa?

— Você... foi embora. Hoje de manhã, quando acordei, você tinha ido embora, e aí quando te mandei mensagem, você não respondeu.

— Eu falei que tinha que treinar de manhã e que ia te encontrar para o almoço. — Suas sobrancelhas se erguem. — Eu te deixei um recado, Em.

— Como é? — Minha boca treme. — Onde? Não encontrei.

— Na mesa de cabeceira, perto do seu celular. Meu Deus, você achou que eu iria embora sem dizer nada?

Envergonhada, assinto.

— Pensei que você tinha pegado o que queria depois de oito anos e ido embora.

— Porra... não. Meu Deus, Em, falei que te amava ontem à noite. Isso não significa nada para você?

— Me desculpa. — Enterro a cabeça nas mãos, o alívio começando a subir pelas minhas costas. — Eu não sabia o que pensar. Tudo aconteceu tão rápido, ver você de novo, reacender a paixão que sinto, passar a noite com você. Sério, estou tão confusa. — Ele passa os braços ao redor da minha cintura e me puxa para perto, me abraçando. — Eu te amo, Knox, e depois da noite passada, acordei sem você na minha cama, e não consegui entender o que tinha acontecido. Pode ser que eu não esteja tão bem quanto você achou, pode ser que eu já não seja a mesma garota, pode ser que...

— Pode ser que você precise deixar de ter uma baixa autoestima e ver a mulher que eu vejo. — Ele põe uma mecha de cabelo atrás da minha orelha e vai descendo com o dedo pelo meu pescoço. — Você é linda, por dentro e por fora. Você é tão doce e gentil. Você é apaixonada, e mesmo que ainda leve tempo para aceitar o que houve entre a gente, sei, lá no fundo, que você é a pessoa mais altruísta que conheço.

Um soluço me escapa.

— Eu te amo, linda, e nada vai mudar isso.

— Mas... você não respondeu a minha mensagem.

— Meu celular descarregou ontem. Não carreguei. Meio que fiquei ocupado demais transando com você para lembrar. Vim direto do treino para cá, porque tenho uma pergunta importante para fazer.

— Tem?

Ele assente e os cantos de seus lábios se erguem do jeito mais sexy. Ele me entrega as flores, as quais aperto junto ao peito, deixando a fragrância floral acalmar meu coração nervoso.

— Emory Ealson — ele pega minha mão —, depois de oito anos conhecendo sua linda personalidade, vou perguntar mais uma vez, e espero mesmo que você não diga não. — Ele respira fundo, conecta seus lindos olhos com os meus e pergunta: — Você me daria a honra de almoçar comigo?

Um bufo nada feminino sai de mim bem antes de eu cobrir a boca. Isso está mesmo acontecendo. Ele está ajoelhado na minha frente, declarando seu amor, fazendo um círculo completo com o nosso relacionamento, e eu não poderia amá-lo mais por isso.

Estendo a mão para acariciar seu rosto, ainda em choque por ele estar aqui, me querendo de novo.

— Mas, Knox, você perdeu a aposta na noite passada. O que significa... que me deve um jantar usando uma roupa bem reveladora.

Seu sorriso fica ainda mais largo.

— Você vem almoçar comigo agora, e nesta semana, depois do nosso jogo da tarde, eu te levo para jantar, e então de sobremesa eu posso comer essa sua boceta deliciosa. Que tal?

Não dá para argumentar contra isso.

Me inclino para frente e dou um selinho em seus lábios.

— Combinado.

Ando pela sala, incapaz de ficar quieta. Já faz uma hora que as garotas foram embora depois de eu tê-las atualizado sobre tudo, e quero dizer tudo mesmo. Suas perguntas foram bem específicas, e não tive problema nenhum em respondê-las, porque depois de hoje de manhã, queria que elas gostassem totalmente do Knox.

E gostam.

Não poderiam ter ficado mais felizes por nós.

Liguei para minha mãe depois de sair do trabalho e contei tudo. Ela gritou por uns bons cinco minutos e então desabou em soluços, agradecendo ao bom Deus por nos fazer reatar. Ela sempre foi uma grande fã do Knox, ainda mais depois de ver o que ele fez para me ajudar a superar o que Neil havia me causado.

Agora, estou esperando.

Os Bobcats venceram. Quatro a dois, e Knox foi incrível, fazendo alguns mergulhos, um nas arquibancadas, e atingindo três *singles* pelo campo. Foi incrível assisti-lo de novo. Sempre senti que ele fosse uma forma de arte em campo, o exemplo perfeito de como um jogador de beisebol deveria ser. Vê-lo executar suas jogadas com tanta facilidade, depois de todo trabalho duro que teve, me deixa muito excitada.

Por isso estou vibrando de emoção, andando de um lado para outro, esperando-o chegar no meu apartamento.

Lá fora, um carro buzina, me fazendo parar. Corro para a janela, e pego um vislumbre de Knox indo até a porta dos fundos.

Ele chegou.

Checo minha roupa uma última vez, um simples macaquinho com nada por baixo. Dou uma olhada no meu cabelo, volumoso e estilizado — posso ter tomado um banho e me deixado mais apresentável depois do trabalho. E estalo os lábios, me certificando de que o batom ainda está bem aplicado.

Satisfeita com minha aparência, corro para a porta e a abro, assim que Knox aparece. Seu sorriso me consome, e não consigo me impedir de pular em seus braços e envolver sua cintura com as pernas. Ele me segura com facilidade e leva as mãos até minhas costas, rindo.

Com as mãos agarrando minha bunda, ele entra no meu apartamento e fecha a porta com o pé, só para me girar e me pressionar contra a parede. Seus lábios encontram os meus com uma fome ávida, e seus dedos se afundam no meu bumbum, enfiando-se por baixo do short do macaquinho. Embora eu não me sinta feliz com meus quilinhos a mais, seu amor pelo meu corpo — seu desejo *pelo* meu corpo — está ajudando. Assim como ele ajudou meu coração partido anos atrás.

Gemendo, ele se afasta e observa minha roupa. Meus mamilos estão rijos e cutucando o tecido do macaquinho. Não há como disfarçar o quanto estou com tesão.

— Você está usando alguma coisa por baixo disso aí?

Balanço a cabeça.

— Não. Achei melhor facilitar o acesso para você.

— Porra, amor, você me conhece tão bem.

Me inclino para outro beijo, mas quando ele me afasta e me coloca de pé, fico bastante confusa.

— A gente precisa conversar.

E, assim, meu coração vai ao chão. Essas quatro palavras são uma sentença de morte para todos os relacionamentos. Nada de bom vem de "a gente precisa conversar".

— Sobre o quê? — pergunto, me sentindo quase idiota por ter ficado tão animada por ele ter chegado.

Ele pega minha mão e me leva para o sofá, onde me sento. Ainda segurando minha mão, ele entrelaça nossos dedos e quando me olha, vejo uma adoração inconfundível. Me dou conta de que não estou prestes a ter o coração partido, e sim de embarcar em uma aventura.

— Eu te amo, Em, mais do que qualquer coisa, mas ainda há mágoa entre a gente. Algumas coisas foram ditas, alguns mal-entendidos, anos de negligência da nossa amizade.

— Sim, eu sei. — Baixo a cabeça, mas ele a inclina para cima.

— A gente poderia refazer isso — ele continua. — A gente poderia ficar andando em círculos até ficarmos cansados, mas não quero isso. Quero construir a partir do que temos e transformar em algo mais. Sei que o que você fez na faculdade foi altruísta, querendo que eu focasse no beisebol, agora eu entendo isso, e é uma das razões para eu te amar tanto. Mas quero que você me escute quando digo que minha vida é mil vezes melhor quando estou com você. Da forma que eu puder estar você. Nos últimos anos, quando a nossa comunicação começou a morrer, algo dentro de mim se perdeu, e quando te vi naquela biblioteca, algo ressurgiu. A raiva encobriu isso por um instante, mas assim que foi descarregada, me dei conta de que quero você, de que preciso de você.

Para além da carga de emoção, tento afastar as lágrimas, mas é inútil. Elas caem, mas ele as pega com os polegares.

— Quero seguir adiante, para além da mágoa e da dor, e quero focar nas coisas boas com você. A diversão, as piadas, as provocações... a paixão. Quero tudo isso. — Ele enxuga outra lágrima. — Você também quer, Em?

Assinto, sem precisar de um segundo para pensar.

— Não quero nada além disso.

O canto de seu lábio se curva quando ele enfia a mão no bolso.

— Perfeito, eu estava esperando que você dissesse isso, porque tenho algo aqui. — De seu bolso, ele tira um objeto prateado e chamativo e me entrega.

Eu o pego de sua mão e olho para o medalhão.

— O que é? Um chaveiro?

Ele ri e esfrega o polegar na minha testa franzida.

— Quase isso. É a chave do meu apartamento. Quero que você vá morar comigo.

— Como é? — Olho para o objeto circular. — Como isso pode ser uma chave?

— É magnética, uma dessas porcarias chiques. — Ele pega minha mão. — Você me ouviu? Quero que se mude para lá.

Sim, eu o escutei, e estou tentando não pirar com tanta animação. Mas só para ter certeza, pergunto:

— Você não acha que é um pouco cedo demais?

— Não.

Ele está tão confiante, tão certo dessa decisão, que me faz querer testá-lo um pouco mais, porque minha resposta está na ponta da língua, mas quero me certificar de que é o que ele quer de verdade.

— Só faz vinte e quatro horas que a gente reatou, e você quer que eu me mude?

— Quero, porque parece que já faz tempo que estamos assim. É você quem eu quero, Em. Estou te entregando meu coração, minha alma e... meu apartamento. — Ele olha ao redor do meu apartamento minúsculo. — Não dá para deixar você morando aqui, não com aqueles esquisitões lá fora e essa fechadura que mal fecha a porta. Fiquei preocupado pra caralho sabendo que você mora aqui. Não é seguro, e preciso que fique segura para a minha própria paz.

Seguro a chave.

— E imagino que a sua casa seja segura.

— Bem segura. — Ele dá uma piscadela. — E além disso, ela tem comodidades.

— Este lugar também tem comodidades. — Aponto para o chão. — Você não viu o fácil acesso à delicatéssen logo abaixo?

— É, dá para sentir o cheiro da carne daqui, linda.

Dou de ombros.

— Você se acostuma.

— Qual é, se mude para a minha casa, me dê o presente de acordar ao seu lado todas as manhãs.

Bem, como eu poderia dizer não?

— Você não vai mudar de ideia daqui a alguns meses e se dar conta de que há alguém melhor para você por aí?

— Não, porque já estou olhando para ela. Você é a garota que estive procurando, é melhor do que qualquer coisa com que eu poderia ter sonhado. Você é a minha garota, Em. É você. — Ele se inclina, com os lábios a centímetros dos meus. — O que me diz, quer ser a minha colega de quarto?

Torço os lábios para o lado, fingindo refletir sobre isso.

— De que tipo de colega de quarto estamos falando? Vamos dividir uma cama? Você sabe cozinhar? Limpar?

Aproximando-se, ele sussurra:

— Sei limpar, não sei cozinhar nem ferrando, mas sei como transar com a minha garota, e isso vai compensar, prometo.

— Então esse é um sim para dividir a cama?

— É um sim. — Ele pressiona os lábios nos meus e me puxa para seu colo, com as mãos indo para as costas do meu macaquinho, onde ele começa a puxar o zíper. As mangas caem pelos meus braços, e assim que meus seios ficam expostos, suas mãos vão para eles.

— Você sabe que eu ainda não disse sim, né?

Ele baixa a cabeça e sua boca toma meu mamilo, e entre chupões, ele diz:

— Vou tomar a decisão por você.

Solto uma risadinha e então ofego quando ele me morde.

Este homem vai ser minha perdição.

Me afasto e faço seu corpo se abaixar até que eu fique sentada entre seus joelhos.

— Se é esse o caso, acho que vou tomar uma decisão por nós dois. Está na hora de ver o que mais esses lábios podem fazer.

Seus olhos se estreitam.

— Meu Deus, acho que acabei de gozar na calça.

Começo a abrir sua calça jeans enquanto digo:

— Espero que não, porque não estava planejando que você gozasse na calça.

Ele se recosta no sofá e abre mais as pernas, com alegria pura transbordando de seus lábios.

— Caramba, Emory. Estou tão apaixonado por você.

Não sei como isso aconteceu, como posso ter me reconectado com Knox Gentry, mas de uma coisa tenho certeza: vou ser uma garota egoísta, porque não há como abrir mão de tê-lo agora. A decisão de ficar é a mais perfeita.

EPÍLOGO

KNOX

— Mais uma vez, obrigado. Isso significa muito para mim.

— Muito bem-merecido — diz o treinador Disik, apertando minha mão mais uma vez. Me lembro de quando o conheci, do quanto ele era intimidante, mas agora, não sinto nem um tremorzinho ao vê-lo. Mas desde que deixei sua tutela, ele passou a pegar mais leve.

Aperto a mão de Emory e pergunto:

— Pronta?

Ela assente e acena para a sra. Flower.

— Foi ótimo ver você de novo.

— Igualmente — ela responde com frieza. Não sei se a velha bruxa alguma vez foi capaz de se animar.

— Se cuide, Gentry. E estou contando com aqueles ingressos.

— Pode deixar, treinador.

Dou um tapinha em suas costas e desço do palco, e minha mãe abraça Emory e eu. Dizer que minha mãe ficou empolgadíssima com a minha reconexão com a Emory é eufemismo. Fizemos chamada de vídeo juntos e juro que ela quase teve um ataque cardíaco. Foi a melhor coisa que já testemunhei. Depois de ela gritar pelo que pareceu uns dez minutos, contei que tínhamos só reacendido a velha chama — palavras de Emory, não minhas — e que estávamos morando juntos. Minha mãe pegou o voo seguinte para cá. Ela passou a semana bajulando a Emory, levando-a para fazer merdas de garotas e se conectando com a minha garota. Foi bom saber o quanto ela ainda é aceita na minha vida.

Carson e Holt ficaram tão surpresos quanto Lindsay e Dottie. E tivemos que juntar todo mundo para uma grande festa para comemorar. Enchemos a cara e acabou que todo mundo dormiu lá. Emory continua dizendo que foi como se estivesse de volta aos dias de dormitório, enquanto Carson ficou à beira das lágrimas pelos anos de loft. Que grande idiota.

— Estou tão orgulhosa de você — minha mãe diz. — Não posso acreditar que o meu bebê está no hall da fama da universidade. — Respirando fundo, ela continua: — Sabia que você estava destinado a grandes coisas, Knox, mas, sinceramente, a coisa mais grandiosa que você conquistou foi essa garota. Você entregou seu coração e sua alma para ela. Ninguém jamais vai ser mais importante para ele, Em. — Minha mãe pega a outra mão de Emory e a aperta. — Não poderia estar mais feliz de chamar você de mãe do meu neto.

Dou uma olhada para a pequena, mas crescente, barriga de Emory.

Pois é, nem eu poderia estar mais feliz.

Quando Emory descobriu que estava grávida — bêbados em uma noite de festa, alguém se esqueceu da camisinha —, ela ficou tão nervosa para me contar, mas, porra, eu chorei. Chorei tanto que me senti como minha mãe. Vamos ter um bebê. Fizemos um ser humano, e a garota por quem estou loucamente apaixonada é a mãe. Pois é, estou empolgado pra caralho.

— Obrigada, mamãe Gentry. Mas hoje o dia é do Knox.

Ela acena com a mão no ar.

— Ele já teve o momento dele. Vamos falar sobre você agora.

— Ou eu posso mostrar uma coisa para a Emory e a gente pode se encontrar lá no The Hot Spot daqui a meia hora. Pegue uma mesa para a gente.

Minha mãe concorda, beija nós dois e então vai embora.

— Você quer me mostrar uma coisa?

— Sim, eles penduraram uma foto minha. É sexy, e quero te deixar com todos os tipos de tesão.

— Há algo bem errado com você.

Sem ligar se ela me acha esquisito, puxo sua mão e a guio para longe do espaço central do evento e pelo corredor estreito do estádio, direto para o vestiário. Graças ao treinador, tenho uma chave, mas ele me disse para eu sossegar. Apenas ri na cara dele.

Quando abro a porta, puxo Emory, mas ela permanece no lugar.

— Você só pode estar brincando. Vai mesmo me levar para o vestiário?

— Qual é, linda, só venha.

— Não vou fazer sexo com você aí.

Eu a puxo para dentro, ignorando sua declaração.

— E como é que vou garantir que você seja minha por toda a vida? — pergunto, enquanto a puxo para meu peito, bem no meio do vestiário, onde guardo muitas grandes lembranças.

Ela me olha de soslaio e então aponta para sua barriga saliente.

— Aqui está a sua resposta. Além disso — ela olha ao redor —, achei que você não acreditasse em toda essa bobagem do vestiário.

— E não acredito, mas a esta altura, farei tudo para me certificar de que você nunca mais saia da minha vida.

— Não vai acontecer. — Ela acaricia meu rosto com o polegar. — Você está preso a mim, Gentry.

— Nesse caso. — Enfio a mão no bolso de trás e tiro um pedaço de papel, entregando para ela.

Erguendo as sobrancelhas, ela o pega e dá uma olhada.

— Por que você está me dando o mapa do campus?

— Abra. — Aceno.

Cética, ela o abre, revelando o que escrevi dentro. Seu suspiro atravessa a sala quando ela olha para mim, mas precisa olhar para baixo, porque estou ajoelhado, segurando uma caixa com um anel para ela. Dentro do mapa, escrevi: "Seja minha pelo resto da vida".

— Ai, meu Deus — ela sussurra.

— Em, desde o momento em que aquele mapa me atingiu... sim, eu o roubei de você..., eu soube que você era especial. Também acho que soube disso quando desmaiei com a mão no seu peito, porque, sinceramente, nunca esqueço um bom par de peitos. E, amor, você tem os melhores peitos. — Ela revira os olhos, mas lágrimas caem. — Você é tudo de que preciso na minha vida e mais. Você é a mãe do meu filho, o amor da minha vida e, caralho, minha melhor amiga. Por favor, me faça o homem mais feliz deste mundo e seja a minha esposa.

Ela assente, incapaz de dizer algo além das lágrimas.

Eu a pego nos braços e a giro ao redor, exultante... não, radiante pra caralho por saber que esta mulher será minha para sempre.

Coloco o anel de noivado em seu dedo e nós dois ficamos maravilhados com ele. Ela me diz que é chique demais, e eu digo que queria que fosse maior. Ela beija todo o meu rosto. E eu permito de bom grado.

Quando ela se afasta, mexo as sobrancelhas e aceno na direção dos chuveiros.

— Quer tirar a roupa?

— Não vamos fazer isso aqui.

Penso por um instante.

— Então se deite e me deixe usar os dedos. Temos que fazer alguma coisa, amor. A gente precisa selar o acordo.

— Holt fez a sua cabeça.

— Deu certo para ele.

Ela solta um suspiro pesado e olha para o lado.

— Tá bom, só um dedo e pronto.

Rio.

— Qual é, amor, você sabe que eu sempre uso pelo menos dois.

FIM

CONHEÇA TAMBÉM:

UM ENCONTRO NADA ROMÂNTICO
AUTORA BESTSELLER DO USA TODAY
MEGHAN QUINN

Charme
FEITOS UM PARA O OUTRO
OU NÃO
AUTORA BESTSELLER DO USA TODAY
MEGHAN QUINN

Charme
UM ROMANCE NADA INESPERADO
AUTORA BESTSELLER DO USA TODAY
MEGHAN QUINN

HISTÓRIA ORIGINAL AMAZON
Natal pra quê?
UM CONTO PARA QUEM PERDEU A MAGIA DO NATAL
MEGHAN QUINN
AUTORA BESTSELLER DO USA TODAY
Charme

Meghan Quinn
ESCRITORA DE ROMANCE E... Virgem